의사 양반, 밥 먹고 가!

TV조선 〈엄마의 봄날〉 신규철 원장의 치유 에세이

의사양반, 밥먹고가!

초판 1쇄 발행 2020년 5월 11일

지은이   신규철
펴낸이   김혜라

진 행   제일정형외과병원 광고홍보팀
편 집   김혜라
교 정   김서연
디자인   안상훈 김현아 김현정

펴낸곳   도서출판 상상미디어
주 소   서울 중구 퇴계로30길15-8 무석빌딩 5층   **홈페이지** www.상상미디어.com
전 화   02.313.6571~2, 6212, 5134   **팩 스** 02.313.6570

값 20,000원   ISBN 978-89-88738-80-1(03810)
이 도서의 국립중앙도서관 출판예정도서목록(CIP)은 서지정보유통지원시스템 홈페이지(http://seoji.
nl.go.kr)와 국가자료종합목록 구축시스템(http://kolis-net.nl.go.kr)에서 이용하실 수 있습니다.
(CIP제어번호 : CIP2020011461)

| TV조선 〈엄마의 봄날〉 신규철 원장의 치유 에세이 |

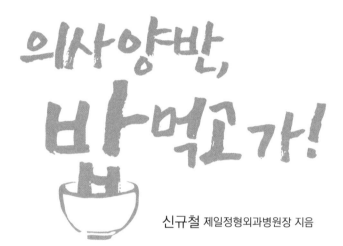

의사양반, 밥먹고가!

신규철 제일정형외과병원장 지음

상상미디어

　날이 밝지 않은 이른 시간. 병원의 하루는 일찍 시작된다. 입원실의 불이 하나둘 켜지고, 어두컴컴한 복도에는 수술을 마친 환자가 밝은 표정으로 걷는 연습을 하거나 때론 수술을 앞둔 환자가 수심 가득한 표정으로 앉아있기도 한다. 긴장과 불안감에 밤새 잠 못 이루고 뒤척이다 나오셨을 것이다. 아주 간단한 수술이니 걱정 안 하셔도 된다고 여러 번 말씀드렸지만 '수술'이든 '시술'이든 당사자에게는 겁나고 두려운 일이 분명하다.

　이른 출근이 습관화된 내게 이런 장면은 익숙하다. 그때마다 역시 습관처럼 다짐하곤 한다. '나를 믿고, 또 우리 병원을 믿고 찾아와준 환자들에게 기대 이상의 만족과 편안함을 드리자.' 아마도 이런 다짐이 나로 하여금 20년 동안 한결같이 이른 출근을 하게 만들고 의사로서의 임무와 역할에 충실하도록 했는지 모른다.

진료 시작 전이라 실내조명을 전부 켜지 않은 어둑한 복도를 걸어 들어선 원장실. 이때부터 본격적인 나의 일과가 시작된다. 일정을 체크하고 수술이 잡힌 환자들 한 사람 한 사람의 진료기록을 검토하고 회복을 기다리는 환자의 상태까지 세심히 살핀다. 그러고 나서 시간이 남으면 중국어와 일본어 공부를 한 뒤 회진 준비를 한다. 이때쯤이면 병원이 환자 맞을 채비로 분주하고 다시 또 바쁜 하루가 시작된다.

　월, 화, 수, 목, 금, 토. 일요일 하루를 빼고는 늘 반복되는 일상의 연속이다. 이런 고정화된 일과표에 느닷없이 불쑥 끼어든 것이 있으니 바로 〈엄마의 봄날〉 촬영이다.

　처음에 방송 제안을 받고 솔직히 망설임도 없지 않았다. 병원 가족들이나 주변에서는 〈제일정형외과병원〉이나 내가 홍보가 될 기회가 분명하니 한번 해보라며 부추겼지만 방송이란 게 사실 아무나 하는 일이 아니지 않은가! 말재주가 있길 하나, 그렇다고 끼가 있는 것도 아니고, 외모도 방송용으로는 적합하지 않으니 이건 아니다 싶었다. 방송 체질이란 말이 있듯이 그런 건 타고나야 하는데 나는 그런 쪽에는 맞는 게 한 가지도 없으니 말이다.

　더욱이 나는 유명해지고 싶은 생각도 전혀 없고, 찾아오는 환자분들에게 최선을 다해 좋은 결과로 보여드리면 입소문은 저절로 난다고 믿고 있던 터였다. 굳이 홍보를 위해 맞지 않는 일을 할 필요도 없을 것 같고, 괜히 한다고 나섰다가 망신만 당하는 건 아닌지 염려스러웠다.

그럼에도 불구하고 출연을 결심하게 된 이유는, 병원이 멀고 또 경제적으로 여의치 않은 어머님들의 일상생활을 가장 힘들게 하는 척추 질환을 고쳐주어 인생의 봄날을 되찾아주자는 방송의 기획 의도와 취지 때문이었다. 내가 할 줄 알고 잘할 수 있는, 그동안 배운 의술이 어머님들의 인생에 새로운 삶의 기쁨과 건강한 행복을 선사한다면 의사로서 그보다 더 큰 보람이 어디 있겠는가 싶었다. 이건 내가 그동안 누리고 받은 혜택들을 되돌려주는 사회 환원의 의미도 있는 일이 분명했다.

사실 원주모자보건센터에서 근무할 때, 나중에 돈을 벌게 되면 도시와 떨어진 소외지역 학생들에게 작은 도움이라도 주어야겠다는 마음을 먹고 있었다. 그러다 병원을 개업하고 얼마 지나지 않아 근처 농협 지점장님 추천으로 횡성군 서원면과 여주시 산북면과 1사 1촌을 맺어 학생들에게 장학금을 주는 일을 지금까지 해오고 있다. 비록 많지 않은 액수지만 학생들이 자신의 꿈을 펼치며 성장하는 데 쓰인다는 사실만으로도 흐뭇하고, 어쩌다 감사 편지라도 받게 되면 피곤함에 지쳐 내려앉았던 어깨에 다시금 힘이 들어가곤 한다.

나눔의 기쁨, 사실 이렇게 말하기에는 더 큰 금액으로 장학사업을 펼치는 분들이나 기업, 단체 또는 이 땅에서 나눔 실천을 하시는 수많은 봉사자에게 부끄럽지만 나도 그 기쁨의 맛을 어렴풋이 알게 되었다. 이번 〈엄마의 봄날〉 프로그램 참여 역시 나에게 그 기쁨과 보람을 안겨줄 기회일지도 모른다는 생각이 들었다.

촬영을 위해 병원 진료도 일주일에 최소 하루는 제쳐야 하고, 먼 길 오고 가야 하는 번거로움도 있지만 그건 왕진을 간다고 여기면 될 것이고, 나를 비롯한 우리 병원 의료진과 힘을 합치면 정형외과 질환은 그 어떤 것이든 해결할 자신이 있었다. 그래서 내 인생 계획에는 전혀 없던, 아니 꿈조차 꿔본 적 없는 일에 뛰어들게 되었다.

연출되지 않은 있는 그대로의 모습으로 어머님들을 만나 몸 상태를 진찰하고 얘기도 나누고, 점심 한 끼 대접받고 오는 여정이 카메라에 고스란히 담겼다. 어느덧 햇수로 5년째. 지금 와서는 〈엄마의 봄날〉을 하길 정말 잘했다는 생각뿐이다.

병원과 일상에서 탈출해 전국의 산간오지와 농어촌을 다니며 사시사철 자연풍광을 감상하고, 어머님들의 살아온 이야기를 들으며 인생을 배우고 세상을 알게 되고, 또 정성껏 준비한 밥상까지 대접받으니 이런 행운이 어디 있을까 싶다. 더욱이 몸이 불편하신 어머님들을 낫게 해드리는 봉사도 겸하고 있으니 일거다득의 횡재가 어디 있을까!

그중에서도 어머님들이 손수 준비해주신 음식들은 이제껏 먹어보지 못한 특별한 맛을 내게 선사해 주었다. 서울서 의사 양반 왔다며 제철 산지 재료들로 온갖 정성 다해 만들어주신 음식은 그 재료가 귀하고 아니고를 떠나 하나같이 정말 맛이 있었다. 집에서나 식당에서 늘 봐오던 평범한 재료임에도 어머님표 된장과 고추장, 간장 등의 양념과 어머님만의 손맛이 들어가니 재료 고유의 맛에 깊은 맛과 감칠맛이 더해져 내 미각을 놀라게 했다. 음식이 보약이라더니 치료를 위해 방문했지만 정작 그 음식들을 먹으며 내 몸과 마음이 치유되는 느낌이었다.

한평생 논과 밭 또는 바다에서 고단한 삶을 살고 아픈 몸 이끌며 가정을 돌봐오신 어머님들. 넉넉지 않은 형편에 불편한 몸으로 차려주신 과분한 밥상을 받고 그분들의 정성이 눈물겹도록 고맙고 감사해 그냥 한 끼 식사로 먹고 끝내기에는 너무 아깝다는 생각이 들었다. 잊을 수 없는, 먹고 나서 뒤돌아서면 다시 그리워지는 그 맛있는 음식들을 기록으로 남겨 보관해야겠다 싶어 서울로 돌아와 바쁜 중에도 틈틈이 시간을 내어 그 순간들을 적어보았다.

편치 않은 다리와 굽은 허리로 음식 준비를 위해 텃밭이나 산자락, 또는 바다나 갯벌에 나가 직접 캐거나 채취하느라 고생하고 만드시느라 애쓰신 어머님들께 지면을 빌어 감사 인사를 드린다. 인생 멘토이자 내게 늘 힘이 되어주시는 존경하는 아버지와 나의 아내와 아들 동훈이, 딸 정원이에게도 사랑하고 고맙다는 말 전하고 싶다. 어머님들을 만날 때나 또는 해주신 음식을 대할 때마다 늘 생각났던, 돌아가신 나의 어머니가 이 책을 보시면 아주 흐뭇해하셨을 텐데 그러지 못해 아쉬운 마음이 크다.

촬영에 동행해준 병원 가족 임영고, 정창환 님과 TV조선 〈엄마의 봄날〉 제작진, 촬영장의 든든한 동반자 신현준 씨, 그리고 나의 졸고를 엮어 『의사 양반, 밥 먹고 가!』로 출간해준 도서출판 상상미디어 김혜라 대표에게도 고마운 마음이다.

어머님들에게 받은 특별하고 맛있는 밥상의 기록을 통해, 내가 그랬던 것처럼 모든 분들이 마음의 위안과 평온, 여유와 행복을 잠시나마 느꼈으면 좋겠고, 입맛 없던 분들에게는 잃었던 입맛 되찾아주는 식욕제가 되었으면 하는 바람이다.

2020년 5월
저자 신규철

차례 |

4장

마음까지
따뜻해지는
겨울 밥상

어느덧 냉이 맛을 알게 된 나이

| 여주 냉이 된장국 |

나이가 들면 반가운 친구들이 있는 것처럼 좋아지는 음식도 있는데 나에겐 냉이가 그렇다. 몇 년 전까지만 해도 달래, 씀바귀와 엮여 그저 그런 봄나물에 불과했지 즐겨먹는 음식 재료는 아니었다. 하지만 언제부턴가 옛날 친구들이 좋아지고, 냉이나 가지가 좋아지기 시작했다. 이제는 나도 나이가 들었다는 증거일 것이다. 그런 점에서 냉이는 나를 슬프게 하는 것들 중 하나이기도 하다.

일 년 열두 달 중에서 2월은 일수도 늘 부족하거니와 계절로도 약간은 애매한 달이다. 겨울이라고 하긴 좀 늦고 그렇다고 봄이라고 하기에도 아직은 한기가 남아있는 계절이다. 이런 때 봄이 오기 시작했다는 소식을 알려주는 게 바로 냉이다. 비록 다른 채소들처럼 곱고 단정한 모양새가 아닌 이파리도 얼룩덜룩 변색되고 제멋대로 막 자란 모습이지만 여린 순으로 꽁꽁 언 땅을 뚫고 올라오는 굳센 의지와 생명력을 자랑한다. 엄동설한 추위에도 아랑곳하지 않고 마당에서 뛰노는 건강한 흙투성이 아이 같다.

〈엄마의 봄날〉 촬영을 위해 방문한 댁의 어머님이 점심으로 냉이

된장국을 준비하셨다. 갓 캐내어서 그런지 파릇한 몸체와 뿌리가 구수한 된장 속에서도 짙은 향을 내뿜는다. 씹기도 전에 냉이의 진한 향이 입안 가득 퍼진다.

불현듯 냉이와 관련된 유년시절의 추억이 떠오른다. 겨울 끝자락과 이른 봄 사이, 겨울의 혹독한 추위와 바람에 산과 들이 누렇게 초토화된 가운데 논밭 양지녘에 파란 순 같은 것이 돋아나 있다. 그것이 냉이라는 걸 알게 된 건 초등학교 때였다.

내가 다닌 경희초등학교는 경희대학교 캠퍼스 내에서도 거의 산속 한가운데 깊숙한 곳에 위치해 있었는데 교실까지 가려면 정문에서 이삼십 분 걸어가거나 132번 종점에서부터 학교까지 연결된 뒷산 오솔길을 따라가야 했다. 오래 걷는 불편함은 있었지만 사계절 자연의 변화를 느끼는 이점도 있었다.

봄에는 벚꽃길을 따라 걷고, 가을이면 낙엽을 밟으며 등하교를 했다. 자연 교과서에 나오는 식물들이 거의 학교 안에 있어서 자연 체험학습이 필요 없었는데도 인근의 임업시험장이나 홍릉, 동구릉까지 가서 현장 실습을 하곤 하였다.

어느 날 자연 학습시간에 교실 밖으로 나가 주변 식물들을 관찰했는데 늦겨울이나 이른 봄에 보았던 그 파릇파릇한 풀이 냉이라는 걸 처음 알게 되었다. 우리 집 밥상에 국이나 찌개, 무침 등의 반찬으로 오르는 것이 냉이라니 신기하기만 했다. 그다음부터는 다른 꽃이나 풀은 눈에 안 들어오고 냉이만 눈에 밟혔다.

모르는 친구도 얼굴을 익히고 이름을 알게 되면 더 가까워지는 것처럼 냉이도 그랬다. 더욱이 반찬 재료가 된다는 걸 알았으니 그냥 지나칠 수 없어 그 뒤로는 눈에 보이면 캐서 집으로 가져가곤 했다. 하지만 내가 캔 냉이는 무슨 이유에선지 반찬 재료로 사용되지 않고 꼭 시장에서 파는 냉이만 밥상 위에 올라 풀이 죽곤 했다. 내 딴에는 가족들이 즐거워하며 맛있게 먹을 기대로 열심히 캤는데 헛심 빠지는 일 아닌가!

 아직까지도 그 이유는 모르고 있다. 이런 기억 때문일까? 찬 기운이 가시지 않은 봄 이맘때 산자락이나 들녘에 나가 만나게 되는 냉이는 어렸을 때의 추억을 되살려주는 타임머신 같은 존재다.

 하지만 어렸을 때부터 자주 먹던 냉이는 내가 그리 좋아하는 음식은 아니었다. 냉이된장국은 구수하지만 어린 입맛에는 별로 맞지 않았고, 더구나 그 안에 들어가는 호박과 두부도 구미가 당기는 맛은 아니었으며 멸치 육수로 낸 국물은 더더구나 호감이 가지 않았다. 게다가 시기가 조금만 지나면 억세어지는 냉이 이파리와 뿌리의 씹는 식감도 그리 좋은 것은 아니었던 걸로 기억된다.

 이런 냉이된장국의 참맛을 느끼게 된 계기는 아마 최근이 아닌가 싶다. 나이가 먹어감에 따라 입맛도 변한다고 한다. 아주 어렸을 때는 가지나물이 싫었고, 생선에 들어가는 무조림이나 호박찌개 같은 것들을 왜 어른들은 그렇게 좋아하는 걸까 이상하게 생각했는데 요즘은 반대로 그 당시에는 왜 이 음식들이 입맛에 맞지 않았나 의아할 따름이다. 우리집 애들도 예전의 나처럼 가지무침이나 냉이국을 반기지 않는다. 하지만 나 역시 억지로 권하지 않는다. 나이가 들면 저절로 그 맛을 알게 될 테니….

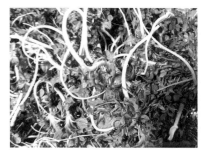

봄냉이는 뿌리를 먹고 가을냉이는 이파리를 먹는다는데, 자연산 냉이라 그런지는 모르겠지만 예전에 느꼈던 그런 질긴 느낌은 없고 씹을 때마다 입안에서 느껴지는 식감이 부드럽고 구수하다. 이파리도 아직은 갓 자란 상태라 크지 않고 전혀 저항 없는 맛이다.

채소임에도 냉이에는 단백질이 많이 포함되어 있고 비타민이나 철분과 칼슘도 많이 포함되어 있어서 쉽게 피로해지는 봄철에 최고의 영양분을 공급해준다. 여기에 곁들여진 두부와 된장은 단백질 공급을 한층 더 높여주기 때문에 겨우내 움츠렸다가 활동을 시작하는 봄철에 꼭 필요한 음식인 듯하다.

우리 조상들은 어떻게 이런 것을 알고 냉이를 먹기 시작했을까? 지방을 다니며 음식을 먹다 보면 예전엔 알지 못했던 우리 조상들의 생활의 지혜를 알고 깜짝깜짝 놀랄 때가 많다.

그래서 오늘 어머님이 해주신 냉이된장찌개는 잊고 있던 추억을 되살리고 겨울 추위로 잃었던 입맛을 되살아나게 해주었다. 고맙습니다, 어머님.

집으로 돌아오는 길. 냉이의 잔향이 아직 가시지 않은 탓일까? 불현듯 초등학교 시절 옛 추억과 친구들 얼굴이 떠오르기 시작한다. 경희초등학교는 당시 신흥 부촌인 회기동에 자리 잡고 있었는데 대부분의 아이가 경희유치원이나 근처의 동네에서 진학했기 때문에 신설동 사는 나는 약간 외톨이 같은 느낌을 받곤 하였다. 반장선거를 할 때는 이미 반의 주축을 이룬 친구들이 뽑혔고, 축구나 놀이를 할 때는 항상 그 친구들 중 한 명이 빠져야만 들어갈 수가 있어 약간은 주눅이 든 상태로 학교를 다녔다.

하지만 학교생활은 매우 만족스러웠다. 당시에는 시험을 봐도 성적을 공개하지 않았기 때문에 내가 어느 정도 실력인지는 알 수 없었으나 반장이나 임원에는 끼질 못한 걸로 봐서는 중간 정도였던 것으로 짐작된다. 방과 후에는 농구부 일원으로 활동를 했지만 실력이 모자란 탓에 학교를 졸업할 때까지 한 번도 선수로 뛰지 못했다. 그 당시 인기 있던 야구부나 축구부에는 이미 실력 있는 친구들이 자리를 차지하고 있었고, 보이스카웃에 들어가고 싶었지만 그조차 바람대로 되지 않았다. 농구부에 들어갔는데 그나마도 늘 후보 선수였다.

지금도 창피한 기억으로 남는 일이 있다. 6학년 때의 일로, 우리

반에는 농구부원이 다섯 명이나 있었는데 농구부원이 한 명밖에 없
던 옆반과의 반 대항 시합에서 지고 만 것이다. 당시 농구부 담당 선
생님이셨던 우리반 담임선생님이 매우 화를 내셨던 일이 지금도 기
억에 생생하다. 내 이름보다는 두 형들 때문에 늘 누구누구 동생으
로 불리던 학교생활이었지만 그때의 기억은 지금도 가장 소중하게
남아있다.

바쁘고 생활영역이 달라 만나지 못한 친구들을 만나기 시작한 건
최근 몇 해 전부터다. 1999년 병원 문을 열어 올해 21주년이 되는데
그동안 사실 시간적으로, 마음적으로 여유가 없었고 친구들보다는
다른 일, 다른 사람들이 우선이었다.

나이가 들면서 좋아지는 냉이처럼 친구들 역시 나이가 들어가면서
더 생각나고 좋아진다. 만나면 즐겁고 편안하다. 이제는 나도 나이
가 들었다는 증거일 것이다. 그런 점에서 냉이는 나를 슬프게 하는
것들 중 하나이기도 하다.

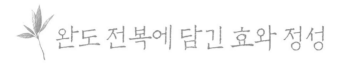
완도 전복에 담긴 효와 정성

〈엄마의 봄날〉 촬영 여정으로 간혹 몸 컨디션이 좋지 않거나 너무 장거리라서 힘들 때도 있지만 남들이 누리지 못하는 그 고장 특유의 풍광과 어머님의 손맛을 맛보고 느끼는 재미와 감동이 있기에 설레는 마음으로 다음 촬영을 기다리게 된다. 이런 기회가 어디 흔한가! 원한다고 해서 누릴 수 없는, 나에게 주어진 과분하면서도 특별한 호사가 분명하다.

새벽잠을 설치고 아침 5시 반, 완도로 향한다. 난생 처음 가는 완도 길은 무려 다섯 시간 넘게 계속 차를 타고 달려야 하는 긴 여정이다. 바깥 풍경 감상도 잠시, 잠을 청하며 눈을 감았다. 잠결에 누군가 날 깨우는 소리에 일어나니 벌써 아침 10시 반, 무려 다섯 시간을 단 한 번도 깨지 않고 꿀잠을 잔 것이다.

내가 이렇듯 평일 장거리 여정을 마다하지 않고 기쁜 마음으로 가는 건 〈엄마의 봄날〉 촬영 때문이다. 자식과 가정을 위해 평생을 헌신하며 고생한 어머니들에게 행복하고 건강한 삶을 되찾아 봄날을 맞이하게 해드리자는 취지로 기획된 TV조선 방송 프로그램이다. 병원 개원 때부터 평생 농사만 짓던 어르신들이 많이 찾아와 안타까운 마음이 들었다. 그러다 2004년 농협에서 진행하는 1사 1촌 자매결연 사업에 참여하면서 경기도 여주시 산북면을 시작으로 강원도 횡성군 서원면, 공근면 등 여러 지역을 찾아 정기적으로 마을 어르신들의 건강을 돌봐드리고 아이들에게는 장학금을 지원하는 일을 하게 되었다. 〈엄마의 봄날〉도 봉사활동의 연속선상에서 하게 된 일이다.

〈엄마의 봄날〉 첫 촬영 날, 방송이라고는 인터뷰 몇 번 짧게 한 경험이 고작인 내게 그날은 잊을래야 잊을 수 없는 기억으로 남아있다. 첫 촬영지인 포항에 가기 위해 새벽 어둠을 헤치며 서울역에 도착했다. 아직은 겨울의 끝자락을 밟고 있는 초봄의 쌀쌀한 날씨 탓인지 새벽 6시의 대합실은 을씨년스럽기 짝이 없었다. 병원 직원인 하동학 씨와 KTX 좌석에 나란히 앉았는데 모든 게 생소하고 어색했다.

포항은 생각보다 빨라 두 시간여밖에 걸리지 않았다. 비가 온다고 했는데 도착하니 비는 이미 그치고 미약한 봄 햇살이 우리를 맞이했다. 남도의 봄은 서울과는 다르다는 생각을 하며 도착한 곳은 포항 해변가의 허름한 시골집. 하지만 포항의 바람은 상상하기 힘들 정도로 세서 걸을 때마다 몸이 휘청거렸다. 길옆의 해안에는 파도가 몰아치는데 바람 탓인지 평소 관광지 바닷가에서 보던 그런 낭만적인 파도가 아닌, 주위의 모든 것을 삼킬 듯한 무시무시한 위력을 과시하고 있었다.

해녀 아닌 해남인 고등학생 손자와 함께 사는 어머님은 과거에는 해녀 일을 하느라 바닷속을 내 집처럼 드나들었지만 지금은 양쪽 무릎의 관절염으로 인해 보행조차 힘드신 분이셨다. 팔십 평생을 온갖 궂은일을 해가며 자식을 키우고 이제는 손자까지 맡아서 키워야 하는, 자신보다는 자식과 손자를 더 걱정하며 사는 전형적인 우리네 어머님 모습이셨다. 사는 곳도 열악해서 방 한 칸에서 먹고 자며 생활하시는데, 마루턱이며 계단이 어머님이 생활하기에 정말 불편하고 힘든 곳이었다. 그런 생활로 인해 무릎은 더 망가지고, 굽은 무릎 때문에 바로 누울 수도 없으시다는 말씀에 마음이 짠했다. 이런 환경 속에서 불편한 몸으로 어떻게 견디셨을지 믿기지 않을 정도였다. 당장이라도 병원으로 모시고 가 시술을 통해 편안하게 해드려야겠다는 생각이 들었다.

오후 다섯 시경, 생애 첫 장시간 촬영이 끝나고 그날 크게 힘들인 것도 없는데 온몸의 기가 모두 빠진 탈진상태가 되어버린 것으로 기억한다. 서울로 돌아오는 길, 피곤함에도 잠들지 못하고 차창 너머 어둠 속에 따라붙는 불빛들 개수만큼 많은 생각을 했다.

여태껏 살아오는 동안 보고 듣고 배우고 경험한 것들과 내가 속한 삶의 영역이 전부인 줄로만 알고, 반백 년 넘는 세월 동안 우물 안 개구리처럼 살아온 것은 아닐까? 순탄하기만 했던 나의 삶과는 달리 다른 세상에서 힘들게 살아가고 있는 사람들이 있다는 걸 애써 모른 척하거나 잊고 지냈던 건 아닌가? 의사로서 내가 할 일이 무엇인지, 앞으로 어떤 삶을 살아가야 할지…. 이미 내 나이도 쉰이 넘어 육십을 바라보니 귀도 순해지고 이순이란 말 그대로 세상의 모든 이치를 알만도 한 나이인데 생각해 보니 나는 아는 것이 정말 아무것도 없구나…. 뭐, 대충 이런 반성의 시간을 가진 것 같다. 그리고 앞으로의 하루 하루는 세상을 더 알아가도록 노력하고, 내가 해야 할 일이 무엇인지를 찾아도 보고, 세상에 더욱 겸손해야겠다 다짐도 했던 것 같다.

첫 키스, 첫 직장, 첫사랑, 첫 내 집 장만 등 '첫' 자가 들어간 말은 힘이 세서 마음에 깊이 새겨진다고 하는데 그래서인지 〈엄마의 봄날〉 첫 촬영도 내 기억속에 또렷이 각인돼 있다.

서울은 영상 5도 정도인데 남도 끝자락 완도는 영상 10도의 비교적 훈기가 도는 날씨다. 그러나 바닷가의 바람은 역시 가볍지 않다. 계절에 어울리지 않는 두꺼운 겨울 파카를 입고 갔지만 바람이 불 때는 차가운 한기가 느껴질 정도다. 게다가 촬영은 4년째로 접어들어 어느 정도 익숙해질 법도 하지만 늘 긴장되고 어색한 건 여전하다.

쪽빛 바다가 펼쳐진 산언덕을 올라 어머님 댁으로 가는 길, 집과 가까워질수록 나무 타는 매캐한 냄새와 해산물을 굽는 구수한 향이 코끝을 자극한다. 마당에 들어서니 역시나, 어머님이 숯불에 완도의 특산물인 전복을 정성스레 굽고 있다. 아랫집 사시는 백수 연세의 친정아버지께 드릴 전복이라는데 진동하는 전복구이 냄새에도 친정아버지는 마루에 앉아 요지부동 눈길 한번 안 주신다. 사연인 즉슨, 전날 술 문제로 부녀 사이에 싫은 소리가 오갔다는데 어르신이 그 일로 상심이 크셨는지 아직 부녀 사이가 냉랭하다는 거다. 어머님은 연세도 많으신 친정아버지의 노여움이 마음에 걸렸는지 어르신이 가장 좋아하시는 전복을 사기 위해 아침 일찍 양식장에 다녀오셨단다. 말하자면 효심이 담긴 전복구이인 셈이다.

그러고 보니 전복은 예나 지금이나 효와 정성의 상징인 것 같다. 역사 속에서도 문종이 병환 중인 아버지 세종에게 직접 손질한 전복을 매일 드시게 했다는 이야기, 소현세자가 심신이 허약해진 아버지 인조를 위해 전복만두를 빚어 문안을 올렸다는 이야기는 잘 알려져 있다. 세상은 변했지만 지금도 누군가를 위한 전복요리—특히 전복죽—는 여전히 드라마나 TV 프로그램 등에서 효심, 정성을 상징하는 비유로 자주 등장한다. 그래서일까? 친정아버지도 몇 차례 거절 끝에 딸이 정성스레 구운 전복구이를 한 점 드시고는 금세 기분이 좋아져 무릎을 '탁' 치신다. 효심 담은 전복이 아버지의 마음을 움직인 것이다.

워낙 귀해서인지 따지고 보면 전복만큼 시대를 초월해 귀한 대접을 받는 식재료도 흔치는 않다. 옛날에는 왕실 진상품이었다는데, 백성들이 전복을 구하기 괴롭다 하니 정조가 상에 전복을 올리지 말라고 했다는 이야기도 전해온다.

완도에서 평생을 사신 친정아버님은 "옛날에는 전복을 아무나 먹지도 못했다"고 하시는 걸 보면 귀하긴 귀했나 보다.

내가 어렸을 때만 하더라도 여름 방학 때 바닷가에서 어쩌다 아버지가 사주시는 전복죽이 전복을 맛볼 수 있는 유일한 기회였다. 생

전복을 한 점 먹을 때도 있었는데 사실 맛도 잘 몰랐다. 딱딱한 고무 같은 것을 이가 아프게 씹으며 '이것이 정말 맛있는 건가?' 의심하면서 비싸고 귀하다니까 어쩔 수 없이 먹는 정도였다.

귀해서 왕도 물렸다는 이런 전복을 조개구이처럼 구워 먹다니 감히 생각지도 못할 호강이다. 구운 전복은 또 다른 맛으로 생전복 회나 집에서 아내가 해주는 전복찜, 전복 미역국과는 확연한 맛 차이가 있다. 영양은 최고라는 ─특히 남자에게 정말 좋다는─ 전복 내장은 생으로 쪄서 먹으면 비릿한 맛으로 인해 삼키기 힘들었는데 불에 구워 익은 내장은 나름 구수한 맛이 있다.

음식으로는 최고수에 속하는 중국인들은 말린 전복을 최고로 치며 생으로 먹는 우리나라 사람을 보고 맛을 모른다고 한다. 사실 내 생각도 회보다는 구이나 찜이 더 낫고 중국요리의 말린 전복이 맛은 훨씬 더 있는 듯 하다. 아무래도 단백질은 한번 열을 가해 응고시켜야 제 맛이 나는가 보다.

예전에는 완도 특산물 하면 단연 김이었다. 나 역시 레지던트 시절 담당 환자의 부모에게 받은 광천 김을 알기 전까지는 김은 완도에서만 나는 줄 알았다. 그런데 어느 순간엔가 완도 김보다는 완도 전복이 유명세를 타기 시작했다. 아마도 2000년

들어 완도에 전복 양식장들이 들어선 후인가 보다. '전복양식=부자'라는 인식이 퍼진 것도 그때쯤이 아닐까 싶은데 이곳 완도 일대는 억대 소득자들이 수두룩한 부자섬으로 이름이 났었다. 완도에서는 개도 수표를 물고 다닌다는 우스갯소리가 나오고 학원 강사들 사이에서는 "돈 벌고 싶으면 완도에 가서 과외를 해라"는 말까지 돌았다니 말이다.

하지만 이곳 분들의 말씀으로는 '전복 양식=부자'의 공식은 옛날 얘기가 됐다고 한다. 돈이 된다니 너도나도 전복양식에 뛰어들어 공급 과잉이 된 데다 전복의 먹이인 다시마, 미역 값이 전복보다 비싸져 이문이 줄었기 때문이란다. 게다가 예민한 전복은 기후나 수온에 따라 폐사율도 높아 수입은커녕 적자에 허덕이는 어민들이 많아졌다고 한다. 참으로 안타까운 일이다. 생각해 보니 전복이 옛날과 비교해 흔해지기는 했다. 삼계탕에도, 해물탕에도, 하물며 된장찌개에도 전복을 넣는 경우가 많아졌다. 하지만 사 먹는 입장에서 전복은 아직도 비싸고 고급 요리임은 확실하다.

전복을 씹을 때마다 단단한 육질에서 배어나오는 고소한 맛과 바다향과 숯향이 어우러진 풍미는 체면이고 뭐고 할 거 없이 계속 손이 가게 만들어 어찌어찌하다 보니 그 많던 전복 한 판을 다 먹어치웠다.

사실 이런 전복구이는 서울의 전문 식당이나 유명 일식집에서도 먹을 수 없다. 어느 누가 수십 마리나 되는 전복을 숯불 피운 석쇠에

구워서 주겠는가?

　〈엄마의 봄날〉촬영 여정으로 간혹 몸 컨디션이 좋지 않거나 너무 장거리라서 힘들 때도 있지만 남들이 누리지 못하는 그 고장 특유의 풍광과 어머님의 손맛을 맛보고 느끼는 재미와 감동이 있기에 설레는 마음으로 다음 촬영을 기다리게 된다. 이런 기회가 어디 흔한 일인가! 원한다고 해서 누릴 수 없는, 나에게 주어지는 과분하면서도 특별한 호사가 분명하다.

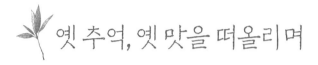

옛 추억, 옛 맛을 떠올리며

| 양평 민물매운탕 |

쏘가리민물매운탕은 추억의 맛이다. 음식의 맛 때문이 아니라 까마득하게 잊혀졌다가 가끔 생각나는 그 시절의 추억을 떠올리게 하는 맛이다. 오후가 되자 바람이 차갑다. 강에서 부는 바람은 예나 제나 역시 변함이 없고 나만 바뀌어 있을 뿐이다. 그러고 보니 양평 땅을 밟고 서서 강물을 바라본 지도 삼십하고도 칠, 팔 년의 세월이 흘렀다. 이 가까운 곳도 그동안 한 번도 와보지 못할 정도로 정신없이 살았나 보다.

오랜만에 느긋한 아침을 맞이했다. 오늘 촬영지가 서울에서 사오십 분 거리인 근접지역인데다, 조금 천천히 진행했으면 좋겠다는 내 의견이 반영되어 촬영이 오후 1시부터 시작되기 때문이다. 그래서 느즈막히 일어나도 되건만 습관이 몸에 익었는지 아침 6시가 되자 저절로 눈이 떠졌다. 평소에는 병원 갈 준비로 마음이 바빠 허둥지둥할 시간에 갑자기 할 일이 없어지니 뭘 할지 몰라 이불 속에서 발가락만 꼼지락거리며 누워있었다.

그러다 요즘 들어 재미를 붙인 유튜브의 음악을 틀고 믹스커피를 마시면서 뭘 할지를 생각해 봤다. 잠은 아직 잠에서 깨지 않아 TV를 보기도 그렇고 책을 보자니 갑자기 귀찮기도 해서 안마의자에 앉아 다시 비몽사몽하며 구스타보 두다멜이 지휘하는 엘에이 필 하모닉 오케스트라 연주를 듣는다.

'얼마 만에 누리는 평일 오전의 여유인가!'

사실 병원을 개원한 이후 평일의 휴식은 누려본 적이 없고 그나마 주말에 여유시간을 가져본 건 애들이 대학에 진학하고 난 이후다. 주말에 아이들과 같이 동물원이나 어린이대공원, 용인자연농원(에버랜드)을 산책 삼아 다니곤 했는데, 그나마 큰아이가 중학교에 진학한 이후론 집에서 쉬어도 쉬는 것 같지도 않고 개업을 한 지도 얼마 되지 않았기 때문에 쉬는 날 없이 병원에서 환자를 봐야 했다.

얼마 전까지만 해도 이틀 이상 연이어 쉬어본 적이 없다. 쉬는 날에는 대모산이나 청계산에 오르곤 했는데 등산을 별로 좋아하지 않아 아내와 강아지를 데리고 남산길을 산책하는 코스로 바꿨다. 이른 아침에 나가 밤에 들어오는 남편으로서의 미안함을 조금이나마 희석시키기 위한 내 나름대로의 계산에서 추진한 일이다.

휴일 아침 보통은 느긋하게 일어나 커피 한잔을 마시고 안마의자에 앉아 주말 신문을 보며 음악을 듣는 일이 가장 큰 낙이다. 엄밀히 말해 신문을 보려는 것도 음악을 들으려는 것도 아니다. 단지 내 천성이 뭔가를 하지 않으면 불안증이 와서 음악을 듣는 척, 신문을 보는 척하는 것일 뿐이다. 음악을 많이 듣기는 하지만 제목을 아는 곡은 베토벤의 운명과 합창 4악장이 전부다.

휴일엔 가능한 가장 게으르고 빈둥거리는 게 주로 하는 일이다. 눈을 감고 음악을 들으면서 잠을 자는 척하지만 반은 깨어있는 상태에서 여유를 부린다. 오후가 되면 참다못한 아내의 눈길 때문에 부스스 일어나 주섬주섬 옷을 입고 어딜 가는지도 모른 채 따라 나선다. 주로 백화점에 가는 경우가 많은데 물건을 사기보다는 이것저것 둘러보고 난 뒤 "다른 데 한번 더 둘러보고 올게요"하는 식으로 아이쇼핑을 마친다. 특별히 한 일도 없는 것 같은데 그래도 아내는 만족한 표정이다.

얼마 전부터 아내와 필드에 나가기 시작했다. 시작은 내가 한참 더 빨랐지만 하는 듯 마는 듯 열정 없이 해서인지 지금은 아내가 나보다 훨씬 더 잘 친다. 나이가 들어서까지 부부가 함께 즐길 수 있는 취미 생활이 무엇일까 고민하다 골프가 떠올라 시작했는데 앞으로 더 열심히 해볼 생각이다.

최근엔 더운 여름이나 추운 겨울에도 즐길 수 있는 실내 운동인 당구를 배우기 시작했다. 고등학교, 대학 시절 친구들이 당구치는 걸 보면 무슨 재미로 하나 싶었는데 늦게 배운 도둑질이 밤새는 줄 모른다고 요즘 당구의 재미에 푹 빠져있다.

일주일에 1회씩 중국어와 일본어도 배우고 있다. 사실 외국어는 어릴 때 배우는 것이 좋고 나이 들어서는 배우기 힘들다는데 정말 그 말이 100프로 맞다는 걸 실감한다. 어학공부를 시작한 지 벌써 2년이나 되었지만 정말 쉽지 않음을 매번 깨닫는다. "듣고 돌아서면 다

까먹는다"는 어머님들의 말씀이 무슨 뜻인지 실감하고 또 실감한다. 그래도 기왕 배우겠다고 시작한 공부이니 붙잡고 있는 중이다.

이른 아침, 진료를 시작하기에 앞서 병원 내 방에서 중국어와 일본어를 공부하는데 그래도 뭔가를 배운다는 사실에 만족해하고 있다. 서당 개 3년이면 풍월을 읊는다는데 그 수준에 도달하려면 이번 생은 틀렸고, 이제 겨우 말 배우는 서너 살 아이 수준은 이르지 않았나 싶다.

작년에 일본에 갈 일이 있어 내가 일본어를 했더니 그 나라 사람들이 깜짝 놀라며 좋아했다. '내 일본어가 그 정도인가?' 싶어 나도 적잖이 놀란 적이 있다. 하긴 우리도 외국인이 한국어를 하면 서툴러도 신기하고 기특한 마음이 드는 것처럼 아마 그 사람들도 그런 심정이었을 것이다. 그날의 일은 그동안 공부한 일이 헛일이 아니었구나 하는 뿌듯함과 함께 자신감을 심어주었고 앞으로 더 열심히 공부해야겠다고 마음먹게 된 계기가 되었다.

성조 때문에 배우기 힘든 중국어는 늘 거기서 거기다. 대만에 갔을 때의 일이다. 택시 기사에게 중국어로 인사를 건네며 어디 어디까지 가겠다고 행선지까지 알려주는 데까지는 일단 성공이었다. 그런데 문제는 곧이어 발생했다. 내 중국어가 유창한 줄 착각한 중국인 기사가 계속 중국어로 얘기를 하는데 도통 알아들을 수가 없었다. 아는 척도 못 알아듣는 척도 할 수 없어 시선을 창밖으로 돌린 채 눈만 껌벅였던 적이 있다.

잘하는 것도 없지만 못 하는 것도 없는 어중간한 사람, 그게 바로 나다. 오늘같이 촬영이 있는 불가피한 경우를 제외하고는 지금쯤 병원 내 방에서 일본어랑 중국어와 씨름 하고 있을 텐데 오늘은 이것들한테서도 해방이다.

오전 11시 반 출발 일정이면 한참 남은 줄 알았는데 이것저것 하다 보니 금방 나갈 시간이 되었다. 예전에 학교 다닐 때는 수업 한 시간이 한나절 같았는데 지금은 한나절이 한 시간도 채 안 되는 것 같다.

양평까지 가는 길은 평소에도 자주 다니던 길이라 낯이 익기도 하련만 이 시간대에 가는 일은 또 처음이라 마치 새로운 길을 가는 것만 같다. 길옆에는 이미 벚꽃이 지고 있고, 어제는 강원도와 경상북

도에 폭설로 지붕이 폭삭 내려앉았다는데 그걸 아는지 모르는지 이제는 봄을 지나 여름이 다가온 느낌이다.

이곳 양평의 남한강은 상수도 보호지역이라 물이 깨끗하고 오염이 없는 청정지역이다. 그래서 낚시도 할 수 없고 허가받은 지역 주민만 어부로 등록하여 물고기를 잡을 수 있다.

오늘 만날 어머님은 평생을 이곳에서 살아오신 분이다. 남편분도 마찬가지인데 1972년 팔당댐이 완공되고 준설공사를 할 때도 그 일

을 맡아 했기에 강 위는 물론 강바닥까지 손바닥처럼 훤히 안다고 하신다.

요즘은 물이 차가워서 물고기가 잡히지 않는 시기지만 오늘 아침에 놓은 어망에 쏘가리와 빠가사리라 불리는 동자개, 민물장어, 붕어와 이름 모를 작은 물고기가 가득이다. 민물고기뿐만 아니라 다슬기도 채취하는데 하루 20~30킬로그램 정도 잡는다고 한다. 잡은 물고기와 다슬기는 모두 공판장에 내다 파는데 장어는 1킬로그램에 10만 원 정도 한다고 하니 정말 비싼 물고기다. 그도 그럴 것이 요즘 시중에서 파는 장어는 전부 양식인데 비해 청정지역에서 잡은 자연산이니 비쌀 만도 하다. 쏘가리는 여태껏 보아온 것들과는 비교도 안 될 만큼 큰데 길이가 거의 30~40센티미터는 되어 보인다. 이 정도 크기는 횟감용이라며 먹어보라고 하시는데 대학교 다닐 때 기생충학 시간에 민물고기는 디스토마의 원인이 되니 날것으로는 절대 먹지 말라 했던 교수님의 가르침 때문에 사양하였다. 정작 교과 내용은 기억이 안 나고 잡담 같은 그 강의 내용만 정확히 기억하고 있다가 여태껏 따르고 있는 걸 보면, 나도 내 몸은 끔찍이 챙기는 실속형 인간이 틀림없다.

이곳 팔당과 양평은 내게도 낯설지 않다. 어렸을 때 우리 가족의 드라이브 코스였기 때문이다. 자동차를 처음 구입한 아버지가 올망졸망한 아들들을 데리고 드라이브도 할 겸, 팔당까지 와서 빠가사리 매운탕을 먹고 가던 곳이다. 그 당시에도 빠가사리, 쏘가리는 귀하

고 비싸서 쉽게 먹을 수 없는 생선이었다. 크기는 손가락만 해서 살도 없는 데다가 온갖 양념을 넣어서 이게 생선 매운탕인지, 고추장 탕인지 알지도 못하고 먹었던 기억이 있다. 아버지가 사주셔서 먹기는 했지만 어린 나이에 매운탕 맛을 알턱이 없었을 것이다.

당시 자가용이 있던 집은 부자에 속하던 시절이었는데 내 기억에 우리집은 그다지 넉넉한 편은 아니었다. 내가 태어나고 자란 집은 종로4가에 있었는데 바로 뒤에 종묘가 있고, 길 건너에는 비원이 자리한 서울 한복판이었다. 그 당시 대부분이 집에서 분만하던 것과 달리 당시 최고의 산부인과로 꼽히던 동대문의 이대병원에서 내가 태어났는데 이는 집안 형편보다는 자식을 귀하게 생각하셨던 부모님 덕분인 듯싶다.

아버지는 서울 토박이로 조상 대대로 서울 출신이라고 하시는데 아버님을 찾아오는 친척분들이 강원도 횡성에서 오시는 것을 보아 순수 토박이는 아닌 듯하고 아마 할아버지나 증조할아버지 때부터 서울에 내려와 사신 것이 아닌가 짐작된다. 친척분들은 아버지를 부를 때 "4정목 아저씨"라고 불렀는데 4정목은 '4가'라는 뜻으로 그 집은 아마도 일제강점기 때부터 살아온 듯하며, 그걸 보면 상당히 오랜 기간 서울서 산 걸로 보아 서울 토박이는 확실한 것 같다.

아버지의 서울 토박이 자부심은 대단하신데 그 자부심에 살짝 금이 간 적이 있다. 언젠가 서울시에서 서울 토박이를 찾는 행사를 한 적이 있었는데 아버지는 자신있게 신청했다가 그만 탈락하고 만 것 이다. 이유인즉, 6·25전쟁 당시 중학생이던 아버지의 주소지를 퇴계원으로 잠깐 옮기는 위장 전입 때문이었다. 아버지는 그 일을 두고두고 애석해하셨다.

서울 한복판에 집을 가진 토박이라고는 하지만 부자는 아니셨다. 아버지는 가세 기운 집안의 막내로 태어나 초등학교에 들어갈 때는 이미 할아버지 나이가 예순을 넘으셔서 그 이후 거의 고학으로 학교를 다니셨다. 대학도 학교 청소를 하면서 학비를 벌었고, 고물상에 이어 보석상을 하시며 집안을 일으켰다. 지금도 자식과 손자들에게 옛이야기를 무용담처럼 들려주며 "할애비는 이런 사람이야" 자랑스러워 하신다. 고생한 만큼 자식들은 당신처럼 살지 않기를 바라는 마음에 아버지는 전력을 다해 자식 뒷바라지와 교육에 매진하셨다.

수학에 자신 없어 하는 내게 이과를 선택해 의대에 가라고 하신 것도 아버지와 어머니다. 위의 두 형을 문과로 보낸 부모님은 앞으로는 이과가 더 유망할 거라며 이과 쪽으로 권유하였다. 우리 집안 분위기로는 이과 쪽 계통은 아무도 없었기에 이과에서 무엇을 해야 하는지 잘 알지도 못했고, 무엇보다 수학에 자신이 없었기에 망설일 수밖에 없었다. 하지만 학부형 면담 후 나의 의사와는 상관없이 이과로 결정이 나버렸다. 수학 성적이 나쁘지는 않았지만 수학이 약하다고 스스로 생각하고 있었다. 이과의 모든 과목은 수학이 뒷받침되지 않으면 할 수 없는데 아버지는 이미 내 직업까지 결정해놓고 계셨다. "의사는 전쟁통에서도 살아 남을 수 있고 큰돈은 못 벌어도 굶어 죽지 않는 데다가 평생을 할 수 있는 직업이다"라는 것이 아버지의 확고한 생각이었다.

반권유, 반강요에 의해 그때부터 나는 의사가 되어야겠다고 생각한 것 같다. 딱히 의사가 되어 뭘 하겠다고 생각해 본 적도 없다. 당시 내가 아는 의사란 작은 공간에서 소독약 냄새 풀풀 풍기며 안경을 쓰고 앉아서 환자를 상대하느라 하루 종일 밖에도 나다니지 못하는 따분한 직업일 뿐이었다. 그렇기에 의사란 직업에 약간은 부정적이었다. 공부를 하는 것도 학생이면 당연히 해야 하고 이왕 할 바엔 잘해야 한다고 생각하다 보니 어영부영 의대에 입학하였다. 내 의지로 의대에 입학한 것이 아니었기에 어느날 선배가 나에게 "왜 공부하냐?"고 물어보길래 "졸업하기 위해 공부하는데요" 답을 했다. 그런 나를 기가 막힌다는 표정으로 한참 동안 쳐다보던 선배의 표정이 기억난다.

대학에 입학하면 그때부터는 노는 줄 알았다. 부모님이나 선생님들이 "고등학교 때까지만 공부 열심히 하고 대학 가서는 놀아라"고 했기 때문에 당연히 그런 줄 알았다. 그런데 입학하자마자 고등학교 때보다 수업이 더 많은 것이 아닌가! 아침 8시에 시작해 오후 5시에 수업이 끝나는 것을 보고 그때서야 뭔가 잘못됐다는 걸 알았다.

더 한심한 일은 대학교인데도 중간고사, 기말고사가 있다는 거였다. 도대체 이해가 가질 않았지만 남들이 하기에 나도 할 수밖엔 없었는데 1학기 기말고사가 끝나고 나니 30프로 이상이 F학점이 나와 1학기만에 학교를 그만둔 친구들이 생겼다. 1학년이 끝나고 나니 다수의 친구들이 유급을 당하는 것을 보고 '이것 참 큰일 났다'는 생각이 들어 공부에 더 신경을 쓰게 되었다. 이런 유급 현상은 3학년 본과 1학년 때까지 계속되어 나중에 졸업할 때는 같이 입학한 학생의 반도 채 되지 않는 숫자만이 졸업할 수 있었다.

그러니 졸업하기 위해 공부한다는 내 대답이 맞는 말이었다. 아마도 그 선배는 "열심히 공부해서 훌륭한 의사가 되겠다"거나 "가난한 환자들을 돕는 인술을 펼치겠다"는 그런 답을 원했던 건 아니었을까?

그렇게 치열하게 공부하던 대학 시절, 봄·가을로 MT를 가던 곳이 바로 양평이다. 강바람 때문에 추워서 잠시 경치 구경하기만 좋지 하루, 이틀 묵고 가기엔 별로였다. 그러고 보니 양평 땅을 밟고 서서 강물을 바라본 지도 삼십하고도 칠, 팔 년의 세월이 흘렀다. 이 가까운 곳도 그동안 한 번도 와보지 못할 정도로 정신없이 살았나 보다.

양평의 쏘가리민물매운탕은 추억의 맛이다. 음식의 맛 때문이 아니라 까마득하게 잊혀졌다가 가끔 생각 나는 그 시절의 추억을 떠올리게 하는 맛이다. 오후가 되자 바람이 차갑다. 강에서 부는 바람은 예나 제나 역시 변함이 없고 나만 바뀌어 있을 뿐이다.

밥상의 중심은 밥

막 뜸이 든 밥솥에 윤기 머금어 탱글탱글 알알이 솟은 밥알은 보기만 해도 군침이 돈다. 뿌연 김이 걷히면서 드러난 반질반질한 윤기가 살아있는 하얀 쌀밥을 한 숟가락 퍼서 후후 불어 입에 넣어본 경험, 굳이 다른 반찬이 필요 없다. 오늘 화순에서는 쌀밥만 먹은 것이 아니라 추억까지 같이 먹어버렸다.

그러면서 나에게 묻는다. "나는 오늘 과연 밥값을 했는가?"

밥은 곧 생명이자 삶을 살아 가게 만드는 힘의 원천이다. 뭔가 결심하거나 자신의 의견을 주장할 때 밥을 굶음으로써 자신의 결연한 의지를 내보이기도 한다. 그만큼 목숨을 내놓겠다는 각오를 전달하는 의미다. 아프거나 마음을 다잡을 때는 밥심을 빌어 우리는 일어설 힘을 얻는다.

어느 책에서 '뜨듯한 밥 먹으나 식은 밥 먹으나 미지근한 똥 누는 건 마찬가지다'라는 구절을 읽으며 한참 웃은 적이 있다. 하지만 밥이라고 모두 같은 것은 아니다. 수분의 비율이 맞고 적당한 뜸까지 든, 갓 지은 따끈한 밥은 그 자체가 반찬이 되기도 한다.

막 뜸이 든 밥솥에 윤기 머금어 탱글탱글 알알이 솟은 밥알은 보기만 해도 군침이 돈다. 뿌연 김이 걷히면서 드러난 반질반질한 윤기가 살아있는 하얀 쌀밥을 한 숟가락 퍼서 후후 불어 입에 넣어본 경험, 굳이 다른 반찬이 필요 없다.

처음 일본에 갔을 땐 맛있는 요리를 찾아다녔다. 다녀온 사람들로부터 들은 정보를 갖고 잔뜩 기대를 하고 음식을 시켰지만 한국에서 먹는 일본 요리만 못하고 내 입맛에도 맞지 않았다. 아침에는 일본식 쌀죽에 명란젓이나 흰 쌀밥에 냉수를 부어 먹었다. 거기서 느낀 것은 쌀밥은 그 자체가 맛있는 반찬이란 진리였다.

흰 쌀밥 하면 떠오르는 초등학교 시절의 추억이 있다. 나의 초등학교 -그 당시는 국민학교 - 시절에는 쌀이 부족해서 국가적으로 혼식, 분식을 장려하던 때였다. 급기야 6학년 때는 매주 토요일은 분식의 날이라 하여 국수만 먹고, 점심 도시락에는 보리 등의 잡곡이 30프로 이상 섞여야 했다. 말이 30프로지 실제로 보면 보리가 쌀보다 넓적하고 커서 보리 사이로 쌀이 드문드문 보여야 겨우 그 비율을 맞출 수 있었다. 사실 나는 보리밥이든, 쌀밥이든, 상관없었는데 아버지는 흰 쌀밥이 아니면 절대로 식사를 하지 않으셨다. 학교에서는 매일 도시락을 검사해서 잡곡이 30프로 이하면 앞에 불려 나가 이름을 적히곤 했다. 어머니는 보리 대신 밀을 살짝 넣어 밥을 지어서는 도시락 위에만 밀을 살살 펴서 올려 주셨는데 그날은 밀의 양이 부족한 것이 문제였다.

　　그날 도시락 검사 때 잡곡 양이 적어 앞으로 불려나가게 되었다. 그러다 무심코 담임 선생님 책상 위의 도시락을 힐끗 쳐다봤는데 그 모습을 담임 선생님이 보시고 는 불같이 화를 내시는 것이었 다. 나는 내가 무슨 잘못을 저지른지도 모르고 눈물, 콧물 흘리며 용 서를 빌었으나 담임 선생님의 노여움은 수그러들지 않았다. 나중에 어른이 되어 생각해 보니 아마도 내가 선생님의 도시락 잡곡 비율을 확인하려는 줄 오해하셨던 모양이다.

　　이 추억은 이미 수십 년이 지난 지금도 쌀밥을 볼 때마다 가끔 생 각나는 장면이다. 이후 나는 그 당시 부르던 혼식 분식을 장려하는, "쑥~ 쑥 키가 큰다. 힘이 오른다. 혼식 분식에 약한 몸 없다"란 동요 를 주구장창 부르고 다녔다.

　　중학교에 올라가서도 도시락을 가지고 다녔는데 그때는 혼식이 문 제가 아니라 친구들 도시락을 빼앗아 먹는 친구들 때문에 맘이 상하 곤 했다. 집에서 멀리 떨어지지 않은 성일중학교에 다니게 되었는데 당시에는 학생 수가 많아 한 반에 70명씩 15반으로 구성되어 있었고, 3개 학년 합쳐 3천 명이 넘었다.

　　이름 있는 사립초등학교 졸업를 졸업했다는 사실 덕분에 우애부나 반장, 부반장을 할 수가 있었다. 더욱이 1학년 첫 시험에서 전교 2등을 한 덕분에 3년 내내 학교를 편하게 다닐 수 있었다.

그런데 중학교 1학년 말 신설동에서 멀리 떨어진 용산으로 이사를 가게 되어 다시금 친한 친구들과 멀어지게 되었다. 재밌고 즐겁던 초등학교 때와는 다르게 중학교는 너무 살벌한 곳이었다. 영화 속 서부의 무법천지 같았는데 점심시간 때는 특히 더 심했다. 뒤에 앉은 덩치 큰 아이들이 젓가락만 들고 다니면서 다른 아이들의 도시락과 반찬을 자기들 맘대로 집어먹었다. 어지간하면 그냥 넘어가는데 어떤 날은 도가 지나친 경우도 있었다. 꽤나 성격이 까칠했던 나는 그 순간을 참지 못하고 그 친구의 얼굴에 물을 확 끼얹어버렸다. 순식간에 벌어진 일에 그 친구도 꽤나 당황하고 놀랐는지 아무 말도 못하고 내 얼굴만 쳐다보고는 지나가 버렸다.

그 당시만 해도 지금 같이 폭력이 난무하는 시기는 아니었기 때문에 시장통의 닭 파는 집 아들이었던 그 친구와는 얼마 지나지 않아 다시 헤헤거리며 축구도 하고 어울리게 되었다. 지금도 잊히지 않는 그 친구 이름은 태성길이다. 지금은 어디서 뭘 하고 있는지….

집에서는 여름이 되면 완두콩밥을 해 먹었다. 연두색의 동글동글한 완두콩을 살짝 밥에 넣어 익히면 씹을 때마다 살짝 터지는 맛이 일품이었다. 완두콩을 많이 먹으려는 욕심에 어느

날은 완두콩만 한 그릇 담아서 먹어본 적이 있었는데 이때는 콩 터지는 맛보다 텁텁함이 느껴져 밥과 같이 먹을 때의 맛을 느낄 수 없었다. 왜 콩밥을 싫어하고 안 먹는 사람들이 있는지 이해하게 되었다. 아버지는 완두콩보다는 강낭콩을 좋아하셨는데 나는 강낭콩은 퍽퍽해서 강낭콩밥을 먹을 때가 가장 고역이었다. 어느 날, 밥만 먼저 골라 먹고 강낭콩만 모아서 먹다가 목이 메어 고생을 한 이후로는 지금도 강낭콩은 먹지 않는다.

내가 흰 쌀밥이 진정한 밥의 맛이란 걸 알게 된 계기는 아내가 건강에 좋다며 현미밥을 해줄 때부터다. TV에서 현미밥 열풍이 불기 시작할 즈음으로 현미가 다른 품종의 쌀인 줄로만 알았는데 알고 보니 벼의 왕겨를 벗겨낸 상태로 도정되지 않은 쌀이었다. 아무리 건강에 좋다지만 벼 껍질이 남아있는 건지, 덜 익은 건지 모래알을 씹는 느낌이라 도저히 친해질 수가 없었다. 물에 말아 훌훌 삼키려 해도 밥알이 마치 입안에 둥둥 뜬 것처럼 씹히지 않고 생쌀을 그냥 삼키는 느낌이었다. 몇 주 동안 도전하다 현미는 결국 포기하고 나의 쌀밥 사랑은 더욱더 심해졌다.

요즘은 우리나라 쌀 품종이 많아져서 값도 차이가 나고 맛도 차이가 많이 난다. 내가 좋아하는 쌀밥을 더 맛있게 먹는 방법은 서울식

깍두기 국물에 비벼 먹거나, 잘 익은 김장김치를 손으로 찢어서 김이 모락모락 올라오는 갓 지은 밥 위에 얹어 먹는 것이다. 주위의 어떤 산해진미가 있어도 갓 지은 쌀밥만 못하고 평생 동안을 추억과 같이 먹어온 추억의 쌀밥을 이길 수 없다.

오늘 화순에서는 쌀밥만 먹은 것이 아니라 추억까지 같이 먹어버렸다. 그러면서 나에게 묻는다.

"나는 오늘 과연 밥값을 했는가?"

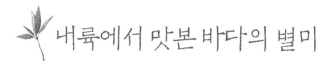

내륙에서 맛본 바다의 별미

| 안동 문어숙회와 간고등어 |

써는 대로 바로바로 한 점 한 점 집어먹은 쫄깃한 문어의 맛은 지금 생각해도 입에 침이 고일 정도다. 이곳 내륙지방에서 생물 문어를 대접받으리라고는 생각도 못했는데 정성스러운 문어 요리에 놀라고, 해안지방의 갓 잡은 생물 삶은 문어와 차이가 없는 맛에 또 한 번 놀랐다. 안동에서 대접받은 문어숙회와 간고등어…. 음식과 이야기가 곁들여진 특별한 음식 기행이었다.

서울에서 3번 국도를 타고 여주, 이천, 장호원을 거쳐 충주와 수안보를 지나 소백산맥을 관통해 산기슭 아래로 내려오면 만나는 도시가 문경이다. 그리고 문경에서 34번 국도를 타고 가면 예천에 이르고 여기서 30분을 더 가면 나오는 곳이 바로 경상북도 안동이다. 버스를 타고 가려면 동서울종합터미널 기준으로 3시간 반 이상은 족히 걸린다.

안동은 우리나라 전통적 유교 문화가 살아있고 전통문화를 간직한 선비의 고장으로 지금까지도 양반의 문화가 고고하게 남아있다. 양반의 고장이라고는 하지만 예전 양반의 기준으로 따져보면 대제학,

대사간, 대사헌까지 3정승의 비율도 높지 않고 문과 급제자로 따져 봐도 기호지방이나 호남만 못하고, 중앙에서 정치를 한 인물도 드물 었다.

그런데도 안동이 양반의 고장이라 불리는 이유는 퇴계 이황이나 회재 이언적의 학풍을 이어받은 남인이 당시 정치 세력의 주력이었 고, 이 남인들이 중앙 정치에 나서기보다는 유학을 잇고 학문을 존 중하는 기풍 때문인지도 모른다. 얼마 전까지만 해도 안동의 지리적 여건으로 인해 들고 나기 어려운 곳이었다. 그러한 조건으로 안동에 는 그들 문중과 관련된 사람들이 모여 살게 되었는데 그들이 지켜가 는 상하관계 엄격한 유교 관습의 문화가 외지인들의 눈에는 흡사 예 전 양반들을 보는 듯했기에 붙여진 별칭으로 보인다.

유교 관습에서 중요한 것 중 하나가 제사다. 제사 이야기를 하자 면 우리집을 빼놓을 수 없다. 할머니가 살아계실 때만 해도 5대조까 지 제사를 모셔서 얼마나 제사가 많은지 어린 내가 느끼기에도 며칠 걸러 한 번씩 제사를 지냈던 것 같다. 자손 없이 일찍 돌아가신 큰아 버지를 대신해 제사를 맡게 된 우리집은 할머니가 집안의 가장 큰 어 르신이었기에 제삿날이면 일가 친지들로 늘 복작복작하였다.

제사를 지내는 축문을 들으면 돌아가신 조상의 직위를 알 수 있다. 지금도 기억나는 한성 판윤과 덕천 만호를 각각 지내신 조상이 있는 데 내가 성인이 된 후, 어느 분이신가 찾아보니 평산 신씨에 한성 판 윤을 지낸 분은 나에게는 까마득하게 먼 조상이었다. 무엇이 진실인지 돌아가신 분에게 직접 물을 수는 없지만 집안 어르신들이 모이면 늘상 조상 자랑이 화제에 오르곤 했다. 강남 한복판의 봉은사와 코엑스 자리는 우리 조상 중 왕의 사위였던 분의 승마 터였고, 봉은사에도 그분의 신위가 모셔졌었다는 얘기도 하셨는데 역사적으로 확인되지 않는다.

그 이후 벼슬을 지낸 조상 중 한 분이 서울로 귀임하다 마을에서 대접한 개고기를 드시고 난 뒤 일찍 작고하시면서 집안이 기울기 시작했고, 제대로 교육을 받지 못한 할머니는 일제의 토지 수탈을 막기 위해 땅과 집문서를 벽에 바른 후 재산을 증명할 길이 없어 집안이 몰락했다는, 옛날 누구의 집에나 금송아지 하나쯤은 가지고 있었다는 그러한 집안의 내력만 전할 뿐이다. 그래서 지금도 우리 집안은 개고기를 철천지원수로 여겨 절대로 먹지 않는 전통이 있다.

그런 몰락한 양반의 자손을 사위로 받아들인 할머니 집안은 당시 내로라하는 장안 부자셨다는데, 할아버지의 빚보증으로 인해 외가까지 망했다고 한다. 내 기억 속 할머니는 늘 안방에 앉아 참빗으로 단정하게 머리를 빗어 쪽을 진, 조금도 흐트러짐을 보이지 않는 분이셨다. 드라마에 나오는 양반 마님의 자태를 지니셨지만 당시 할머니와 한방을 쓰던 우리 형제들을 늘 혼내시곤 했다. 안동의 양반과 유교문화를 생각하다 보니 우리 집안 얘기까지 하고 말았다.

외부인의 발길을 허락하지 않던 안동이 지금은 고속도로가 생긴 덕에 서울에서 두 시간 반이면 갈 수 있는 가까운 지역이 되었다. 그렇게 방문한 안동의 어머님 댁에서 먹은 점심은 문어숙회다. 바다와는 거리가 먼 경상북도 내륙지방에 무슨 문어숙회인가 처음에는 선뜻 이해가 가지 않았다. 그런데 알고 보니 이러한 식습관 또한 안동에서 전해 내려온 양반 문화와 연관이 있다는 사실이 흥미롭다.

안동에서 문어는 예전부터 관혼상제나 집안의 대소사에는 빠지지 않고 반드시 준비하던 음식으로 꼽힌다. 전라도 지방을 방문했는데 음식에 홍어가 없으면 제대로 대접 받지 못했다고 여기는 것처럼 안동에서는 손님 접대나 집안 행사에 문어숙회는 반드시 등장해야하는 음식재료였다. 문어만 상 위에 오르면 다른 음식이 조금 부실하더라도 손님들에게 대접 잘 받았다는 얘기를 들을 정도로 귀한 음식이라고 한다.

이곳 안동에 문어가 전해진 시기는 생각보다 오래 되진 않았다. 18세기 초반 이후 해안지방 해산물과 안동 등 내륙지방 곡물이 물물교환이 이뤄지던 임동 책거리장을 통해 들어왔을 것으로 추측하고 있다. 특히 해안지방 재령 이씨를 비롯한 반족과 안동지방 반족 간의 혼인이 이뤄지면서 신행음식으로 반입됐을 것으로 추정된다.

문어가 안동 양반의 음식이 된 이유는 문어의 '문'자가 한자로 글월 문文자에 물고기 어魚자, 즉 양반 고기라 생각했기 때문에 양반의 고향인 안동 음식을 대표하게 되었다고 한다. 더구나 문어의 여덟 개의 다리는 일가 친족 8족을 의미하고, 문어의 먹물은 선비들의 필수품인 먹물과 흡사하다. 그리고 알을 낳으면 아무것도 먹지 않고 알

을 지키다 죽는 선비의 절개와 닮았기 때문에 문어는 곧 안동의 양
반을 상징하는 영물로 여겼을 것으로 전해지고 있다.

　그 옛날 어떻게 생물 문어를 요리해 먹었을까 하는 의문이 들었다.
궁금해하던 나에게 〈엄마의 봄날〉 조승연 피디는 예전엔 문어를 염
장해서 말렸다가 물에 불린 후 수란과 함께 먹었고, 집 처마에 말려
놓았다가 집안 대소사에 먹었다는 얘기를 전해준다. 옛날에도 그 시
대에 맞는 저마다의 저장법과 요리법을 만들어낸 선조들의 지혜에
고개가 절로 끄덕여진다.

　　오늘 어머님이 준비한 문어는 그 무게가 4~5킬로그
램인 비교적 큰 참문어다. 1~2킬로그램 짜
리는 작아서 식구가 많으면 양이 부족
하고 맛도 덜 하다고 한다. 그래서 시
장에서는 10킬로그램 정도 되는 커다
란 문어도 많이 파는데 어머니는 그중
4~5킬로그램 짜리가 가장 맛있다고 알려주신
다. 문어는 삶는 과정이 가장 중요하다. 너무 익으면 질겨서 먹기 힘
들고 덜 익으면 맛이 없다. 삶기 전에 반드시 문어의 내장을 빼고 분
리하는 과정을 거쳐야 한다. 그렇게 손질한 문어를 끓는 물에 넣는
데, 이때 물 온도도 중요하다. 물이 팔팔 끓을 때 넣어야 하는데 고
무장갑 낀 손으로 연신 문어 몸통에 뜨거운 물을 끼얹는다. 그래야
문어 색도 전체적으로 곱고 맛있게 익혀진다고 한다.

이렇게 삶은 문어는 머리를 아래에 두고 여덟 개의 다리는 예쁘게 벌려서 마치 꽃이 만개한 것처럼 활짝 펴지도록 만들면 된다. 이때 문어 삶은 물은 함부로 버리면 안 된다고 한다. 그 이유는 바로 물 안에 문어의 영양소가 많이 들어있기 때문인데, 특히 뇌의 필수 영양 성분인 타우린이 풍부해서다. 아마도 문어가 조개, 게, 새우 등을 잡아먹기 때문일 것이다.

맛있게 익혀진 문어를 보니 절로 침이 고인다. 자고로 음식은 잘 차려진 한상보다는 음식할 때 옆에서 하나하나 주워 먹는 것이 더 별미인 법. 큰 다리 하나를 잘라 써는 어머니 옆에서 한 점 집어먹어 보니, 작은 문어는 작은 대로, 큰 문어는 큰 대로 맛이 다르게 느껴진다. 이곳에서는 초장에 문어를 찍어 먹기도 하지만 참기름과 깨소금을 넣은 기름장에 찍어 먹는데 문어와 참기름장의 조화가 별미다.

출렁하게 늘어진 문어 껍질을 벗겨내는 걸 보고 어머님에게 그 이유를 물으니 "문어 다리는 껍질은 벗기고 살만 먹는 게 더 맛있다"는 답변이 돌아온다. 아뿔싸! 서울 촌뜨기는 그것도 모르고 흐물흐물하고 질긴 문어의 껍질을 줄기차게 씹느라 고생만 했구나!

써는 대로 바로바로 한 점 한 점 집어먹은 쫄깃한 문어의 맛은 지금 생각해도 입에 침이 고일 정도다. 이곳 내륙지방에서 생물 문어를 대접받으리라고는 생각도 못했는데 정성스러운 문어 요리에 놀라고, 해안지방의 갓 잡은 삶은 생물 문어와 차이가 없는 맛에 또 한 번 놀랐다. 안동에서 대접받은 문어와 문어숙회… 음식과 이야기가 곁들어진 특별한 음식 기행이었다.

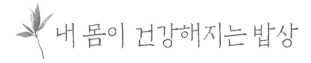

내 몸이 건강해지는 밥상

| 단양 마늘밥과 달래간장 |

밥이 맛있으면 다른 반찬이 필요 없는 법. 밥을 그대로 먹어야 하나, 나물 넣어 비벼 먹어야 하나, 행복한 고민을 하다 반은 맨밥으로 음미하고 반은 비벼 먹기로 했다. 맨밥도 맛있지만, 취나물과 고사리무침에 달래간장을 넣고 비비니 또 다른 맛이다. 한 그릇을 비우고 두 그릇째를 후딱 비워버렸다. 오랜만에 느끼는 기분 좋은 포만감이다.

산골 날씨는 항상 우리의 예측을 불허한다. 한여름 40도가 넘나드는 더위에도 새벽에는 이불을 덮고 잘만큼 추위를 느끼는가 하면 8월부터 난방을 시작해 집 앞에 쌓여있는 연탄재를 쉽게 볼 수 있다.

두 시간 반 정도 차를 타고 도착한 단양도 강원도 태백군령이나 경상북도 백두대간에 못지않은 산악지대에 자리한 곳으로 드론으로 촬영을 한다면 마치 산속에 파묻힌 듯 보일 것이다.

이곳 역시도 봄이 더딘 산골이라 이미 서울에서는 벚꽃이 지고 파릇한 이파리가 나기 시작했는데, 지금에야 벚꽃이 만개하고 있다. 오늘 찾아뵐 어머님이 살고 있는 마을은 해발 650미터로 황량한 겨울 모습 그대로인데 진달래꽃이 그나마 을씨년스러움을 달래주고 있다.

단양하면 단양 8경을 비롯해 계곡과 호수 등이 경치 좋기로 유명하다. 이름난 명승지가 아니더라도 발걸음을 멈추고 눈만 돌려도 이렇게 아름다운 곳이 있나 싶을 정도로 지역 자체가 수려한 자연풍광을 자랑한다.

단양은 전에 충주에 살았을 때 종종 오던 곳이다. 단양까지는 한 시간 남짓한 거리다. 별다른 일정이 없는 주말이면 수안보로 드라이브를 하다 옆으로 살짝 빠지면 도착해 수시로 다니던 곳인데 이렇게 다시 와보니 감회가 새롭다.

사실 충주는 의사로서 내 인생에 중요한 전환점을 마련한, 잊을래야 잊을 수 없는 곳이다. 맨처음 충주를 찾은 건 건대에서 인턴을 할 때였다. 내가 인턴, 레지던트 생활을 하던 시기는 1989년, 1990년대 민주화의 봄이 한창인 시절이었다. 건국대학은 그 당시 의과대학 허가를 받은 상태에서 아직 대학병원이 생기기 전이라 건대 부속 민중병원에서 인턴 생활을 하게 되었다.

건대 앞은 늘 데모로 인해 최루탄 연기로 자욱했고 머리가 깨지거나 얼굴이 피투성이가 되어 오는 학생들이 부지기수였다. 아침에는 각 신문 방송사의 수습기자들이 혹시 간밤에 무슨 일이 있지 않나 하는 표정으로 병원 응급실을 두리번거리곤 하였다.

민중병원 외에 지방에도 부속 병원이 있었는데 그곳이 바로 충주였다. 인턴 1년 기간 중에 몇 개월은 무조건 충주로 파견을 가야 했다. 충주는 농촌지역으로 서울의 응급실 환자들과는 다른 증상을 가진 환자들이 많았다. 이미 원주의료원에 있을 때도 경험을 해서 큰 어려움은 없었지만 갓 대학을 졸업하고 인턴으로 온 동료들은 너무 힘들어했다. 특히 가장 힘들었던 환자들은 제초제인 농약을 먹고 오거나 전신에 화상을 입고 온 사람들이었다.

응급실은 다친 사람을 살려내는 삶과 죽음이 교차하는 곳이다. 누구는 살기 위해 오고 누구는 죽으려다가 오고, 단지 의사는 그 내막은 알지 못한 채 생명을 구하기 위해 최선을 다할 뿐이다. 유원지에 놀러 갔다가 물에 빠져 익사 직전에 아이를 구해 일주일 간 옆에서 지키다 결국은 하늘로 떠나보내기도 하고, 멀쩡하게 걸어 들어왔는데 하루 만에 중환자실에서 사망하는 모습을 나는 충주병원에서 경험했다. 아직도 그 생각을 하면 가슴이 아리다.

어찌 보면 이러한 일들이 내가 의사로서 성장하는 데 토대가 되어주었고 의사로서 지녀야 할 책임과 본분, 그리고 생명 존중이라든지 환자를 대하는 자세 등을 생각하게 된 계기가 되었다.

1995년 정형외과 전문의에 합격하고 건국대학교 의과대학 교수로 부임해 다시 방문한 곳이 충주였다. 예전에는 인턴으로 방문했지만 정식 교수가 되어 아내와 여섯 살 아들 동훈이와 태어난 지 오 개월밖에 되지 않은 딸과 함께 이삿짐을 꾸려 충주로 내려갔다.

당시 주임 교수이신 김동헌 교수님은 나에게 척추 분야를 세부 전공할 것을 권유했다. 정형외과는 무릎 관절, 고관절, 어깨 관절, 허리, 족부 관절 등 세부 전공으로 나뉘는데 그중에서 척추 쪽은 가장 힘들고 어려워 기피하는 분야다. 하지만 말단으로 들어온 나는 선택의 여지가 없었다.

척추를 공부하기 위해 모교인 한양대학병원의 조재림 교수님을 찾아 뵙고 수술 참관을 부탁하였다. 교수님께서는 흔쾌히 승낙하셨고 그 후 매주 일주일에 한 번씩 새벽 버스를 타고 상경해 수술에 참여하고 오후에 다시 고속버스를 타고 충주에 있는 집으로 돌아가는 생활을 반복했다. 6개월 정도의 수련기간을 거치고 나니 수술을 할 수 있게 되었다.

내가 지금 정형외과 의사로서 허리 아픈 환자들을 수술해 똑바로 허리를 펴고 편하게 생활하도록 도와드릴 수 있는 것도 따지고 보면 충주에서 비롯된 일이니 이래저래 충주는 나와 인연이 깊다. 충주에서 나는 더 큰 꿈을 꾸게 된다. 기왕이면 제대로 실력을 갖춘 척추 전문 정형외과 의사가 되어야겠다는 목표를 갖게 된 것이다.

당시 의학이 우리보다는 앞선 미국으로의 유학을 결심하고 여러 대학에 지원서를 보냈다. 미국 볼티모어에 있는 존스 홉킨스의 존 코스투익 교수에게서 유학을 와도 좋다는 답신이 왔다. 1998년 한창 IMF를 겪고 있는 대한민국을 뒤로 하고 떨어지지 않는 발걸음으로 미국행 비행기에 몸을 실었다.

존스 홉킨스는 미국 최고의 병원이다. 코스투익 박사 또한 전 세계적으로 유명한 척추 수술의 대가이며 노인 척추 수술을 처음 개척한 분이다. 나는 이분에게 의학을 배우며 새로운 세계를 만나게 된다. "유레카!" 소크라테스가 이 말을 외쳤을 때의 그 심정이 이해가 갔다.

이분에게서 척추성형술이라는 척추 시술법을 배우게 되었는데 꼼짝 못하고 누워있는 골다공증 척추골절 환자에게 골시멘트라는 주사를 주입하니 바로 일어나 걷는 것을 보며 내 눈을 의심하지 않을 수 없었다. 수술 후 통증 없이 바로 활동할 수 있는 획기적인 방법이었다. 눈 앞에 펼쳐진 광경들을 직접 보면서도 믿을 수 없을 만큼 놀랍고 신기했다.

코스투익 박사는 동양의 작은 나라에서 온, 모든 게 부족한 나를 자신이 집도하는 수술에 참여시켜 주었고 새로운 치료법을 모두 전수해주었다. 물론 나뿐만이 아니라 자신의 동료와 후배, 제자들에게도 똑같은 배움을 주셨다. 미국인이나 외국인이나 차별없이 모두에게 보여주고 가르쳐주었다. 다른 나라에 유학을 간 친구들 얘기를 들어보면 유학 내내 수술은 참여도 못하고, 도서관에서 책만 보거나 비디오만 본 친구들도 많았다.

그분이 내게 베풀어준 모든 것이 그분의 호의건 아니건 내겐 그분이 내 인생의 최고의 스승이고 지금의 나를 만들어준 소중한 분이라고 생각한다.

나는 미국에 있는 동안 이 시술을 배워 1999년 귀국했다. 충주 건국대학병원에서 진료를 다시 시작했지만 나를 찾는 환자는 예전과 다름이 없었다. 코스투익 박사에게서 배운 새로운 의료 기술은 많은 사람들에게 도움을 줄 수 있는 획기적인 방법이었지만 당시 나의 위치나 인지도에서는 새로운 치료를 시도할 상황이 되지 못했다.

그때 힘이 되어준 분들이 충주시에서 개업 중이던 정형외과 원장님들이셨다. 나는 그분들을 일일이 찾아가 이러이러한 시술법을 배워왔는데 혹시 수술 대상이 되는 환자가 있으면 원장님 병원이든 어디에서든 해드리겠다고 부탁을 드렸다. 마침 한 병원의 원장님한테 연락이 왔다. 골수암 환자인데 오래 살지는 못하시겠지만 통증만이라도 줄여줄 수 없겠냐고 하면서 건대병원에서 시술해주었으면 좋겠다는 부탁이셨다.

환자분은 서울에서 요양을 하기 위해 충주로 내려왔고, 암이 척추로 전이되어 움직이지도 못할 뿐 아니라 마약성 진통제로도 듣지 않는 통증으로 고통을 호소하는 상태였다. 드디어 수술실에서 약 10분에 걸쳐 간단히 시술을 끝냈다. 잠시 후, 네 명이 들어 수술대 위에 눕혀진 환자가 시술 후 혼자서 내려오는 기적 같은 일이 일어났다.

시술을 처음 한 나도, 같이 시술에 참여한 수술실 간호사와 레지던 트 등 모든 사람들이 감격의 눈물을 흘리며 기뻐하였다. 환자분이나 가족 역시 믿기지 않는 상황으로 만감이 교차하는 표정으로 울먹였 다. 비록 그분은 오래지 않아 돌아가셨지만 돌아가시는 순간까지는 편안하셨을 것이다.

척추 성형술은 미국에서 시행하기 이미 10여 년 전부터 척수 골수 암의 치료로 유럽에서 사용하여 왔던 치료법이다. 내가 미국에 있을 당시 존스 홉킨스를 위시한 유수의 대학 병원에서 골다공증 환자에 게도 사용할 수 있도록 임상 시험이 진행 중이었다. 마침 그 시험에 내가 잠시나마 참여할 기회를 얻은 덕분에 세계 어느 나라보다도 일 찍 한국에 도입하게 되었다.

그 후 그 치료법을 다양한 환자들에게 시술하게 되었고 이 내용이 뉴스에서도 소개가 되었다. 이 획기적인 치료법으로 인해 전국에서 전화가 걸려와 건국대학 병원뿐만 아니라 충주시내의 전화까지 불통 되었을 정도로 큰 관심을 불러일으켰다. 이미 20년 전 일인데 그때 방문했던 환자들이 지금도 찾아오고 있다.

나는 코스투익 박사를 평생의 은인으로 생각하며 지금도 늘 감사 한 마음을 갖고 있다. 그리고 그분이 나에게 했듯이 나도 후배나 제 자들에게 이 기술을 전함으로써 더 많은 환자들이 불편함과 고통에 서 벗어났으면 하는 바람이다.

나는 충주에서 또 한 번 큰 그림을 그리게 된다. 충주에서의 활동은 한계가 있음을 깨닫고 서울로 옮기기로 결정한 것이다. 곁에 계셨던 분들은 우려도 하였고 시샘 어린 눈길도 보냈지만 건국대학에 같이 계시던 김동헌 교수님께서는 전폭적으로 지지해주셨다. 우리나라도 미국처럼 척추관절 전문병원이 있어야 한다는 내 의견을 내키지 않아 하실 수도 있을 법한데 격려하며 성원해주셨다. 그 덕분에 용기를 내서 추진할 수 있었다. 당시에도 그리고 지금도 교수님께 항상 감사한 마음이다. "교수님, 고맙습니다!"

서울로 올라와 역삼동에 29개의 병상과 14명의 직원으로 구성된 〈신 정형외과〉 문을 열게 되었는데 이것이 〈제일정형외과병원〉의 시작이다.

내 삶의 소중한 추억이 깃든, 인생의 전환점이 된 충주에서 자주 오가던 단양이기에 이렇듯 다시 찾고 보니, 가족을 태우고 그 길을 오가며 새로운 꿈을 꾸며 고민하고 갈등하고 기뻐하던 예전 생각이 밀려들며 마음 뭉클해진다.

오늘 만난 어머님, 아버님 부부는 오래전 귀농하여 이곳에서 유기농으로 오가피와 아로니아를 재배하고 직접 청을 담가 주위 사람들에게 나눠주며 사는 분들이다. 특히 아버님은 유기농 재배에 자부심이 대단하신데, 농약을 전혀 쓰지 않고 스스로 배우고 터득해 만든 천연해충퇴치제로 농사를 짓고 있다. 곤충도 먹고 살아야 한다는 생각으로 살충제는 전혀 사용하지 않으신다고 한다.

예를 들어 아버님이 키우는 작물보다 키 작은 야생초를 같이 키우면 구태여 곤충들이 먹이를 먹기 위해 높은 나무까지 올라가지 않고, 야생초가 다 자라면 이놈들을 베어 땅에 거름으로 쓰니 일거양득이라고 한다. 퇴충제로는 은행이나 돼지감자, 솔잎 같은 것을 한겨울 내내 발효시켜 사용하는데 그 지독한 냄새 때문에 해충이 가까이 오질 않아 수확하는 농작물에 해를 끼치지 않는다고 한다. 그래서 장독대 항아리에는 간장, 된장 대신 손수 만드신 퇴충제가 그득하다. 이렇게 힘들게 만든 유기농 오가피나 아로니아를 몰라주고, 무늬만 유기농 청정이라고 포장된 과수들과 동급으로 취급받아 안타깝다며 속상함을 드러내신다.

집 앞에 서니 눈앞에는 암벽으로 둘러싸인 도락산이 펼쳐져있고 그 아래로는 험준한 산 능선을 일궈 만든 밭이 마을 아래까지 뻗어있다. 그 밭이 아버님의 일터로 30~40도 정도 경사진 가파른 언덕을 오르내려야 한다. 아버님을 따라간 밭에는 천지가 산채로 눈 돌리는 곳마다 아무렇게나 자란 달래나 가시오가피, 두릅, 쑥, 민들레가 지천이다. 금세 바구니가 그득해진다.

산채를 캐다 한 번씩 허리를 펴고 깊은 호흡을 하면 공기가 너무 맑고 깨끗해서 폐가 맑아지는 느낌이다. 고개를 들어 하늘을 보니 언제 이런 파란 하늘을 본 적이 있었나 싶을 정도로 원색의 파란빛이다. 집 옆에는 계곡이 있는데 산꼭대기에서 내려오는 물이라 그냥 마셔도 되고 지금은 찾아보기 힘든 가재도 곧잘 잡을 수 있다고 한다.

어느새 점심때가 되었다. 어머님이 장작불에 솥을 걸고 밥을 지어

주셨는데 그냥 밥이 아니라 단양의 유명한 마늘을 넣어 만든 마늘밥이다. 산에서 해먹는 쌀밥은 산소가 희박해 불길이 세지 않아 약간 질은 느낌인데도 꿀처럼 맛있다. 마늘이 더해져 한층 밥맛의 풍미를 돋군다. 찬으로는 지난 가을에 캔 취나물과 고사리가 있고 강된장으로 만든 된장찌개와 달래간장이 나왔다.

밥이 맛있으면 다른 반찬이 필요 없는 법. 밥을 그대로 먹어야 하나, 나물을 넣어 비벼 먹어야 하나 행복한 고민을 하다 반은 맨밥으로 음미하고 반은 비벼 먹기로 했다. 맨밥도 맛있지만, 취나물과 고사리무침에 달래간장을 넣고 비비니 또 다른 맛이다. 한 그릇을 비우고 두 그릇째를 후딱 비워버렸다. 오랜만에 느끼는 기분 좋은 포만감이다.

이렇게 아주 맛있는 음식을 준비해준 어머님은 무릎 관절염으로 행동이 자연스럽지 못하시다. 예전의 화전민 터전이었던 척박한 이곳에 와서 고생고생하며 힘들게 일하시다 생긴 직업병이다. 그런 편치 않은 몸을 하시고선 서울서 온 손님들이라고 귀한 밥을 준비하신 것이다. 먹는 내내 어머님의 정성에 감사하고 한편으로는 죄송하다는 생각까지 들었다.

여기 와서 밥만 얻어먹고 가서야 되겠는가! 정작 여기 온 목적이자 내가 해야 할 중요한 일이 남았다. 어머님의 몸 상태를 세심하게 살피는 일이다. 불안해하는 어머님께 나으실 수 있다는 확신과 함께 잘 고쳐드릴 테니 아무 걱정하지 말라는 말로 안심을 시켜드린다. 정성스러운 환대에 감사하다는 인사와 함께 서울에서의 진료를 기약하는 것으로 오늘 일정이 마무리 되었다.

서울로 돌아오는 길, 전국의 허리와 무릎이 아픈 어머님들을 모두 고쳐드려서 예전의 일상으로 완벽하게 돌아오게끔은 못할지언정 나와 인연이 된 분들만큼은 최선을 다해 치료해 행복하게 해드리겠다는 각오를 다시금 되새겼다.

봄에 취해, 벚꽃에 취해, 쑥에 취해

| 순천 쑥버무리와 쑥인절미 |

쑥버무리는 새봄에 나온 어린 쑥을 깨끗이 씻은 다음, 곱게 빻은 찹쌀가루에 약간의 소금 간을 하여 쑥 위에 눈처럼 얼기설기 뿌리고 가마솥에 쪄낸, 떡도 아니고 편도 아닌 그 중간쯤인데 생각 외로 맛있다. 백설기의 달짝지근한 맛과 거칠지 않은 어린 쑥의 씹히는 질감 그리고 쑥향이 어우러진 봄의 맛이다.

오늘 가는 순천의 어머님 댁은 지난번 갔던 화순 가는 길과 같은 방향인데 일주일 사이에 경치가 완전히 바뀌어 보성강과 송광사의 국도 양편으로 벚꽃이 만개하여 꽃길을 이루고 있다. 아직 벚꽃이 필 때가 아닌데, 요 며칠 냉온을 오락가락 넘나드는 기온에 이놈들도 정신 차리기 힘든지 자기가 나와야 할 때를 모르고 너무 일찍 나온 게 아닌가 싶다. 목련이 개화하고, 산에 진달래가 피기 시작한 후 벚꽃이 그 뒤를 잇는 걸로 알고 있는데, 오늘 내려가는 길은 목련, 개나리, 진달래, 벚꽃이 경쟁이라도 하듯 한꺼번에 피어나 시기를 초월한 공생을 보여주고 있다. 아름답고 화려하고 조화로운 장관으로 감탄사가 절로 나온다.

나는 이렇듯 꽃들이 펼치는 향연과 따사로운 햇살이 함께하는 봄이 참 좋다. 어릴 때는 봄과 가을, 두 계절을 좋아했다. 가을은 여름 더위도 물러가고 먹을 것도 많고 또 추석과 운동회 등으로 쉬는 날도 놀일도 많아 좋았는데 요즘은 가을인지 여름인지, 아니면 겨울인지를 모를 정도로 짧게 후딱 지나가 버려 가을이 좋은 이유가 사라져버렸다.

오히려 병원을 경영하고 난 후부터는 춘궁기(?)가 시작되는, 빨리 지나갔으면 하고 바라는 계절이 되고 말았다. 학창 시절엔 쉬는 날이 많아서 마냥 신나기만 했는데 지금은 병원 문 닫는 날이 늘어 월말이 되면 항상 수입과 지출 때문에 머리가 곤두서게 되었으니 좋을 리가 있겠는가.

겨울은 가장 싫어하는 계절이다. 체질상 마른 체형이라 추위에 약하다. 약간만 쌀쌀해도 몸이 으슬으슬하여 견디기 힘들어 실내에만 있으니 그것도 싫었다. 공부하기에도 놀기에도 좋지 않은 계절인 데다가 학창시절엔 시험이 있는 철이기에 더욱 싫었다.

특히 의과대학을 다닐 때는 12월 한달은 시험 기간이었는데 시험이 끝나도 재시험의 시즌이 돌아오고, 시험이 끝나면 유급하는지 아닌지가 늘 머릿속에 맴돌아 생각하기 싫은 계절이다.

더욱이 대학교 졸업 후 인턴시험에서 떨어진 이후로는 시험 시즌인 겨울이 더 싫어졌다. 그렇게 싫던 겨울이 오히려 지금은 시기적으로 환자들이 많아 병원이 가장 바쁜 때가 되어 병원도 여유가 있는 계절이다. 학생 때는 싫어하던 계절이 지금은 정반대로 좋아하는 계절이 되어버렸다. 인생에는 결코 '절대'란 말은 없는 것 같다.

곰곰 생각해 보니 나는 봄에 좋은 기억들이 유난히 많다. 그 기억들 때문에 봄이 좋은 건지도 모르겠다. 아지랑이 때문일까? 옛 추억들이 수시로 아련하게 피어나는 때도 봄이다. 내가 다니던 경희초등학교에는 목련나무가 많았다. "오~오 내 사~랑 목련화야~"로 유명한 테너 가수 엄정행 씨가 경희대 교수로 있어 음악 수업시간에는 늘 이 노래를 불렀다. 그래서인지 목련이 필 때면 친구들과 합창하던 목련화 노랫소리가 아직도 귓전에 들리는 듯하다.

그리고 초등학교 시절에는 해마다 4월이면 글짓기대회와 소년한국일보 그림그리기대회가 있었다. 이 행사들은 야외에서 했는데 이맘때는 목련꽃이 떨어지는 시기인 데다가 바람도 차갑고 아직은 추운 기운이 남아있어 수업을 하지 않고 야외에서 노는 셈 치고는 비싼 대가를 치러야 했다.

하지만 글짓기대회는 기다려지는 날이었다. 특출나게 잘 쓰는 편은 아니지만 그래도 간혹 상을 받을 때도 있어 내심 설렘과 기대를 안고 원고지를 메꿔나갔던 것 같다. 내 생각을 문장으로 엮어나가는 일은 그리 어렵지 않았는데 아마도 어릴 때 읽은 동화책과 만화책 덕분일 것이다. 그 당시 집에 계몽사 학생문고 전집 100권짜리가 있었지만 별로 재미가 없어서 옆집 혁정이 누나네 집에 가서 세계전래동화를 읽거나 빌려와 집에서 읽곤 했다. 금성사의 세계문고는 재미있는 신화나 외국 소설이 많았는데 지금도 그때 읽었던 북유럽 게르만 민족의 신화에 등장하는 지크프리트와 부르군트족의 크림 힐데, 군터왕 이야기가 머릿속에 아른거린다.

나치의 잔재라고 해서 부정적인 면이 있는 바그너를 좋아하는 것도 그 신화를 오페라, 니벨룽겐의 반지로 만들었기 때문인 듯싶다. 러시아 전래동화는 톨스토이의 이야기를 어린이용으로 만들었는데 거기서 읽은 바보 이반이 괴물 요정을 놀리는 장면은 지금도 생생하다. 시간과 공간을 뛰어넘어 한 번도 가보지 않은 미지의 나라에서 펼쳐지는 모든 이야기들은 내 상상 속에서 살아 움직였다.

책을 읽으며 장면을 상상하는 즐거움이 있다면 만화책은 마치 내가 직접 목격하는 듯 실감나서 재미가 있었다. 내가 3, 4학년 무렵에는 임창, 이상무, 김기백, 하청 하고명, 박기정, 박기당 같은 분의 만화가 인기였는데 한 편을 다 보고나서는 그 뒷 내용이 궁금해 집 앞 만화 가게에 다음 편이 나올 때까지 기다리지 못하고 개천 건너 용두국민학교나 동아제약 뒤편에 있는 만화가게까지 찾아가서 볼 정도였다.

아버지는 이런 나를 보고 "무슨 만화쟁이 하려고 하느냐!"고 나무라기도 하셨지만, 만화에 나오는 주인공들은 내가 가지 못하는 세계에서 살아가는 내 분신같다고 생각했기에 만화가게 드나드는 일을 멈추지 못했다. 내가 어쭙잖은 필력으로 두 권의 책을 내게 된 것도 어린시절에 읽었던 동화와 만화로 익힌 문장력과 표현력 덕분인지도 모른다.

이런저런 옛 추억들을 회상하는 사이 어느덧 어머님 댁에 도착했다. 어머님이 사는 곳은 행정구역상 순천이라고는 하지만 우리가 흔히 순천 하면 떠올리는 해안과 접한 순천만이라든가 습지와는 멀리 떨어진 산골이다. 남쪽이라 그런지 산속인데도 봄기운이 가득하다. 서울서 아침에 출발할 때만 하더라도 쌀쌀해서 혹시 추울지 몰라 오리털 점퍼까지 준비해 갖고 왔는데 오히려 반팔을 입어야 할 정도로 따뜻한 날씨다.

　전라남도 지역은 평야지대인 줄만 알았는데, 어머님 댁은 평평한 논과 들은 전혀 찾아볼 수 없는 아주 깊은 산속에 자리해 예전에는 외부로 나가기가 정말 힘들었을 것 같다. 어머님과 아버님 역시 팔십 평생을 이곳에 살며 동네 밖으로 한 번도 나가보지 못했다는데 말씀하시는 거며 표정이 한눈에 봐도 정말 선하고 순박한 분들이란 생각이 든다. 4대에 걸쳐 살고 계시다는데 예부터 지니고 있던 절구나 쟁이 등을 버리지 않고 챙겨놓으셨다. 돌아가신 선대인과 자식들이 이 집에서 살며 사용하던 것들의 추억을 잊지 않기 위해서란다. 예전에 논과 밭의 거름으로 쓰던 인분 모으는 곳이라든지 인분 퍼 나르던 지게에 이르기까지 하나하나의 사연과 손때 묻은 흔적을 간직한 채 예전의 그 자리에 그대로 남아있다.

　오늘은 쑥버무리란 음식을 대접받았다. 어머님 곁에서 유심히 지켜보았는데 새봄에 나온 어린 쑥을 깨끗이 씻은 다음, 곱게 빻은 찹쌀가루에 약간의 소금 간을 하여 쑥 위에 눈처럼 얼기설기 뿌리고 가마솥에 쪄내는 순서로 진행되었다. 떡도 아니고 편도 아닌 생소한 쑥버무리는 어떤 맛이 날까? 궁금했다. 그런데 백설기의 달짝지근한 맛과 거칠지 않은 어린 쑥의 씹히는 질감 그리고 쑥향이 어우러져 기대 이상으로 맛있다. 시간이 지나도 떡처럼 굳지 않아 언제든지 편하게 먹을 군것질거리일 듯하다.

사실 쑥은 산이나 들, 풀밭이나 밭둑 전국 어디서든 흔하게 볼 수 있는 식물이라서 그 가치를 제대로 인정받지 못하는 편이다. 너무 흔해 봄나물을 얘기할 때도 달래, 냉이, 씀바귀에 항상 밀리는 신세다. 국화과의 모양이 비슷한 잡초들과 동급으로 취급되기도 한다. 그런데 알고 보면 쑥은 약초라고 해도 지나치지 않을 정도로 우리 몸에 좋은 성분을 많이 함유하고 있다.

쑥에는 무기질과 비타민A, C가 많이 들어있는데 혈액 내 노폐물을 제거하여 혈액순환을 도와 성인병을 예방하고 따뜻한 성분이 있어 손발이 차가운 여성들에게 좋은 것으로 알려져있다. 이외에도 위장 장애 개선과 피부 건강, 면역력 강화, 노화 방지와 다이어트에도 효능이 있어 아는 사람들 사이에서는 음식재료이자 약재로 대접받고 있다.

단군신화에도 등장할 만큼 우리 민족이 아주 오래 전부터 먹어왔고, 단오에도 절편을 만들어 먹었다 하는데 우리 선조들은 흔한 잡초처럼 생긴 쑥을 어떻게 알아봤을까? 쑥향 그윽한 쌉싸레한 쑥버무리를 먹으며 우리 조상들의 안목과 지혜가 대단하다는 생각을 해 본다.

쑥버무리와 함께 어머님이 만드신 것은 쑥떡이다. 찹쌀가루를 쪄서 이미 질척해진 찰떡에, 찐 어린 쑥을 절구통에 넣고 절구로 쳐대면 떡에 쑥이 고루고루 퍼져 예쁜 녹색의 쑥떡이 된다. 쑥떡을 판 위에 올려놓고 콩가루를 버무린 후 접시에 잘라내면 맛있는 찹쌀쑥떡이 된다. 콩가루 찹쌀쑥떡만 해도 이미 완성된 맛인데, 여기에 조청을 찍어 먹으니 그 맛이 배가 된다. 오늘 점심은 이것으로 충분하다.

산속에서 기차역까지 나오는 길, 차 창문을 열고 훈훈한 봄바람을 쐬며 왔다. 잠깐 눈을 감았는데 벌써 송정역. 봄에 취해, 꽃에 취해, 쑥에 취해 비몽사몽 귀성길이다.

꽃샘추위도 잊게 한 시골 된장

우리나라 음식은 특별한 것 없이 맛있는 된장이나 고추장 혹은 김치
에 맨밥 하나만 먹어도 장맛이 좋으면 다른 반찬이 필요 없는데 오늘
밥상이 바로 그러하다. 고슬한 맨밥에 강된장을 약간만 넣어 살살 비
벼서는 된장찌개 하나로만 밥 한 그릇을 뚝딱했다. 없던 입맛이 되살
아났다. 하루 종일 목도 아프고 기운도 없었는데 몸이 가뿐해진 느낌
이다.

몸이 으슬으슬하더니 드디어 탈이 났다. 어제만 해도 약간의 미열
에 목이 부은 것 같았는데 아침에 일어나보니 몸이 천근만근이다. 목
소리는 가라앉아 쉰소리만 나온다. 일 년 중 가장 좋은 계절인 4월
말과 5월 초면 꼭 한 번씩 계절 감기를 앓는데 이번에도 그냥 지나치
지 않고 찾아왔다. 이때를 기다렸다는 듯 사람들은 산으로 들로 꽃
구경을 하거나 봄나들이를 가는데 하필 이런 때 열이 오르고 편도가
부어 바깥출입도 못 하고 겨울 파카를 껴입고는 일주일가량 고생해
야 한다. 숨을 쉴 때마다 쇳소리가 나고 무엇보다 기침과 함께 동반
되는 마른 가래 때문에 몸 상태가 말이 아니다.

이런 몸으로 찾아간 곳은 강원도 홍천군 청량이다. 신기하게도 이

곳은 지금에서야 봄꽃이 만개를 시작하고 있었다. 내가 남쪽지방에서 벚꽃과 개나리, 진달래를 본지가 아마 한 달은 족히 넘은 듯하고, 한 시간여 남짓한 거리의 서울에서 이미 철쭉이 피고 개나리와 벚꽃은 잎이 달리기 시작했는데 지금에서야 개화라니…. 넓지도 않은 이 나라에서 이리도 다른 봄 풍경이 펼쳐지고 있다는 사실이 놀랍다. 감기 기운으로 잔뜩 움추러든 몸을 펴고 뒤늦게 피어난 꽃들에게 응원의 눈길을 보낸다.

홍천으로 가는 길은 예전과는 많이 달라져서 서울춘천고속도로를 타고 와서 홍천 톨게이트로 나가 30분 정도 국도를 타면 나오는 아주 가까운 곳이 되었다. 2009년 서울춘천고속도로가 생기기 전에는 홍천은 물론 춘천 가기도 쉽지 않았다. 교통편이나 도로 사정, 또는 경제적으로 여의치 않아 강원도 내 또는 같은 군 단위에서조차 왕래가 불가능하던 시절도 있었다.

1987년 대학을 졸업하고 대구에서 3개월 군 훈련을 받고 처음 간 곳이 춘천에 있는 강원도청이었다. 이곳에서 각 지역의 무의촌에 배치를 받았는데 나는 원주시 보건소로 가게 되었다. 춘천에서 원주로 갈 때는 국도로 갔는데 시외버스를 타고 홍천을 지나 횡성을 거쳐 원주에 도착하는 여행 아닌 여행길이었다. 춘천에서 원주까지 가는 길은 그 당시만 하더라도 원시림처럼 울창하고 길 옆에 보이는 강이나 산, 숲길이 참으로 절경이었던 기억이 난다.

아무튼 그렇게 도착한 원주에서 일년 동안 원주의료원에서 공중보건의 생활을 하고 2, 3년 차는 모자보건센터에서 근무하게 되었다. 공중보건의가 하는 일은 인턴과 비슷해 응급실에서 응급환자를 보기도 했는데 1년간 응급실에 근무하면서 응급환자가 있는 과목은 선택해선 안 된다는 것을 깨닫게 되었다. 머리만 조금 아픈 환자가 응급실에 오면 신경외과 과장은 잠을 자다가도 달려나와야 하고, 산부인과나 소아과 환자는 대낮에는 아무 이상이 없다가도 새벽에만 문제가 생기고, 내과는 수시로 죽느냐 사느냐로 고민하는데 도저히 그런 과를 선택할 자신이 생기질 않았다.

정형외과는 생명에 지장이 있는 응급 환자도 별로 없고 주로 수술하는 과이기에 내 적성에 가장 잘 맞는 것 같았다. 후에 돈만 좇아서 정형외과를 선택했냐는 얘기도 들었지만 그 당시 정형외과가 돈을 잘 버는 과라는 것은 알지 못했다.

2년을 근무한 모자보건센터는 당시 시나 군 보건소에 영세민을 위해 마련된 곳이다. 분만을 담당하는 간호사 세 명과 나까지 포함해 네 명이 교대로 근무하였는데 간호사들은 순번제로 돌아가면서 일하고 나는 주간에 외래 진료와 가끔 분만을 받는 역할이었다.

그다지 어려운 일은 없었고 그 시기에 남들은 경험하지 못한 신생아를 수백 명이나 받아봤다. 생명이 태어나는 기쁨과 환희는 있지만 그 속에 생명이 오가는 위험이 도사리고 있음도 알게 되었고 모성의 숭고함을 느껴본 배움과 경험의 시간이었다. 그리고 생애 처음 지방, 그것도 당시에는 아주 외진 곳이었던 지역에서 첫 객지생활을 하며 잊을 수 없는 일과 그로 인해 사회봉사에 눈뜨게 된 계기도 있었다.

서울에서 원주까지는 고속버스로 약 한 시간 오십분 정도 거리밖엔 되지 않았는데 태어나서 한 번도 원주를 벗어나보지 못한 지역민도 많았고, 원주와 인접한 원성군(1999년 원주군으로 변경, 1995년 원주시로 됨)과 횡성군에서 사는 학생들 역시 원주 시내에 가는 것조차 쉽지 않던 시절이었다.

우연히 그곳에 사는 학생들로부터 장래희망이 버스 운전사란 얘기를 듣게 되었다. 내가 어릴 때만 하더라도 아이들 꿈은 대통령이나 장군, 과학자, 선생님 등이 대부분인데 이곳에 사는 학생의 희망이 버스 운전사라니 도저히 이해가 되지 않았다. 이유를 물어보니, 지금 사는 곳을 벗어나 버스를 운전해 도시를 왔다 갔다 할 수 있기 때문이라는 답변에 적잖이 충격을 받았다.

버스 운전을 하는 일이 장군, 대통령보다 못하다는 것은 아니지만 어린 학생들이 좀 더 높은 목표를 세우고 큰 꿈을 품어야 할 텐데 안타까운 일이 아닐 수 없었다. 무엇이든 그릴 수 있는 흰 도화지 같은 아이들에게 약간의 도움을 준다면 더욱 큰 미래를 그려나갈 수 있을 텐데 하는 아쉬움이 들었다. 하지만 당시 그들을 도울 방법이나 여건이 되지 못해 가슴에 묻어둘 수밖에 없었다. 앞으로 미래의 재목이 될 아이들에게는 그들이 더 크게 성장할 수 있도록 기성세대가 도와주어야 한다고 늘 생각해오던 차에 마침 기회가 찾아왔다.

병원을 개업하고 얼마 지나지 않아 병원 근처의 농협 지점장님의 추천으로 여주군 산북면과 1사1촌을 맺게 되어 학생들에게 장학금을 전달하기 시작한 것이다. 내가 담당자분들에게 부탁드린 한 가지는 성적 위주로 하지 말아주십사 하는 거였다. 이미 성적이 좋은 학생들은 도움을 받고 있을테니 내가 굳이 도와주지 않아도 될 거라고 판단했기 때문이다.

첫 장학금을 전달하고 나서 여러 학생들에게 감사 편지를 받았다. 그중에 가장 감동적인 내용은 "공부를 잘하지도 않고 학교에서 주목받지도 못한 제가 장학금을 받게 되어 너무 놀랐고, 이로 인해 원장님처럼 공부 열심히 하여 다른 사람들을 도와주겠다"라는 편지였다. 그 학생이 그 다짐을 지금도 지키고 있는지는 모르겠지만 이런 일을 계기로 새로운 각오로 새롭게 태어나는 학생도 있을 것이라 나는 믿고 있다. 늘 마음에 두고 있던 버스 운전사가 꿈이라고 했던 횡성지역 학생들의 후배들을 위해서도 장학금 지원을 시작했다. 내가 할 수 있는 보람 있는 작은 사회사업이라고 생각한다. 여주와 횡성은 병원 개원과 역사를 같이 하는데 앞으로 사정이 허락하면 점점 더 확대할 계획이다.

가는 날이 장날이라고 엊그제만 해도 28도까지 올라가 4월 기온 중 최고기온이라고 떠들었는데 오늘은 14도로 뚝 떨어져 체감온도가 한파 수준이다. 이렇게 추울지 예상 못하고 얇은 점퍼 하나만 가져왔는데 후회해 봤자 소용없는 일, 정신력으로 버티는 수밖에 다른 도리가 없다. 다행히 오늘 촬영은 대부분 실내에서 진행되었다.

　오늘 만난 분들은 집에서 유기농 된장을 담그시는데, 과거 어머님이 만들어주신 된장 맛을 기억하고 그 맛에 이르지 못하면 팔지 않는 고집이 있는 남편과 아내분이 주인공이다.

　비닐하우스에는 커다란 장독 항아리가 가득했는데 그 항아리마다 만든 연도가 쓰여있다. 어떤 것은 만든 지 7~8년, 다른 것은 3년이 된 것도 있는데 보통 잘 만들어지면 3년 이내에 판다고 하신다. 그런데 막상 숫자를 세어보니 3년 미만의 된장은 3분의 1도 채 되지 않고 나머지는 맛이 익을 때까지 계속 기다리고 있는 항아리들뿐이다. 3년 숙성되어 잘 만들어진 된장을 손으로 찍어 먹어보니 짠맛이 강하게 느껴지지만 고소한 맛이 은은하게 입안에 감돈다. 굳이 설명을 듣지 않더라도 이것이 바로 명품 된장이구나 알아챌 맛이다. 6년 숙성된 장도 맛을 봤는데 약간 떫은 듯한 맛이 좀 약간 날뿐 역시 차이가 없는 것 같다. 별 차이도 없는 것 같은데 안 팔고 쟁여두기만 하니 장사가 잘되겠냐 싶다.

된장이라는 것이 사람 입맛에 따라 이런 맛을 좋아하는 사람도 있고 저런 맛을 좋아하는 사람도 있으니 여러 가지 맛으로 판매를 해보는 게 어떻겠냐고 했다가 면박만 당하고 말았다. 이런 올곧은 자세와 철학을 갖고 유기농 된장을 만드는데 오히려 사이비 유기농 된장 때문에 손해를 본다고 하신다. 물론 그런 면도 있기는 하겠지만 어르신의 맛에 대한 고집이 판매부진의 가장 큰 이유인 듯싶다.

그냥 끓인 강된장과 된장찌개, 그리고 홍천의 제철 채소로 차려진 점심을 먹었다. 우리나라 음식은 특별한 것 없어도 맛있는 된장이나 고추장, 혹은 김치에 맨밥 하나만 먹어도 장맛이 좋으면 다른 반찬이 필요 없는데 오늘 밥상이 바로 그러하다. 신현준 씨는 어린 산채

를 넣고 비벼 먹는데 나는 순수한 된장맛을 느끼고 싶어 고슬한 맨밥에 강된장을 약간만 넣어 살살 비벼 먹었다. 강된장만 넣었는데 꿀맛이 따로 없다. 없던 입맛이 되살아난다.

이번에는 된장찌개에 들어간 두부와 국물을 넣어서 비벼보았는데 이것 역시도 맛이 기가 막혀 강된장과 된장찌개로만 밥 한 그릇을 뚝딱했다. 하루 종일 목도 아프고 몸도 많이 힘들었는데 역시 나이 들면 밥심으로 산다고 하더니 그 말이 맞는 듯 하다. 몸에 기운이 돌아 가뿐해진 느낌이다.

촬영이 끝나 집을 나서는데 어머님이 명품 된장 한 상자를 건네주신다. 아내에게 가져가서 "내가 늘 먹고 싶어하던 시골 강된장 갖고 왔어"라고 자랑해야겠다.

돌아가신 엄마를
생각나게 한 한 끼 밥상

| 청주 문어숙회 |

서울서 귀한 손님들 오셨는데 차린 게 없다며 연신 몸 둘 바 몰라하시는 어머님에게 나는 진심을 다해 "어머님, 감사합니다. 정말 맛있게 잘 먹었습니다"라며 거듭 인사를 드렸다. 진짜 맛있는 음식은 비싼 재료로 고급스럽게 만든 것이 아니라 내 입맛에 맞는 음식이다. 그중에서도 예전에 내가 잘 먹던, 어머니가 해준, 내 입이 기억하는 맛. 나에게는 그런 음식이 세상 최고 맛있는 음식이다. 오늘 먹은 열무물김치와 잘 익은 총각김치가 그러하다.

아직은 미열에 감기 기운도 좀 남아있어 잔기침 간간히 나오지만 촬영하러 가는 날은 나도 모르는 힘이 불끈 솟는다. 오늘은 또 어느 어머님께 봄날을 되찾아주게 될지 가벼운 기대감마저 든다. 하지만 솔직히 나도 인간인지라 너무 장거리거나 몸 컨디션이 심하게 좋지 않은 날은 가기 싫은 적도 있다. 그럼에도 내가 아무리 중요한 일을 제껴두고, 끙끙 앓는 소리를 내며 촬영장으로 향하는 건 나를 기다리는 환자이신 어머님과 방송을 기다리는 시청자들 때문이다. 〈엄마의 봄날〉이 방송되며 매달 기구한 사연을 담은 손편지가 병원으로 배달되는데 의료 사각지대에 있는 농어촌이나 오지산간의 어르신들이 여전히 많음을 피부로 느낄 수 있다.

간단히 비수술적 치료만으로도 좋은 경과를 기대할 수 있는 환자들이 많은데, 척추를 전문으로 다루는 병원은 아직 많지 않고 그마저 도시에 몰려있다. 그러한 현실이 오늘처럼 내 발길을 전국 산간 농어촌으로 향하게 만든 것이다.

우리나라 노인층 대부분은 좌식 생활을 해온 탓에 척추 질환으로 고생하는 분들이 많다. 바닥에 앉아 식사하고, 거실 바닥에 앉아 TV를 보거나 대화를 나누고 밤이면 바닥에 이불을 깔고 눕곤 했다. 이러다 보니 허리에 무리가 가서 질환이 생기게 된다. 특히 농어촌이나 산골에 사는 분들은 매일같이 쪼그리고 앉아서 반복되는 노동을 하다 보니 허리와 무릎이 배겨나지 못해 환자들이 많을 수밖에 없다.

노인성 척추 질환은 충분히 치료할 수 있는 질병임에도 수술의 두려움과 부정적 인식 때문에 치료를 포기하거나 미뤄 시기를 놓치는 분이 많다. 치료법은 수술과 비수술 다양하게 존재하기 때문에 통증이 있다면 참지 말고 하루속히 진단을 받아 병을 키우지 않았으면 한다. 목에서 엉덩이까지 이어지는 척추는 우리 몸의 중심으로, 집으로 치면 기둥이라 할 수 있다. 척추에 이상이 생기면 신경과 혈관까지 압박을 받아 혈액순환은 물론 몸의 기능까지 떨어져 내과 질환도 발생하고 또 척추 질환으로 허리가 굽으면 무게중심이 아래로 쏠려 무릎에 하중이 가해져 퇴행성 관절염이나 다리가 바깥으로 휘는 현상도 나타나게 된다. 그만큼 척추는 중요하다. 침대, 소파, 식탁 생활과 꾸준한 스트레칭을 해주면 예방할 수 있는데 이런 기본조차 알지 못하는 사람들이 의외로 많다.

어떡하면 내가 아는 의학적 지식과 정보들을 환자나 그 가족들에게 전할 수 있을지 고민하다가 열풍처럼 불고 있는 유튜버 대열에도 합류했는데 고민 끝에 결정한 일이다. 조금 더 일찍 치료를 받았으면 가볍게 치료되었을 텐데 질환의 무지와 형편상 여건이 되지 않아 병원을 찾지 못하는 분들, 의사에게 궁금한 것들을 직접 물어보고자 하는 환자와 보호자 분들이 대상이다. 이 또한 내가 의사로서 봉사할 수 있는 부분이라고 생각한다. 지난 봄, 유튜브 방송을 시작한 〈신규철 TV〉는 스마트폰을 통해 언제 어디서든 볼 수 있고 이용자들의 관심도 무척 높은 편이다. 특히 40대에서 60대 이용자들이 늘고 있는데 평소 쉽게 다가갈 수 없었던 의료진과 소통할 수 있다는 점에서 호응을 얻는 듯하다. 내 기운이 허락하는 한 의사로서 소임을 다할 것이라 다짐해 본다.

오늘 만날 어머님이 살고 있는 청주로 내려가는 길은 불과 1~2주 전과는 사뭇 다른 풍경을 연출한다. 길 옆의 개나리와 철 지난 벚꽃, 진달래가 앙상한 가지에 달려있었는데 어느덧 자취를 감추고 연두빛 새잎들이 싱그럽다. 또 다른 길 양쪽으로는 이팝나무가 풍성한 꽃을 피우고 있고 먼 산 앞산 할 것 없이 신록들로 한껏 부푼 모습이다.

어머님 댁은 주소지 상으로만 청주지 고속도로 톨게이트에서 나와 대청호수를 빙 둘러 굽이굽이 고갯길 따라 거의 사오십 분을 들어가야 하는 청주 가장 끄트머리 지역에 있다. 흔히들 강원도나 경상북도만 산골 오지가 있을 거라고 생각하지만 사실 이곳 충북지역도 그곳들 못지않은 험한 산간지역이 많다. 내가 충주에 살아봐서 지역 사정을 좀 아는 편이다.

막상 도착해 보니 산 가운데에 있는 작은 마을임에도 생각지도 않게 집들이 꽤 보인다. 사방이 빼곡한 산으로 둘러싸여 있어 예전에는 일반 사람들이 쉽게 접근하기 힘들었을 것이다. 그러니 아무리 몸이 아프고 불편해도 병원 갈 엄두를 내지 못했으리라 충분히 짐작이 간다.

이곳의 아버님은 이 집에서 태어나 평생을 사신 분이다. 혹시 젊었을 때 이곳을 벗어나려고 생각해 본 적은 없으신지 물었더니 밖에 나가봐야 해먹을 게 없어 이곳서 계속 사셨다고 한다.

어머님은 그런 남편 곁에서 살며 외지로 나가기 힘들어 병원에는 가본 적도 없고 또 나이 들어서는 병원이 무섭기도 하고 돈이 들어갈까봐 못 갔다고 하신다. 서울의 원장님이 오셨다며 환대가 이만저만이 아니다.

생각지도 않게 아버님의 장기인 문어숙회가 나왔다. 영덕에 있는 큰 아드님이 보냈다는데 문어를 얼렸다가 먹을 때마다 얇게 썰어 초장에 먹는 맛을 아버님이 뒤늦게 알아 이제는 문어숙회가 없으면 못 견딜 정도라고 한다.

여태껏 부엌에 가본 적 없고 심지어는 밥을 할 줄도 모르고 또 하려고도 안 했던 아버님이 우리 일행을 위해 숙회를 손수 썰어주셨는데 산골에서 먹은 냉동 문어숙회는 색다른 맛이다. 숯불을 피워 돼지삼겹살도 구워주셨는데 이것보다 진짜배기는 산골 반찬으로, 어머님의 손맛이 깃든 열무물김치와 잘 익은 총각김치가 그 주인공이다.

이 두 가지는 학창시절, 먹을 반찬 마땅치 않은 오뉴월의 우리집 밥상에도 가장 자주 오르는 음식이었다. 겨우내 김장김치에 물린 입맛을 되살리기에도 안성맞춤이었다. 연한 열무에 수분기 많은 여름배추로 만든 물김치는 그냥 먹어도 개운하고 상큼했지만 건더기에 고추장과 참기름을 넣어 비벼 먹거나 소면을 삶아 만드는 김치말이 국수는 늦봄의 노곤함을 싹 날리기에 충분한 그런 맛이었다. 간이 슴슴해 배가 출출하면 한밤에 냉장고를 열고 젓가락으로 김치만 먹어도 속이 시원했다. 예전 나의 어머니가 해주던 그 김치맛을 오늘 청

주에서 다시 맛보게 될 줄이야!

서울서 귀한 손님들 오셨는데 차린 게 없다며 연신 몸 둘 바 몰라 하시는 어머님에게 나는 진심을 다해 "어머님, 감사합니다. 정말 맛있게 잘 먹었습니다"라며 거듭 인사를 드렸다. 사실 진짜 맛있는 음식은 비싼 재료로 고급스럽게 만든 것이 아니라 내 입맛에 맞는 음식이다. 그중에서도 예전에 내가 잘 먹던, 어머니가 해준, 내 입이 기억하는 맛. 나에게는 그런 음식이 세상 최고 맛있는 음식이다. 오늘 먹은 열무물김치와 잘 익은 총각김치가 그러하다.

집으로 돌아오는 길, 도시의 각박함이나 잇속 따지는 일과는 담을 쌓은 채 산골 정경처럼 순박하게 사시는 두 분의 모습이 눈에 아른거린다. 불현듯, 돌아가신 어머니의 모습이 떠올랐다. 아! 어머니. 사실 아까 열무물김치와 총각김치를 먹을 때부터 이미 어머니는 아들의 마음에 와 계셨는지 모른다.

다른 사람들은 생전에 어머니가 해주던 음식이나 어머니와의 추억이 떠오를 때면 돌아가신 어머니가 가장 생각난다고 하는데 나는 뭔가 자랑하고 싶은 게 있을 때도 어머니가 그립다. 어린 시절, 상을 받거나 학급 임원이 됐을 때 또는 등수 오른 성적표를 받은 날이면 나는 어머니께 자랑하고픈 마음에 빨리 학교가 파하기만을 기다렸다.

잘나가는 형들에 치이는 나를 조금은 더 이뻐하셨던 어머니는 내가 이룬 성과에 대해 아주 기쁜 표정으로 "우리 규철이 잘했네" 하시며 내 엉덩이나 등을 토닥여주셨는데 어린 마음에도 그게 그렇게 뿌듯하고 좋을 수가 없었다.

어머니가 환하게 웃으며 좋아하시는 모습과 나에게 해주던 칭찬은 그다지 명석하지도 않은 머리에 욕심도 없던 내가 그나마 열심히 학창시절을 보낼 수 있게 한 원동력이었다.

오늘은 자랑할 것도 없는데 어머니가 몹시 보고 싶다.

무공해 청정의
건강한 기운을 얻다

| 달성 미나리전과 무침 |

〈엄마의 봄날〉 프로그램은 내가 어머님들에게 봄날을 찾아주는 게 목적이지만 내 개인에게는 허가받은 공식 여행이기에 정말 즐겁다. 평일에 전국 산간오지와 농어촌을 다니며 새로운 풍경, 새로운 사람을 만나고 그분들의 인생 얘기를 듣고, 어머님들이 정성껏 준비한 특별음식까지 대접받으니 이런 기회는 아무에게나 주어지지 않을 것이다. 매여있던 병원과 일상에서 탈출해 여행자로서의 자유와 여유로움을 만끽할 수 있고 아프신 어머님들을 낫게 해드리는 봉사도 겸하고 있으니 일거양득이 아닌 일거다득이 분명하다.

우리나라 봄 날씨가 변화무쌍한 것은 알고 있었지만 불과 사흘 전, 강원도 홍천으로 촬영을 갈 때와는 확연히 다른 대구의 날씨에 계절감 상실이다. 그도 그럴 것이 겨울이 다시 온 것 같은 추위에 두툼한 오리털 점퍼를 다시 꺼내 입었고, 봄꽃은커녕 앙상한 나뭇가지에 스산함뿐이었는데, 대구역에 내리니 신록 우거진 나무들이며 따사로움을 넘어 덥게 느껴지는 햇살이 여름에 가깝다. 4월 29일의 홍천과

5월 2일의 대구가 이렇게 다르다니! 우리나라가 넓은 건지 날씨의 변덕인지 확인할 수는 없지만 아무튼 나는 냉온을 넘나들며 촬영을 가는 길이다.

주위 사람들이 가끔 내게 "매주 방영되는 프로그램 촬영이 힘들지 않냐?"고 물어온다. 그럴 때마다 나는 이렇게 답한다. "여행 같아서 즐거운데요." 사실 그렇다. 〈엄마의 봄날〉 프로그램은 내가 어머님들에게 봄날을 찾아주는 게 목적이지만 내 개인에게는 허가받은 공식 여행이기에 정말 즐겁다.

평일에 전국 산간오지와 농어촌을 다니며 새로운 풍경, 새로운 사람을 만나고 그분들의 인생 얘기를 듣고, 어머님들이 정성껏 준비한 특별음식까지 대접받으니 이런 기회는 아무에게나 주어지지 않을 것이다. 매여있던 병원과 일상에서 탈출해 여행자로서의 자유와 여유로움을 만끽할 수 있고 아프신 어머님들을 낫게 해드리는 봉사도 겸하고 있으니 일거양득이 아닌 일거다득이 분명하다.

이 외에 내가 얻는 건 또 있다. 깨달음이다. 여행은 인간을 겸손하게 만든다고 하는데 그 말이 진리임을 매회 촬영 때마다 실감한다. 솔직히 우물 안 개구리 같던 내 삶의 영역에서 벗어나 수많은 사람들을 만나 살아온 이야기를 듣고, 수려하면서 때론 척박한 환경을 접하며 내가 이 세상에서 차지하는 영역이 얼마나 보잘것 없고 작은지를 여실히 깨닫곤 한다. 그만큼 겸손해진다.

의사이자 작가인 대니얼 드레이크는 여행이야말로 모든 세대를 통

틀어 가장 잘 알려진 예방약이자 치료제이며 동시에 회복제라고 했는데 이 말에도 전적으로 공감한다. 청정한 자연환경 속에서 만난 어머님, 아버님을 통해 한편으로는 몸과 마음이 치유되고 회복됨을 느끼기 때문이다.

이외에도 얻는 것들이 너무도 많다. 사계절을 온몸으로 느끼며 지역의 특산물이며 향토음식의 정보와, 4년째 전국을 다녀본 경험으로 누구에게나 교통편을 조언해줄 정도로 지식과 상식이 늘었다는 점이다. 그래서 '여행'과 '병'은 자기 자신을 반성하고 성장시키는 공통점이 있다고 했나 보다.

대구는 신문이나 방송에서 자주 접해 굉장히 친근한 지역이지만 실제로 가본 적은 예전 군의관 훈련을 받기 위해 대구 군의학교에 몇 주 남짓 체류한 게 전부이다. 그때에도 영내에 머물렀기 때문에 시내에 갈 일도 없었고 그 이후에는 촬영차 한 번 정도, 일 때문에 한두 시간 잠시 머물렀을 뿐이다.

길은 생각보다 멀어 아침 6시 10분에 출발했는데 10시가 되어 도착했으니 거의 네 시간이 걸린 셈이다.

오늘 방문하는 어머님 댁은 대구에서도 한참 떨어진 곳으로 청도와는 15킬로미터 거리의 가장 외곽지역에 자리하고 있다. 서대구역에서 나와 삼십 분 정도 시내를 질러가는 꼬불꼬불한 산길을 한참 타고 올라가니 산등성 마을이 나왔다.

이곳은 무공해 미나리가 유명한 곳으로 마을에 들어서자마자 〈청정미나리농장〉이라고 쓰인 팻말이 붙
어있다. 이곳 미나리는 고랭지에서 재
배하기 때문에 향이 깊고 씹는 맛이 있
어 비싸도 잘 팔린다고 한다. 더구나
달성군에서 이 지역을 청정 무공해 유
기농지역으로 육성하고 있어 일반 비
료도 쓰지 않고 수질도 늘 점검하는 덕에 그야말로 청정한 환경에서
자라는 믿고 먹을 수 있는 미나리다.

　내가 아는 미나리 활용법은 나박김치나 매운탕, 지리에 넣어 먹는
정도가 전부인데 미나리 산지답게 이 마을에서는 미나리전, 미나리
삼겹살, 미나리김치, 미나리꼬막무침 등 다양하게 쓰이고 있다.

　미나리 줄기는 아삭거리는 씹는 맛과 수분이 많고 향도 좋아 그냥
먹기에도 좋은데 이곳에서는 미나리 하우스에서 일하다가 미나리를
그냥 씹어먹기도 한단다. 신현준 씨는 본인이 예전에 아토피로 고생
했을 때 미나리 즙으로 치료한 적이 있다면서 미나리의 약효를 말하
는데, 의사인 나로서는 믿어야 할지 말아야 할지 반신반의하지만 요
즘에는 교과서의 의학 지식이 전부가 아니라는 생각이 점점 많아져
그럴 수도 있겠구나 하고 넘어갔다.

　궁금한 건 못 참는 성격인지라 잠시 쉬는 시간에 스마트폰으로 미
나리의 효능을 검색해 보았다. 몸에 좋다는 건 익히 알고 있었지만
미나리는 약초라 불리어도 손색없을 정도로 좋은 성분을 많이 함유

하고 있다는 걸 확인했다. 체내의 중금속과 나트륨 등의 해로운 성분을 배출하는 해독작용이 탁월하고, 혈액순환을 원활하게 하여 고혈압과 당뇨 예방에도 좋다. 뿐만 아니라 항암효과와 간기능 개선, 주름 개선과 탄력과 미백 등의 피부 미용에 좋으며, 칼슘 성분은 뼈와 치아를 튼튼하게 만들어 골다공증 예방에도 효과적이다. 그리고 엽산 성분이 임산부의 태아 건강을 지켜주며 철분이 들어있어 빈혈예방과 개선에 도움을 준다고 하니 조금 과장하면 만병통치약이라고 할 수 있다. 신현준 씨의 아토피가 나았다는 것도 근거가 있는 얘기임을 확인할 수 있었다.

촬영 중에 부부와 함께 미나리 판매를 했는데 하이킹을 즐기는 대구 분들이 신현준 씨를 알아보고는 난리다. 어떤 분은 미나리 한 다발을 사서 신현준 씨와 촬영까지 하고 집에 가서 자랑하겠다고 호들갑이다. 내가 팔 때는 아무도 본 척 안 하더니 연예인 신현준 씨가 나오니 분위기가 바뀌어버렸다. 역시 모든 영업은 브랜드와 이미지다.

촬영을 끝내고 동대구역에서 SRT를 탔다. 촬영지에서 불과 삼십 분 거리인 데다가 동대구역에서 수서역까지는 불과 한 시간 사십 분 남짓이다. 늘 자가용만 애용하던 내가 촬영 때문에 전국을 다니게 되면서 매번 느끼고 감탄하는 건 우리나라 철도 라인이 참 잘 되어있다는 사실이다. KTX(Korea Train eXpress)와 SRT(Super Rapid Train)의 차이점도 알게 되었다.

KTX는 코레일 한국철도공사가 운영하며 2004년 4월 1일 개통하였고, SRT는 2016년 12월 9일 개통했는데 코레일이 지분 참여한 민자기업 (주)SR이 운영한다. 서울 기준 출발지도 각자 달라서 SRT는 수서역, KTX는 서울역과 용산역에서 출발한다. SRT가 가격 면에서 좀 저렴한 편이고 속도도 약간 더 빠르다. 좌석도 조금 더 넓은 편이지만 방향 전환이 안 되고 군것질을 할 수 있는 간식차가 없다는 큰 단점이 있다. 내 생애에 KTX와 SRT를 이렇듯 원 없이 타보게 될 줄이야!

자동차를 타고 가는 것과는 또 다른 맛이다. 길가 바로 옆에 마을이 보이고 논, 밭이 보인다. 구름과 산과 나무, 전신주가 내게로 달려드는 느낌이다. 영락없는 초등학교 시절의 소풍 가는 기분이다. 그러는 사이 서울에 도착해 오늘 하루의 나의 달콤한 외유는 이렇게 마무리되었다.

남도 음식의 DNA

그냥 먹어도 좋지만 여기에다 밭에서 바로 캐온 상추에 신선초를 깔고 된장을 약간 바른 다음 묵은지와 낙지까지 넣어 먹으니 그 맛은 어떤 형용사로도 표현 못할 정도다. 이곳 전라도 지방 음식은 특별히 차린 것이 있고 없고를 떠나 항상 맛있다. 이곳 어머님들에게만 특이한 음식 DNA가 있는 것 같다. 할머니에서 어머니, 그 어머니에서 딸로 대물림되는 변하지 않는 손맛 유전인자로 전라도 음식의 명맥이 굳건히 유지되는 게 아닐까!

아침 6시에 서울을 출발해서 정신없이 자고 일어나니 어느덧 영암이다. 가는 길은 생각보다 멀어 네 시간 조금 더 걸려 도착했다. 그도 그럴 것이 영암은 남도의 끝에 위치한 해남, 강진, 장흥과 인접한 지역으로 서울에서의 거리가 무려 350킬로미터에 이른다.

영암은 백제시대에 일본에 한자를 전한 왕인박사의 출생지이자 다산 정약용이 강진으로 귀양살이를 떠날 때 지난 곳이다. 둘째 형 정약전과 함께 유배길에 올라 몇 날 며칠을 걸어, 천안에서 영남대로와 분기해 전주, 광주, 목포 방향으로 이어지는 삼남대로에서 흑산도로 가는 형과 이별하고 홀로 강진 쪽을 향해 걷는 그의 심정은 어땠을까!

영암에 월출산이 있다고는 들었지만 한눈에 봐도 끝이 보이지 않는 너른 평야만 우리를 반긴다. 군데군데 얕으막한 구릉이 몇 개 보이는 것 말고는 평야가 끝까지 이어져 우리나라에서는 보기 힘든 지평선을 볼 수 있는 곳으로 마치 호남평야를 연상케 한다. 평야가 많다는 건 농부의 일이 그만큼 많고 고됨을 의미하기도 한다.

이미 어르신들은 일터로 나가셨는지 아침 10시를 조금 넘긴 마을회관은 텅 비어있다.

늘 그렇듯 시골의 마을회관은 농한기가 되면 주민들의 놀이공간이자 함께 식사를 하는 장소이며 한겨울에는 연로한 분들이 아예 숙식을 하며 날이 풀리기만을 기다리는 대기실이 되기도 한다. 그러나 농번기가 시작되는 시기의 마을회관은 인기척이 전혀 없어 한겨울보다도 더한 냉기만 감돌 뿐이다.

사람이 없는 마을회관에는 제비들이 집을 지어 여기저기 날아다닌다. 제비는 우리나라 전역에서 번식하는 여름 철새로, 필리핀·태국·베트남 등 동남아와 대만에서 겨울을 보내고, 이듬해 봄이면 다시 우리나라를 찾아오는데 예전에는 흔한 새였으나 이제는 서울뿐 아니라 웬만한 지방에서도 보기 힘든 새가 되었다.

오랜만에 제비를 보니 반갑다. 특히 내 연배 사람들은 어릴 때부터 많이 봐와서 상당히 친근하고 익숙한 데다가 길조로 알려져 제비를 볼 때마다 기분이 좋다. 우리 조상들은 제비의 움직임으로 날씨를 예상하기도 했다. 제비가 들어간 속담에 날씨와 관련된 것이 유독 많은데 예를 들면 제비가 지면 가까이 날면 비가 온다, 많은 제비가 날면 비가 온다, 제비가 집을 초가집 안으로 들여 지으면 장마가 크게 진다, 제비집이 허술하면 큰 바람 없다 등 제비는 예전부터 지금의 기상청 수퍼컴퓨터 역할을 한 모양이다. 일기예보가 맞지 않는다고들 하는데 제비를 활용해 보면 어떨까 하는 생각을 해 본다.

잊을 수 없는 제비와의 추억이 있는데 장마철로 기억한다. 비가 계속 내리던 어느 날, 길에서 어린 제비가 날아가지 못하고 떨고 있는 것을 발견하고는 집으로 데려와 밥도 먹이고 잘 보살펴서 날려 보낸 적이 있다. 어린 마음에 흥부전에 나오는 금은보화 가득 든 박씨를 내심 기대했는데 웬걸, 제비가 박씨를 물고 와주기는커녕 똥만 싸고 날아가버려 실망한 적이 있다. 그래도 먼 곳까지 와서 제비를 보니 반가운 마음이 앞선다.

어머님 댁은 평야 한가운데 형성된 동네에 자리했는데 슬레이트 지붕에 벽돌로 지어진 집이다. 마당 중앙의 여러 개의 화분에는 상추, 고추, 깨를 비롯하여 신선초, 박하, 당귀, 감초 등의 약초와 화초들을 심어놓았는데 건강을 위한 약재와 반찬 재료가 된다고 일러주신다. 화초도 되고 약초도 되는 1석2조다.

잠시도 쉬지 않고 일하는 게 특기라는 어머님은 가만히 손 놓고 있는 걸 싫어해 재봉질을 하면서 소일하신다고 한다. 어머님이 꺼내 보여주신 재봉틀은 정말로 오랜만에 보는 50년 이상된 골동품이다.

나도 재봉틀을 직접 다룬 적이 있다. 초등학교 5, 6학년 때 실과 시간이 있어서 재봉질하기, 바느질하기, 털실로 뜨개질하기 등을 배웠는데 손재주가 없어서인지 항상 친구들의 웃음거리가 된 적이 많았다. 재봉틀 할 때는 박음질이 똑바로 되도록 옆에서 천을 잡아주는 일도 해야 했는데 그것마저도 잘못 잡아서 삐뚤삐뚤하게 된 바람에 선생님께 혼이 나기도 했다.

손과 발을 이용해 작동하는 재봉틀이 사라지고 1962년에 등장한 브라더 미싱이 혼수품 1호 목록으로 각광 받으며 집집마다 인기를 누렸는데 미싱의 대명사로 아직까지도 이름이 지워지지 않는다. 그 추억의 재봉틀을 여기서 보다니…,

남쪽지방의 반찬은 항상 상상을 초월한다. 점심으로 준비하신 돼지수육은 온갖 약초를 넣은 물에 잡내를 없애는 된장까지 넣어 삶았는데 마치 양념 잘 배인 족발을 먹는 듯 달짝지근하면서 부드럽다. 일반적으로 돼지수육은 살보다는 비계와 껍질 부위가 더 맛있지만 지방이 느끼해서 많이 먹지 못하는데 어머님표 수육은 담백하고 부드러워 계속 술술 넘어간다.

그냥 먹어도 좋지만 여기에다 밭에서 바로 캐온 상추에 신선초를 깔고 된장을 약간 바른 다음 묵은지와 낙지까지 넣어 먹으니 그 맛은 어떤 형용사로도 표현 못할 정도다. 이것이 어머님표 삼합이라고 한다. 약초향 그윽한 수육과 원기회복에 으뜸인 낙지, 그리고 김치의

깊은 맛과 아삭 씹히는 맛이 일품인 묵은지가 어우러진 건강한 맛의 조합. 전혀 생각지도 못한 재료들의 조합이 의외로 너무 맛있어서 집에 가서 꼭 해먹어봐야겠다는 생각이 들었다.

반찬으로 따로 낙지가 나왔는데 썰어놓은 다리가 크고 굵어서 먹기에 다소 부담스러운 모양새다. 작은 놈을 집으려 하니 과거 낙지잡이를 생업으로 하여 자칭 낙지박사인 아버님께서 "낙지는 큰놈이 맛있지. 작은놈은 맛이 없어"라고 하신다.

그리고 낙지는 머리를 먹어야 한다고 덧붙이며 먹어보라고 자꾸 권해주시는데 정작 아버님은 예전에 낙지를 하도 많이 먹어 지금은 안 드신다고 한다. 정말로 낙지가 물려서 안 드시는 건지, 손님들 많이 먹으라는 배려이지 어쨌든 낙지는 나와 신현준 씨 차지가 되었다.

이곳 전라도 지방 음식은 특별히 차린 것이 있고 없고를 떠나 항상 맛있다. 이곳 어머님들에게는 특이한 음식 DNA가 있는 것 같다. 할머니에서 어머니, 그 어머니에서 딸로 대물림되는 변하지 않는 손맛 유전인자로 전라도 음식의 명맥이 굳건히 유지되는 게 아닐까!

식사를 마치고 이어진 어머님의 진찰 시간. 어머님의 상태는 생각보다 심각해서 가장 큰 불편을 호소하시는 허리뿐만 아니라 무릎, 어깨, 고관절 등 성한 곳이 하나도 없다. 처녀시절 길고 가늘어 예뻤던 손가락은 수십 년의 가사와 노동으로 투박해지고 한때 어머님의 자랑이었다던 그 고운 손은 온데 간데 흔적도 없다.

어머님의 소싯적 얘기를 아버님이 곁에서 묵묵히 듣고 있다. 어여쁘고 고왔던 새색시가 늙고 아픈 모습의 할머니로 변했다는 사실에 남편으로서 안타깝고 착잡하고 미안한 심정이 얼굴 표정에 고스란히 전해진다. 이럴 때마다 드는 생각. '나도 아내에게 잘해야지.' 하지만 늘 그때뿐이다.

촬영이 끝나고 돌아갈 시간, 어머님과 진료를 위해 서울에서 다시 뵙기로 하고 인사를 나눈다. 아침에 올 때는 추워서 긴팔 셔츠에 코트까지 입었는데 그새 한여름처럼 뜨거워져서 반팔 차림으로 돌아간다.

계절도 빠르고 하루도 정말 빠르게 날아가고 있다.

여름이 오는 길목에서 받은 진수성찬
부부애가 만들어낸 슴슴하고 담백한 맛
입속에 퍼지는 오케스트라의 향연
평범한 재료로 특식을 만드는 비법
잃었던 입맛, 잊고 있던 추억 되살린 시간
비 오는 날, 오두막집에서의 추억 한 장면
복달임의 정석
남도 갯벌과 해풍이 키운 맛맛!
아내를 사랑하는 마음, 요리로 전하다
산골마을 강녘에서 물소리 들으며

두 번째 이야기

· · · · · ·

더위 이겨낼
힘을 얻은
여름 밥상

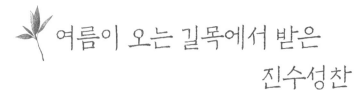

여름이 오는 길목에서 받은
진수성찬

| 진안 돼지껍데기찜과 돼지오돌뼈 |

촬영을 마치고 집을 나서면서도 어머님께 다시 또 미안한 마음이다. 내가 왜 미안해야 하는지는 잘 모르겠는데 항상 어머님들 댁을 방문하고 나서는 길은 뭔가 잔뜩 신세를 지고 난, 폐만 잔뜩 끼치고 나온 느낌이다. 어머님들의 따뜻한 환대와 없는 형편에 편치 않은 몸을 이끌고 정성으로 차려낸 밥상을 과분하게 받아서일까? 한편으로는 의료 사각지대에 계시는 편찮으신 어머님께 너무 늦게 온데 대한 죄송함도 그 이유 중 하나이리라.

이제는 여름으로 들어서나 보다. 얼마 전까지만 해도 낮엔 더워도 아침에는 선선했는데 오늘은 이른 시간부터 제법 후끈한 열기가 느껴진다. 6월이면 봄인지 여름인지 사실 구분이 가지 않을 때가 많다. 예전에 중고등학교를 다닐 때는 이때부터 하복을 입기 시작했으니 공식적으로 여름이 더 맞는 듯하다. 하지만 6월을 여름이라 부르기는 조금은 부족하다. 이른 아침이나 저녁에 봄의 찬 기운이 남아있기 때문이다.

사실 양력으로는 6월이지만 음력으로는 5월이다. 5월엔 단오가 있다. 설, 추석과 함께 우리나라 3대 명절로 꼽히는 단오는 일년 중 양기가 가장 왕성한 날로 지역마다 차이가 있긴 하지만 모내기를 시작하기에 앞서 한해의 건강과 풍년을 기원하며 제를 올리고 그날 하루만큼은 일손을 놓고 즐기는 날이었다.

여자들은 창포물에 머리를 감고, 그네뛰기를 하며 놀고, 남자들은 씨름을 즐겼는데 앞으로 다가올 더위를 이기라는 뜻에서 쑥떡과 앵두, 미나리를 먹었다. 쑥이나 미나리는 봄이 제철인 걸로 봐서 봄이 더 가깝지 않나 하는 생각이 든다. 하지만 바로 그 즈음인 음력 5월 5일이나 6일이 입하인 걸로 봐서 여름의 시작을 의미하는 한편 봄의 끝이라고 해야 맞을 것이다. 그러니 6월을 봄이라고 할 수도 있고 여름이라고도 할 수 있는 것인지도 모른다.

아마도 봄을 떠나보내고 여름을 맞는다는 의미에서 단오 행사를 했던 모양이다. 짧은 봄을 떠나보내기 싫은 아쉬움과 앞으로 다가올 무더위를 이겨내자는 각오를 담아 흥겹게 먹고 즐기는 축제를 벌였던 조상님들의 풍류가 멋스럽게 느껴진다.

진안까지 가는 길도 얼마 전만 해도 황량한 붉은 논밭이었는데 오늘 보니 논에는 모내기를 하기 위해 물이 가득 차 있고 이미 듬성듬성 모가 심어진 곳도 보인다. 지금 이 시기는 농촌에 사는 분들이 가장 바쁜 시기로 바빠서 죽을 시간도 없다는 바로 그때인 것이다.

정오 무렵은 가장 더운 시간대로 일손을 잠시 놓고 쉬는 시간인데 아침 10시인데도 오전 일을 이미 끝냈는지 논에도 마을에도 인기척이 없다. 어머님이 사는 마을은 아주 예쁘게 꾸며져 있어 마을 입구부터 집으로 들어가는 길이 꽃들과 나무로 단장한 채 방문객들을 맞이한다.

어렸을 때 우리 가족이 단독주택에 살 때는 앞집 옆집 할 것 없이 집집마다 담쟁이 넝쿨이나 장미들을 심어서 이때쯤이면 담벼락이나 집 공터에는 빨간 장미나 노란 장미가 피어있곤 했다. 마치 꽃들이 인사를 건네는 듯 고개를 빼꼼히 내밀고 있는 골목을 지날 때면 이유 없이 기분이 좋았던 기억이 있다. 우리집 작은 정원에도 장미를 비롯하여 채송화니 봉숭아가 지금 이맘때쯤 피기 시작하고 뒤이어 나팔꽃과 분꽃이 마치 순서를 정한 듯 차례대로 피곤했다. 여름이 지날 즈음이면 맨드라미가 닭 볏처럼 폈다가 지곤 했는데 그 모양이 무척 신기해서 한참 들여다본 적도 있다.

중학교 이후, 아파트로 이사를 가고 나서는 꽃들을 볼 기회가 없었는데, 이곳 마을에서 예전 보던 꽃들을 다시 보니 반갑고 정겹다. 자세히 보니 전에는 볼 수 없던 개량 양귀비도 보이는데 요즘은 시골의 어디를 가도 이 꽃들이 곳곳에 자리잡고 있다. 양귀비는 중국 당나라 현종의 황후이자 최고의 미인이었던 양귀비의 이름을 따온 것인데 그만큼 꽃이 아름답다는 뜻에서 붙여졌다. 길고 가느다란 줄기에 얹힌 선명한 주홍빛의 꽃이 바람에 한들거리는 모습이 시선을 사로잡기는 하지만 나는 그래도 어려서부터 봐온 우리 토종의 야생화에 더 눈길이 가고 마음이 간다.

마을 입구에는 공동 빨래터가 있는데 수로를 내서 물이 흐르게 만들고 화강암으로 만든 빨래판도 놓여있어 주민들이 공동으로 쓰고있다. 그만큼 동네 사람들끼리 화목하고 정답다는 징표일 것이다. 그 옆에는 자갈을 깔아 신발을 벗고 걸으면 발바닥 지압이 되도록 만들어놓았는데 물도 깨끗하고 시원해서 한여름 놀기에는 제격이다.

여기서 어머님과 아버님, 신현준 씨와 나 이렇게 넷이서 같이 빨래도 하고 시원한 물에 채워놓은 수박을 잘라 먹으며 더위를 식혔다. 신선놀음이 따로 없다.

어머님께서 점심을 마련해주셨는데, 생전 처음 보는 돼지껍데기찜과 돼지오돌뼈다. 사실 돼지껍데기를 먹어본 건 딱 한 번뿐이다. 그것도 돼지삼겹살집에 갔을 때 서비스로 두세 조각이 나와서 바삭하게 구워 된장에 찍어 먹어본 게 다였지 이렇게 껍질을 통째로 쪄서 먹기는 난생 처음이다. 이 지역 방식대로 초장에 찍어 먹어도 맛있

지만 달래 양념간장을 만들어 함께 먹으니 달래의 향과 간장의 감칠맛이 풍미를 더해준다. 돼지껍데기는 콜라겐이 풍부하다고 해서 얼마 전부터 인기 있는 먹거리로 부상하였다. 콜라겐은 피부를 윤기 있고 탄력 있게 만들고, 펩타이드란 성분은 연골조직의 재생과 성장발육을 돕는다고 알려져 있다. 하지만 피부 미용의 효능을 보려면 돼지 한 마리 정도의 돼지껍데기를 섭취해야 한다고 한다. 그래도 먹지 않는 것보다 몇 점이라도 먹는 게 낫지 않겠는가! 부지런히 집어먹는다. 쫀득쫀득한 식감과 입에 착착 달라붙는 맛이 자꾸 손이 가게 한다. 먹고 나서 슬쩍 피부를 만져보았다. 왠지 피부결이 고와진 것만 같은 건 나만의 착각은 아닐 것이라 믿어본다.

지난번 방문한 어머님 댁에서 먹은 낙지생고기탕탕이란 음식은 처음 본 거라고 신현준 씨 한테 말했더니 "며칠 전 광장시장엘 가보니 아주 많던데요" 한다. 오늘 먹은 돼지껍데기찜은 아직 광장시장에는 없겠지만 우리가 맛있게 먹는 것을 보고 조만간 광장시장에도 팔지 않을까 싶다.

돼지오돌뼈는 처음 먹어보는 음식인데 다른 사람들은 많이 먹어봤다고 한다. 돼지삼겹과 갈비의 연골 부위라고 하는데 씹어보니 돼지 냄새도 없이 담백하며 부드럽게 잘 씹힌다. 싱거워서 그냥 먹는 것보다는 상추쌈에 된장과 묵은 김치, 그리고 여름철 대표 반찬인 가지무침과 함께 먹으니 돼지고기 맛의 또 다른 풍미를 느낄 수 있다. 그리고 상 위에 함께 올라온 반찬 중에 우렁장이가 눈에 띈다. 우렁이를 직접 잡아 간장을 넣어 만든 것이다. 손에 들고 입으로 쪽쪽 빨아 먹거나 이쑤시개로 살살 빼먹는 번거로움은 있지만 간이 적당히 배어있는 데다가 우렁이 특유의 맛과 식감이 살아있어 입맛 없는 여름에 먹으면 좋을 것 같다.

어머님과 아버님은 촌구석이라 박한 찬을 대접해서 연신 미안하다고 하시는데, 여느 음식보다도 푸짐한 성찬이었다. 사실 어머님들이 해주신 음식은 재료가 뭐가 됐든 그 집만의 비결과 최소 30년 이상은 족히 넘는 요리 경력, 그리고 어머님들만의 남다른 손맛이 들어가서 그런지 뭐든 맛있다. 서울 어느 고급식당이나 이름난 맛집에 가도 맛볼 수 없는 귀하고 맛난 음식들이다. 그런데도 "찬이 없어서"

또는 "차린 게 없어서" 라고 말씀하시니 되려 내가 미안해지고 몸 둘 바 모르겠다.

밥상에 둘러 앉아 이런저런 이야기가 오간다. 허리가 아프기 시작한지 오래 되었지만 양말 한 켤레 사 신을 돈이 없어 맨발로 다니는데 어떻게 병원엘 갈 수 있었겠냐며 환히 웃으시는 어머님. 지금이야 지나가는 말로 웃으며 얘기하지만 허리 아픈 고통이 무척 심했을 텐데도 돈이 없어 병원을 가지 못한 그 서러움이 얼마나 크셨을까. 그런 가난을 이겨내며 넉넉하진 못하지만 산속에 집도 장만하고 이렇게 고기반찬을 먹게되기까지 아픈 허리 참아가며 고생하셨을 걸 생각하니 콧등이 시큰거리며 마음이 아려온다.

내가 만나는 어머님들 대부분이 정도의 차이는 있으나 다들 참 힘들게 살아오셨다. 어머님들의 그런 어려움을 나이 쉰을 넘어 〈엄마의 봄날〉 촬영을 다니며 알게 되었으니 너무 세상을 모르고 살았다는 생각이 든다.

촬영을 마치고 집을 나서면서도 어머님께 다시 또 미안한 마음이 든다. 내가 왜 미안해야 하는지는 잘 모르겠는데 항상 어머님들 댁을 방문하고 나서는 길은 뭔가 잔뜩 신세를 지고 난, 폐만 잔뜩 끼치고 나온 느낌이다. 어머님들의 따뜻한 환대와 없는 형편에 편치 않은 몸을 이끌고 정성으로 차려낸 밥상을 과분하게 받아서일까? 한편으로는 의료사각지대에 계시는 편찮으신 어머님들께 너무 늦게 온데 대한 죄송함도 그 이유 중 하나이리라.

"어머님. 앞으로 부디 건강하게 행복하게 사세요!"

서울로 오는 차 안, 라디오에서 청취자가 보낸 사연이 흘러나온다. 청취자가 어렸을 때 아버지는 병환으로 집에 누워서만 지내야 했다. 어느 날, 입맛을 잃어 잘 드시지 못하는 아버지를 위해 어머님이 장조림을 만들었는데, 집안 사정이 여의치 않으니 청취자를 비롯한 자식들은 먹지 못했다고 한다. 청취자는 아무도 없을 때 몰래 장조림을 먹었고 이를 본 어머님은 크게 역정을 내셨다. 얼마 지나지 않아 아버지가 병환으로 돌아가셨는데 그렇게 된 일이 마치 자기 때문인 것 같아 그 후론 장조림을 못 먹게 되었다는 내용이다.

오늘 만난 어머님이나 사연을 보낸 청취자처럼 가난이 과거의 추억이 된 분들도 있지만 지금 세상에도 힘들고 어려운 분들이 적지 않다. 그런 상황에서 질환까지 앓고 계신 분들의 고통은 두 배, 세 배는 훨씬 더 넘을 것이다. 조금이라도 짐을 나눠지면서 건강과 웃음과 행복을 찾아드리자는 취지로 만들어진 〈엄마의 봄날〉을 나는 적극 응원하는 마음으로 동참하고 있다. 이런 프로그램이 많이 만들어져 많은 분들에게 혜택이 돌아갔으면 하는 바람이다.

　풀들이 바람에도 넘어지지 않는 것은 서로가 서로의 손을 굳게 잡아주기 때문이라는 시 구절이 있다. 보잘 것 없이 작고 여리지만 서로가 서로의 손을 잡아줌으로써 모진 풍파와 고통도 꿋꿋이 견딜 수 있다는 의미일 것이다. 사람에게도 풀들의 지혜가 필요한 때이다.

바람 부는 날의 꿈

류시화

바람 부는 날
들에 나가 보아라.
풀들이 억센 바람에도
쓰러지지 않는 것을 보아라.

풀들이 바람 속에서
넘어지지 않는 것은
서로가 서로의 손을
굳게 잡아 주기 때문이다.

쓰러질 만하면
곁의 풀이 또 곁의 풀을,
넘어질 만하면
곁의 풀이 또 곁의 풀을
잡아주고 일으켜 주기 때문이다.

이 세상에서 이보다 아름다운 모습이
어디 있으랴.

이것이다.
우리가 사는 것도
우리가 사랑하고 또 사랑하는 것도.
바람 부는 날 들에 나가 보아라.
풀들이 왜 넘어지지 않고 사는 가를 보아라.

부부애가 만들어낸
슴슴하고 담백한 맛

| 거창 묵은지깻잎비빔국수 |

〈엄마의 봄날〉 촬영을 200회 이상 촬영하다 보니 나이 들어서까지 부부 사이가 좋다는 것이 얼마나 어려운지를 느끼곤 한다. 우리나라에서는 아직도 남편이 부인에게 고마운 마음을 표현하지 못해 서먹한 부부도 있고, 서로 같이 살지 않는 게 더 나을 것 같은 부부도 정말 많다. 이렇게 사이좋은 부부를 만나면 마음도 편하고 집에 가면 아내에게 더 잘 해주어야겠다는 배움까지 얻게 된다.

지난주부터 장마가 시작됐다고 하는데 며칠 전 합천에 방문했을 때 가야산 꼭대기에서 비인지 구름인지 모를 물안개만 보고는 한 번도 제대로 된 장맛비를 보질 못했다. 빗방울은 커녕 구름 한 점 없는 여름 땡볕에 장마를 논하기도 무색한 상황이다.

장마라면 며칠에 걸쳐 오랫동안 많이 내리는 비를 일컫는데 나는 '장마' 하면 학창시절에 읽은 윤흥길의 소설 『장마』가 가장 먼저 떠오른다. 동만이란 소년의 집에서 장마기간 동안 일어난 6·25전쟁의 비극을 담은 이야기다. 이 소설을 읽는 내내 책 속에도 그리고 책을 읽고 있는 내 주변에도 비가 내리는 듯한 착각이 들었다. 장마는 소설 시작할 때부터 끝날 때까지 내리는 것처럼 그렇게 오래 많이 내리는 비로 기억하고 있는 나로서는 '마른 장마'란 말이 가장 이해되지 않는 말이다. 장마란 뜻에는 분명히 비를 포함하고 있는데 비 한 방울 내리지 않는 마른 장마라니, 아무리 이해 못할 신조어들이 유행한다지만 이건 아니다 싶다.

오늘 뉴스에서는 거창이 속한 경북지역에도 마른 장마가 계속 이어진다고 했는데 하늘은 구름 한 점 없이 맑고 높기만 하다. 몇 해 전, 기상청은 앞으로 장마예보는 하지 않겠다고 했는데 의무감 때문인지 슬그머니 다시 시작했지만 안 하느니만 못한 것 같다.

거창은 귀에 익은 고장이긴 하지만 직접 와보기는 처음이다. 어지간한 데는 관광이나 촬영차 두세 번은 다녀봤는데 이곳은 처음 밟는다. 서울서 중부고속도로를 타고 대전에서 대전통영고속도로 방향으로 가다가 함안톨게이트에서 내려 국도를 타고 약 삼십 분 정도 가다 보면 나오는 곳이다. 중부고속도로로 가다 보면 산이 깊고 험한 지역에 길을 내느라 힘들었을 거란 생각이 들곤 한다. 이곳 대전통영고속도로는 아예 산봉우리와 봉우리를 이은 듯이 한참 높은 곳에 길이 만들어져 사람 사는 곳이 저만치 아래로 보이고 주변이 전부 높고 낮은 봉우리들뿐이다.

대전 바로 지나 내장산을 거쳐 지리산 자락에 있는 거창읍도 해발 200미터의 높은 곳에 위치해 있다.

톨게이트를 지나 바로 보이는 팻말에 청계사원과 화산사원이라고 써 있다. 마침 촬영장에 군 직원 두 분이 왔는데, 이곳 거창에 대해 자랑을 하신다. 거창고등학교는 전국에서 알아주는 수재들이 모이는 곳이고, 이 작은 군에 대학이 두 개가 있는데 특히 엘리베이터대학은 전국에 하나뿐인 대학으로 졸업생 전원이 취업이 되는 곳이라고 한다. 현대엘리베이터학과 티센쿠르프학과 등 엘리베이터를 만드는 회사 특성에 맞춰 개설된 학과라니 정말 실용적인 대학인 것 같다. 덕분에 이곳은 다른 군과 비교해 노령인구 비율도 적고 인구수도 유지되고 있다고 한다. 특히 이곳 고재 사과는 맛있기로 소문났는데, 삼성그룹의 회장님들이 먹는 사과로 유명하다고 해서 이 기회에 나도 고재 사과를 먹어보기로 했다.

어머님 댁은 거창의 높은 지역에 위
치하고 있어 팥이나 깨 등의 밭농사를
주로 짓는데 58년 같이 산 부부는 마을
에서 잉꼬부부로 소문났다고 할 정도로
사이가 좋으시다. 안타깝게도 아버님은
신장이 좋지 않아 정기적으로 투석을 받는다. 어려운 형편에도 어머
님은 아버님을 챙기고, 아버님은 표현은 안 하지만 늘 아내에게 고
마움을 갖고 있지만 도와주지 못해 안쓰러워 하시는 분이다.

〈엄마의 봄날〉 촬영을 200회 이상 하다 보니 나이 들어서까지 부
부 사이가 좋다는 것이 얼마나 어려운지를 느끼곤 한다. 우리 나라
에서는 아직도 남편이 부인에게 고마운 마음을 표현하지 못해 서먹
한 부부도 있고, 서로 같이 살지 않는 게 더 나을 것 같은 부부도 정
말 많다. 이렇게 사이좋은 부부를 만나면 마음도 편하고 집에 가면
아내에게 내가 더 잘 해주어야겠다는 배움까지 얻게 된다.

오늘 어머님의 밥상은 새참으로 먹는 비빔국수이다. 삶은 소면에
방금 딴 고추와 상추, 묵은 김치와 깻잎을 잘게 썰어 넣고 고추장과
고춧가루, 매실을 넣어 만든 양념장으로 비빈 다음 들기름을 살짝 치
면 완성이다. 들기름 대신에 참기름을 넣어 비비면 참기름과 양념장
이 어울려 고소하고 매콤한 냄새가 침샘을 자극한다.

사실은 아버님이 국수를 좋아해 만드셨다고 하는데 이렇게 간단
하게 만든 음식이 식욕을 돋궈줄지 몰랐다. 비빔국수야 자주 먹는 메

메뉴다. 집에서나 식당에서나 이것저것 넣은 고명에 매운 고추장을 넣어 입을 완전히 마비시킬 정도로 먹은 다음, 매운 기를 달래려 육수를 후후 불며 먹곤 하는 게 일반적이다. 그런데 어머님 댁 국수는 소박한 고명에 맵지도 자극적이지도 않은 간인데도 참 맛있다. 아마도 짜고 매운 음식을 들면 안 되는 아버님 때문일 것이다.

젓가락을 내려놓고도 더 먹고 싶어 입맛을 다신다. 외식문화의 보편화로 달고 짜고 매운 강한 맛에 우리 입맛도 길들여져 본래 음식 재료가 지닌 본연의 맛을 잃어가고 있다. 오늘 비빔국수와 같이 묵은지와 채소 본래의 맛과 향이 살아있고 아주 기본 간만 되어있는 음식이 구미를 더 당기게 하고 질리지 않아 계속 먹을 수 있는 법이다. 이렇게 간이 슴슴하니 건강에도 좋고 속도 편할 것이다.

사람도 그런 것 같다. 오늘 먹은 국수처럼 담백하고 순수하고 슴슴한 사람, 그런 사람이 나는 좋다. 나는 과연 그런 사람일까?

오늘은 아버님의 신장 투석이 1시에 예약되어 있어 일찍 촬영을 마쳤다. 서울에서 다시 만나길 기약하고 인사를 하고 나왔다. 올 때는 잘 몰랐는데 가는 길에 보니 정말 험한 산골 오지 중의 오지다. 요즘 외진 지역에서도 여간해서는 찾아보기 힘든, 구불구불한 국도를 따라 한참 가야만 똑바른 길이 나오는 그런 곳이다. 차 뒷자리에 앉았는데 급경사 급커브에 안하던 멀미를 하는지 어지러움이 느껴진다.

고속도로에 오르니 여름 땡볕이 기승을 부린다. 이번 촬영에 따라나선 딸 정원이는 피곤했는지 코를 드르렁드르렁 골며 세상 모르고 자고 있다. 가는 길 오는 길이 아무리 험해도 내게는 소중하고 귀한 시간이다. 쓸만한 시간을 건지는 게 참된 삶이라는 구절을 어느 책에선가 본 적이 있다. 나에게 이런 귀하고 쓸만한 시간이 주어졌음에 감사한다.

입 속에 펴지는
오케스트라의 향연

| 군산 물회와 박대구이 |

염불보다 잿밥에만 관심 있는 사람처럼 비춰질지 모르지만 촬영을 다니면서 어머님들이 해주시는 음식을 먹다 보니 언제부턴가 나도 모르게 '오늘 점심은 뭘까?' 내심 기대하게 되었다. 그렇다고 고급지고 비싼 음식을 기대하는 건 결코 아니다. 이상하게도 어머님들이 준비한 음식은 김치 하나라도 맛이 다르다. 입안에 벌써 군침이 돈다.

    사람들이 남도 음식을 하도 많이 얘기하길래 사회생활을 시작하면서부터 동경을 해왔지만 접할 기회가 없었다. 서울 토박이로 자라서 서울을 떠나본 적 없이 서울 음식으로 혀와 몸이 길들여져 자라온 내게 '남도'라는 지역명이 붙은 것만으로도 뭔가 재료에 있어서나 맛에 있어 특별할 것이란 환상을 갖게 하기에 충분했다.

    향토음식은 그 지역 특유의 기후와 토질, 지리적 조건 등의 자연 환경에서 자란 재료에 지역민의 문화와 생활 양식, 식습관이 오롯이 담긴 음식을 의미하는데 과연 남도의 음식 맛은 어떨까 궁금했다.

원주에서 공중보건의로 근무한 3년, 충주의 건국대에서 4년을 머물면서 그 지방 음식을 살짝 맛을 보기는 했지만 그곳에서도 결국 아내가 해준 음식을 먹었기 때문에 그 지역 음식맛을 접할 기회는 거의 없었다. 그러던 차에 병원 옆에 있는 남도 음식점을 다녀온 이후로 남도 음식 예찬론자가 되었다. 남도 음식이라고 하면 꼬막무침이나 짠 젓갈류가 전부인 줄로만 알았는데 그게 아니었다. 그 집에서 나오는 기본 백반류를 먹어보고는 이래서 사람들이 "남도 음식, 남도 음식" 하는구나 알게 되었다. 그 이후 틈만 나면 주변 사람들에게 남도 음식에 대해 떠벌리게 되었다.

　〈엄마의 봄날〉을 촬영하면서 목포와 해남도 가고 또 여수에도 가보며 그런 생각이 일종의 신념처럼 머릿속에 확고히 자리했다. 그런데 얼마 전, 남도 음식 찬양을 했다가 전주 출신 친구로부터 핀잔 아닌 핀잔을 듣고 말았다. 전라북도 음식을 먹어보지 않았으면 남도 음식을 얘기하지 말라는 것이었다. 진정한 남도 음식이라면 전북 음식이 진정한 맛이라며 군산에 가서 한번 먹어보라며 권하기까지 했다. 그 얘기를 듣고 언젠가 한번 가봐야겠다고 생각을 했지만 차일피일 미루다가 오늘에서야 군산에 가게 되었다.

　더욱이 이번에 만나게 될 어머님은 군산에서 백반집을 하다 너무 힘이 들어 귀농하신 분이란다. 이참에 제대로 된 군산 음식을 먹을 수 있게 됐으니 잘됐다 싶었다. 염불보다 젯밥에만 관심 있는 사람처럼 비춰질지 모르지만 촬영을 다니면서 어머님들이 해주시는 음식

을 먹다보니 언제부턴가 나도 모르게 '오늘 점심은 뭘까?' 내심 기대
하게 되었다. 그렇다고 고급지고 비싼 음식을 기대하는 건 결코 아
니다. 이상하게도 어머님들이 준비해주시는 음식은 김치 하나라도
맛이 다르다. 입안에 벌써 군침이 돈다.

드디어 어머님이 준비해주신 밥상을 받았다. 늘 봐오던 반찬에 특
이하다고 할 만한 것은 물회와 박대구이였다. 물회는 속초나 삼척,
포항 등의 동해안 지역에서 회에 고추장 육수를 부어 먹는 것으로 알
고 있는데 서해안에서 물회를 만나게 되다니 약간 생소했다. 박대구
이는 군산의 밥상 위에 꼭 있어야 하는 생선이다. 희멀건 모습에 약
간 길죽한 타원형의 납작한 바닷고기인데 어찌 보면 동해안에서 보
는 가자미와 비슷하게 생겼고 맛도 비슷하다.

가지에 고기를 다져 넣은 가지찜과 밭에서 갓 따온 상추와 고추,
거기다 강된장이 한가운데에 놓여있는 지극히 평범한 밥상이다. 그

러나 수저를 들어 맛을 보는 순간, 역시 내 기대가 빗나가지 않았음을 곧바로 확인하게 된다. 물회에 들어간 고추장 육수는 고추장이 들어갔는지 아닌지 잘 모를 정도로 맵지 않게 담백한데 잘게 썬 광어와 전복, 멍게에 오이, 고추, 상치 등 채소와의 조화가 환상적이다. 사실 요즘 물회는 진한 고추장에 사이다를 넣어 단맛과 톡 쏘는 맛을 가미하고 양배추와 양파, 오이 등의 채소에 땅콩가루를 넣어 자극적인 맛을 최대치로 끌어올린 것들이 대부분이다.

식당에서 파는 대부분의 물회 맛이 비슷하다고 볼 수 있는데 한 번 먹으면 너무도 강렬해 먹는 순간엔 맛있다는 생각이 들지만 다 먹고 나면 갈증에 물만 찾게 된다. 물회가 제맛을 잃어버린 요즘, 어머님의 물회는 파는 물회와는 다른 물회 본연의 제맛이 난다. 육수가 진하지 않아 원재료의 맛이 그대로 전해지고 씹는 동안 광어의 육질과 싱그러운 바다 향기가 고스란히 전달되며, 멍게 본연의 식감과 향이

미각과 후각을 자극한다. 또 전복은 전복대로 오독오독 씹을 때마다 고소한 식감이 전해지니 그야말로 내가 황제 물회를 먹는구나 하는 호사스러움을 느낄 수 있는 맛이다.

물회로 먼저 입가심을 한 뒤에 먹는 강된장비빔밥은 다른 반찬을 모두 끌어들이는 흡인력을 지녔다. 하얀 쌀밥에 강된장을 비벼 한 입 먹고 난 후 차례대로 밥상 위의 반찬을 한 젓가락씩 먹어보면 새로운 맛이 창조된다.

강된장비빔밥에 서대를 올린 다음 그 위에 새우와 같이 볶은 머윗 대를 올려서 일단 한 숟가락 입에 넣고, 다시 다진 고기가 들어간 가 지찜을 더하고, 싱싱한 고추를 한 입 베어 물면 한입에 5가지 음식을 먹게 된다. 상추를 더하면 6가지 음식이요, 물김치를 넣으면 7가지 음식을 한입에 맛볼 수 있다. 맛의 향연이 입안에서 화려하게 펼쳐 진다. 평범한 재료들로 만들어진 음식이 오케스트라 마냥 제각각의 맛과 향으로 조화를 이뤄 놀랍고, 음식을 먹으면서 행복하다는 느낌 이 바로 이런거구나 실감케 한다.

어머님, 아버님은 우리에게 간이 짜지 않냐며 물어오시는데 전혀 짠맛을 느낄 수가 없다. 모든 찬들의 간이 진하지 않고 담백하기 때문이다. 이것이 군산 밥상의 특징 아닌가 싶다.

남도 음식을 논하기 전에 군산 음식을 먹어보라던 친구의 말이 맞았다. 전북 음식과 전남 음식은 완전히 다르다. 전남 음식을 전라도 음식이라고 부르면 전북 사람들이 싫어하는 이유를 이제야 알 것 같다. 앞으로는 전북 음식, 전남 음식이라고 경계를 확실히 하여 지칭하는 것이 이분들에 대한 예의일 것 같다.

어머님은 치료가 끝나면 앞으로는 아무런 일도 안 하고 쉬겠다고 하셨다. 그 말씀이 끝나자마자 나는 "다른 것은 안 하셔도 되지만 된장은 계속 만드시라"는 부탁을 드렸다. 이렇게 맛있는 된장 만드는 기술이 끊어지면 너무 아쉬울 것 같다는 생각이 들어서였다. 편하고 쉬운 것만 찾는 시대가 되어 장 담그는 문화가 사라지고 있다. 그렇

다고 우리 밥상에서 된장, 고추장, 간장이 들어간 음식이 결코 사라지지는 않을 텐데 말이다. 그럴수록 우리 선조들의 지혜와 문화가 깃든 전통의 맛을 제대로 구현해내는 사람들이 필요하다고 본다.

그런데 걱정이다. 집밥 아니면 병원 밥, 때론 가끔씩 식당 밥에 길들여진 소탈하고 평범하기 이를 데 없던 내 입맛이 전국에 계신 어머님들 덕분에 점점 미슐랭 평가단 수준으로 올라가고 있으니 말이다.

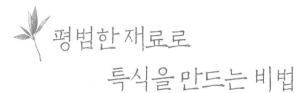

평범한 재료로
특식을 만드는 비법

| 함평 삼겹살과 김치찜 |

어른이 되어서는 그냥 밥때가 됐으니 끼니를 때우는 식이지 아주 맛
있어서 먹은 적은 드물다. 내가 맛있게 먹던 음식은 어렸을 때 먹던
것들이다. 그리고 근래 들어 가장 맛있게 먹은 건 어머님들이 해준 음
식들이다. 모든 음식이 너무 맛있고 그냥 묻어두기는 아까워 이렇게
기록으로까지 남기게 되었다.

장마예보가 있은 지 거의 2주가 되어가지만 실제로 장마다운 비를
본 건 어제 저녁 하루뿐이었다. 아침부터 꾸물꾸물하던 하늘이 늦은
밤이 돼서야 품고 있던 비를 주룩주룩 쏟아내기 시작했다. 그래서인
지 날씨가 서늘해져 긴 팔 긴 바지 잠옷을 입고 잤다. 일기예보에는
오늘까지 많은 비가 내릴 거라고 해서 비를 맞을까봐 우비도 준비하
고 옷도 두 벌이나 준비해 출발을 서둘렀다. 새벽 5시 40분 서울에
서 출발할 무렵, 어제 같은 많은 비는 아니지만 부슬부슬 비가 내리
고 있어 오늘 하루 촬영이 좀 힘들겠거니 짐작됐다.

차에서 잠을 자고 일어나니 아침 9시 반. 어느새 함평에 도착해 있없는데 웬걸, 하늘은 꾸물꾸물 하건만 비는 내릴 생각도 안 하고 먹구름 사이로 햇빛만 간간이 얼굴을 내민다. 바람은 선선해서 시원해서 좋았지만 역시 여름은 여름다워야 제맛. 쌀쌀한 여름은 반갑지 않은 손님 같다.

오늘의 주인공 어머님은 복분자 농사를 하는 분인데 논일과 밭일이 본업이고 복분자 농사는 짬이 날 때마다 하는 부업 같은 일이라고 한다. 복분자는 예전에 산에 가면 자주 보던 산딸기를 개량해서 만든 것인데, 줄기와 잎에 크고 작은 가시가 있어 조금만 스쳐도 가시에 찔려 만지거나 접근하기가 쉽지 않다.

복분자는 줄기가 땅으로 파고 들어가는 습성이 있어 대를 세워 받쳐주고, 자라는 과정에서도 위의 줄기가 땅으로 향하지 않도록 관리해야 하는 까다로운 식물이다. 복본자 열매가 땅에 닿으면 상품성이

떨어지니 수시로 줄기를 하나하나 세워야 하는데 그럴 때마다 손을 찔리고 팔에 상처를 입혀 처음 해보는 사람은 찔리는 고통을 감내해야 한다. 나도 장갑을 낀 손으로 작업을 했는데도 가시가 장갑을 뚫고 손을 찔러대서 연신 비명소리를 내야 했다. 어머님의 손가락과 손바닥은 마치 두꺼운 가죽 같이 되어버려 맨손으로도 잘 하신다. 그동안 얼마나 숱하게 찔리고 낫고를 반복했을지 짐작이 간다.

작업을 마치고 나서 올해 담근 복분자 즙을 한 잔 주셨는데 마치 덜 익은 포도주 맛이 난다. 맛있지만 조금 더 먹다가는 취할 듯싶다. 신현준 씨는 복분자 즙을 마시고 소변을 보면 요강이 깨질 만큼 남자에게 좋은 것이라고 너스레를 떤다.

점심은 향나무 땔감에 구운 삼겹살이다. 향나무는 제사 지낼 때 향로에 꽂는, 향을 만드는 나무인데 장작으로 때니 화력이 보통이 아니다. 향나무로 달군 돌판 위에 삼겹살이 닿자마자 치르르 소리를 내며 고기가 익어버리는데 바짝 익은 베이컨 느낌이다. 역시 삼겹살은 강한 화력에 바짝 구워 기름기 쪽 빼고 먹는 맛이 최고다. 된장을 바른 된장삼겹살은 그 맛을 배가시켜 준다. 요즘 들어 부쩍 된장 맛에 빠졌는데 문득 생각해 보니 고추장은 순창고추장이니 하면서 지역 상표가 있는데 된장은 그렇지 않다. 고추장 못지않게 된장도 충분히 상품성이 있을 것 같은데 왜 그런지 모르겠다.

삼겹살구이에 빠져서는 안 되는 3년 묵은 김치와 김치찜을 내오셨는데 3년 묵은 김치는 마치 얼마 전 담근 김장김치처럼 배추는 아삭

아삭 살아있고 발효가 충분히 되어서 깊은 맛이 난다. 예전에는 땅을 파서 독에 묻어두었기 때문에 온도 변화가 심해서 오래되면 군내도 나고 맛도 변했지만 요즘은 전용 김치냉장고에서 일정한 적정온도로 보관하기 때문에 훨씬 싱싱한 김치를 먹을 수 있다.

어머님이 담근 김치로 만든 김치찜은 실상은 김칫국에 가까운데 기본적으로 돼지고기가 들어가고 이곳 어디서나 흔히 볼 수 있는 죽순이 들어가는 호화스러운 음식이다. 죽순은 고급 중국요리에나 등장하는 귀하신 몸으로 알고 있었는데 이렇게 김치찜 건더기로 보게 되다니 놀랍다. 먹어보니 서울에서 먹던 죽순과는 다른 연한 식감에 또 한 번 놀란다.

죽순은 대나무의 땅속 줄기에서 돋아나는 어리고 연한 싹이다. 우후죽순이란 말을 들어봤을 것이다. 비 온 후 죽순 돋아나듯 어떤 일

이 한때에 마구 일어나는 것을 뜻하는 사자성어다. 그만큼 빨리 자라지만 성장시기가 매우 짧아 4월부터 6월에만 수확할 수 있다. 더욱이 땅도 가리는 탓에 전남 담양과 고흥, 경남 거제, 충남 서천과 당진 등 일부 지역에서만 자라 귀한 몸이 된 듯하다.

특별한 재료에 어머님의 손맛까지 더해진 김치찜은 서울 어느 이름난 식당에서 먹는 것보다 훨씬 감칠맛이 깊어 귀한 향나무로 구워진 삼겹살에는 젓가락이 가질 않는다. 지조없는 내 입맛이여!

이렇게 맛있게 음식을 먹었던 기억은 사실 그리 많지 않다. 특히 어른이 되어서는 그냥 밥때가 됐으니 끼니를 때우는 식이지 음식이 아주 맛있어서 먹은 적은 드물다. 내가 맛있게 먹던 음식은 어렸을 때 먹은 것들 뿐이다. 아마도 지금과 달리 먹을 것이 부족했기에 어쩌다 먹는 음식들이 별미로써 더 맛있게 느껴졌을지도 모른다.

종로 4가에 살았던 우리 가족은 찻길 건너의 광장시장 맞은편 –그 당시는 동대문시장이라고 했던 것 같다-, 시계골목 안의 곰보냉면집에 자주 가거나 을지로 홍남집에서 함흥냉면을 자주 먹었다. 함흥냉면은 너무 매워서 냉면에 나오는 육수를 삼키며 먹었는데 그 당시는 냉면보단 육수 맛에 먹었던 기억이 난다. 지금도 홍남집에 가면 육수 한 주전자를 다 마시고 나온다. 그 당시 주인 할머니는 지금은 계시지 않고 주인 아주머님도 안 나오시고 아드님이 가게를 지키는 것 같다. 우래옥에도 자주 갔는데 불고기를 먹고 난 후 냉면을 꼭 먹곤 했다. 평양식 물냉면이었는데 어린 입맛에는 수건을 빨고 난 물

같아 좋아하지 않았는데 나이가 들어서부터는 그 맛을 알게 되었다. 어렸을 때 내가 좋아하던 최고의 간식은 리어카 좌판에서 10원에 사 먹던 해삼과 멍게, 삶은 골뱅이다. 초고추장에 찍어 먹었는데 그 맛은 지금도 잊을 수가 없다.

회를 먹기 시작한 건 아주 어릴 때다. 그 당시 서울에서 먹을 수 있는 회는 민어회밖엔 없었다. 아버지가 드시는 걸 따라 먹었는데 그 맛도 기억난다.

교통이 좋아지고 난 후에는 인천 월미도 해안가 횟집에서 회를 먹기도 했다. 횟집에는 주로 우럭과 광어, 도미가 많았는데 갈 때마다 우럭을 먹었던 것 같다. 장인어른의 고향이 양양이라 휴가 때면 처가 식구들과 양양과 속초로 자주 놀러가곤 했는데 아내와 내가 회를 너무 잘 먹으니 장인어른이 "이 부부는 회에 미쳤네" 할 정도로 우리 부부는 회를 좋아한다.

그리고 근래 들어 가장 맛있게 먹은 음식은 어머님들이 해준 음식들이다. 모든 음식이 너무 맛있고 그냥 묻어두기는 아까워 이렇게 기록으로까지 남기게 되었다.

점심을 먹고 추가 촬영까지 끝나고 나니 어느덧 돌아갈 시간이다. 함평은 광주 송정역과는 30분 거리라 SRT를 타고 가기로 했다. 여행은 자동차보다는 역시 기차가 제격이다. 차창 너머 하늘은 예보가 자꾸 빗나가 속 타들어가는 기상청 예보관들의 마음을 아는지 모르는지 비를 뿌릴 생각이 없어 보인다. 그래도 예보대로 비가 내리는 건 아닌지 스마트폰으로 기상 정보를 수시로 확인해 본다.

비가 오건 말건 어머님들을 만나고 돌아가는 내 마음은 언제나 맑은 여름날이다.

잃었던 입맛, 잊고 있던
추억 되살린 시간

| 합천 열무김치말이국수 |

촬영을 다니면서 내가 가장 집중하는 시간은 환자를 검진할 때이고, 가장 기대하고 즐거운 시간은 점심시간이다. 편치 않으신 몸으로 정성 들여 밥상을 차려주신 어머님들과 가족분들에게 감사하고 감동하는 시간이기도 하다. 그 밥 한 끼에 담긴 어머님의 간절함 그리고 먼 곳에서 찾아온 사람들에게 뭐라도 대접하고 싶어하는 그 따듯한 정과 고마워하시는 마음을 알기에 밥 한 술, 국수 한 가닥도 너무 소중하기만 하다.

장마가 시작되었다. 제주도 남쪽부터 시작된 장마전선이 전국에 비를 뿌린다는 예보를 이번 만큼은 하늘이 들어주기로 작정했는지 오늘은 아침부터 비가 부슬부슬 내린다. 집에서 합천까지는 세 시간 반 거리, 함께 가겠다고 따라나선 딸 정원이와 아침 6시 반에 출발했다.

어제 신현준 씨 집에서 늦게까지 머물러 잠이 부족했는지 숙면상태로 오다가 눈을 떠보니 해인사 바로 옆 가야산이다. 어렸을 적에 아버지 따라 합천 해인사에 간 적이 있다. 하도 오래전 일이라 다른 기억은 나지 않고 해인사에 들어가는 길 양옆의 웅장한 나무 숲길만 한번 와본 듯이 어렴풋하다. 해인사 하면 합천만 생각했지 가야산에 있는 사찰인 줄 오늘에서야 알았다.

이곳 가야산도 굉장히 높은데 오늘 우리가 도착한 어머님 댁은 무려 해발 1,400미터나 되는 고산지대다. 구름도 넘기에는 힘이 부치는지 산봉우리에 걸터앉아 숨 고르기를 하며 비도 안개도 아닌 수분 입자들만 내뿜고 있다.

무려 4대가 같이 사는 가족으로 어머님은 나와 비슷한 연령대다. 온 가족이 옹기종기 모여서 한여름 별미인 찐 옥수수와 감자를 먹고 있는데 그 모습이 마치 어릴 적 우리 가족을 보는 듯하다.

있으라고 하는 이슬비인지 가라고 하는 가랑비인지 모를 비에 낙숫물 뚝뚝 떨어지는 날이면 나의 어머니는 간식으로 옥수수나 감자, 고구마 등을 삶아주시곤 했다. 미완성의 기억 한 쪽에 어린아이였던 내가 항상 눈을 반쯤 감고 자는 듯 깬 듯한 상태로 꾸벅꾸벅 졸며 먹었던 것 같다. 어린 시절에 누구나 한 번씩은 밥상 앞에서 숟가락 든 채 졸았던 적이 있을 것이다. 실제로 그렇게 먹었는지 안 먹었는지 기억이 명확하지는 않지만 내 의식 속에 불분명하게나마 남아있는 걸 보면 아마 서너 살 무렵 실제 일어난 일 같기도 하다.

이곳의 어머님은 해인사 초입에서 관광객을 상대로 찐 옥수수와 찐 감자를 판매하신다. 소금 간을 하여 찐 옥수수는 알알이 딱딱하지 않고 씹는 맛이 일품이다. 씹을 때마다 알이 톡톡 튀는데 집에서 쪄먹는 옥수수와는 씹는 맛과 향에서 확연한 차이가 난다. 아마 산지에서 수확해 바로 쪄서 파니 옥수수 그대로의 풍미가 고스란히 남아서 그런 것 같다.

찐 감자는 위 아래를 살짝 태워 구수하면서 살짝 단맛이 나서 설

탕을 넣었는지 물어보니 소금을 넣어 찌면 단맛이 난다고 한다. 어느 요리책에서 과일에 소금을 살짝 치면 단맛이 더 올라온다는 내용을 본 적이 있는데 감자도 설탕보다 소금이 단맛을 증가시켜 풍미를 더해주는 것 같다.

촬영을 다니면서 내가 가장 집중하는 시간은 환자를 검진할 때이고, 가장 기대하고 또 즐거운 시간은 점심시간이다. 편치 않은 몸으로 정성 들여 밥상을 차려주신 어머님들과 가족분들에게 감사하고 감동하는 시간이기도 하다. 그 밥 한 끼에 담긴 어머님의 간절함 그리고 먼 곳에서 찾아온 사람들에게 뭐라도 대접하고 싶어하는 그 따듯한 정과 고마워하시는 마음을 알기에 밥 한 술, 국수 한 가닥도 너무 소중하기만 하다.

오늘 점심은 열무김치말이국수다. 역시 여름에는 열무물김치가 제격이다. 열무물김치가 등장하면 이젠 여름에 접어들었음을 의미하고, 열무물김치말이국수가 나오면 여름이 깊었다는 것을 나는 〈엄마의 봄날〉 촬영을 통해 배웠다.

아주 어렸을 때는 열무물김치를 별로 좋아하지 않았다. 채소 줄기처럼 생긴 모양이며 씹어도 아무 맛도 나지 않는 심심한 맛은 영 구미가 당기지 않았다. 여름 배추도 마찬가지로 간이 배지 않고 숨이 살아 있어 날 배추를 생으로 먹는 것 같아 국물만 겨우 떠먹는 정도다. 그런데 나이가 들어서는 그 심심하고 생채소 같은 열무김치가 담백하고 시원하게 느껴지기 시작했는데 그것도 불과 얼마 되지 않는다.

어렸을 때 한여름, 특히 장마 때 입맛 없고 기력 지친 가족들을 위해 어머니는 별식으로 콩국수와 열무김치국수를 해주셨다. 우리 아버지는 특히 콩국수를 좋아해서 되직한 콩물에 소금을 넣어 드시곤 했는데 나는 그 텁텁한 맛이 싫어서 열무김치 국물에 국수를 말아먹거나 비빔국수를 먹곤 했다. 그것 역시 딱히 맛있지는 않았는데 아마도 어머니는 아버지 입맛에 맞춰 음식을 준비하셨던 것 같다. 아버지도 그 당시 연세로 보아 열무물김치나 콩국수를 좋아할 시기가 아니었나 싶다.

오늘같이 장맛비 주룩주룩 내리는 날, 국수를 먹고 있으려니 온 가족이 마루에 둘러앉아 열무물김치국수를 먹던 40년 전 옛 기억들이 상 위에 아른거리며 펼쳐진다. 결코 다시 되돌아갈 수 없는 그 시절. 그리운 어머니…. 시원한 국수를 먹는데 마음이, 목젖이 자꾸 뜨거워진다.

국수를 다 먹고 나서 배가 부른데 감자전이 나왔다. 평소에 사 먹는 감자전과는 다르게 젓가락으로 한 귀퉁이 떼어내려 해도 서로 엉겨서 분리되질 않는다. 마치 함흥냉면의 감자전분 면처럼 끊으려 끊

으려 해도 끊어지지 않는 질긴 고무줄 같다. 좀 과장인가? 하지만 한 젓가락 입에 넣고 씹으니 이제껏 내 혀가 경험해 보지 못한 차

원이 다른 맛이다. 전만 전문으로 파는 식당의 전과 비교해도 맛으로나 품질로도 전혀 손색없고 오히려 더 맛있다는 사람도 많을 것 같다. 이미 배는 포화상태인데도 내 젓가락이 연신 감자전을 향한다.

어머님을 대신해 음식을 준비한 따님에게 감사하다며 인사를 했다. 음식이 정말 맛있다고 연거푸 말했는데 그냥 인사치레가 아닌 진심이었다.

어머님의 검진을 마칠 즈음 내리던 비도 그치고 주위를 둘러보니 산허리마다 운무가 드리워있다. 내리쬐는 햇살에 풀 죽어있던 나뭇잎들이 생기 있는 얼굴을 뽐낸다. 코로 전해오는 풀 향기, 나무 향이 싱그럽다.

비 오는 날,
오두막집에서의 추억 한 장면

| 영주 감자붕생이 |

나는 외모나 성격도 그렇지만 타고난 순발력이나 감각도 없으니 아무리 노력해도 배우나 방송인은 아닌 게 분명하다. 그럼에도 매주 일요일 아침 TV조선 방송이나 종편 재방송에서 〈엄마의 봄날〉에 출연하는 내 모습이 4년 넘게 화면에 나오고 있으니 내가 봐도 신기할 따름이다. 그래서 촬영을 하는 날이면 습관처럼 늘, 나로 인해 촬영에 지장을 주지 말자고 굳게 다짐하며 길을 나선다.

장마가 끝났다는 기상청 예보가 무색하게 오히려 장마 때는 보지 못한 장대비가 어제부터 내리고 있다. 급기야 오늘 새벽에는 요란한 천둥소리와 함께 번개까지 번쩍거리는 통에 잠이 깨고 말았다. 영주에서의 촬영이 있는 날이어서 이르다 싶은 시각이지만 일어나 준비를 서둘렀다. 촬영하는 날 많은 비가 내리면 가는 여정도 그렇지만 현지에서의 촬영에도 지장을 준다. 특히 아직 방송 초보 티를 벗지 못한 내가 문제다. 처음보다는 나아졌지만 아직 카메라 앞이 낯설고 새로 만나는 분들이 쑥스러울 때가 많다. 그러다 보니 말이나 행동이 부자연스럽게 연출되곤 한다. 가뜩이나 비가 내려 진행이 더딜 텐데 내가 시간을 더 잡아먹어 늦어지게 되는 건 아닌지….

함께 출연하는 신현준 씨는 타고난 배우다. 훤칠한 키와 남성미 풀풀 풍기는 외모에 누구와도 소통이 가능한 서글서글한 성격과 방송 감각까지 갖춰 촬영장의 어머님들이나 마을 분들에게도 인기가 많다. 요즘 말로 넘사벽(넘을 수 없는 사차원의 벽이라는 뜻으로, 매우 뛰어나서 아무리 노력해도 따라잡을 수 없거나 대적할 만한 상대가 없음을 이르는 신조어)이다. 어머님들의 상태를 살피고 진찰하러 간 사람은 나인데 나는 찬밥이고 신현준 씨는 관심과 애정을 한몸에 받는 주인공이다. 다행스럽게도 그런 신현준 씨가 있어 의지가 되고 방송 선배(?)로서 배울 점도 많다.

나는 외모나 성격도 그렇지만 타고난 순발력이나 감각도 없으니 아무리 노력해도 배우나 방송인은 아닌 게 분명하다. 매주 일요일 아침 TV조선 방송이나 종편 재방송에서 〈엄마의 봄날〉에 출연하는 내 모습이 4년 넘게 화면에 나오고 있으니 내가 봐도 신기할 따름이다. 그래서 촬영하는 날이면 습관처럼 늘, 나로 인해 촬영에 지장을 주지 말자고 굳게 다짐하며 길을 나선다.

도심을 벗어나자 비에 흠씬 젖은 풍광이 차창 너머로 펼쳐진다. 한 치 앞도 보이지 않는 장대비가 쏟아지고 있다. 이 빗속에서도 논이나 밭에서 일하는 분들이 간혹 눈에 띈다. 아! 불현듯 떠오르는 장면이 있다. 호롱이를 쓴 촌부가 논에 찬 물을 빼기 위해 굵은 장대비에도 아랑곳하지 않고 물길을 만드느라 호미질로 손이 연신 바쁘고, 낙수 소리 가득한 원두막에 약간은 으슬으슬한 기운이 돌아 담요 한 장 깔고 자는 듯 깨어있는 듯 비몽사몽 간에 책을 읽고 있는 내 모습.

이 장면이 어렸을 때 내가 직접 경험했거나 봤던 농촌 풍경인지 확실치는 않다. 오히려 사실이 아닐 확률이 매우 높다. 왜냐하면 단 한 번도 그런 시골에서 여름 방학을 지내본 적이 없기 때문이다. 아마도 예전에 몰입해서 읽었던 단편소설의 한 장면이거나 만화책의 한 컷이 너무 실감나서 머릿속에 각인되어 있다가 비슷한 상황 혹은 그런 장면을 봤을 때 마치 내가 겪었던 일처럼 나타났는지도 모르겠다.

생전 처음 접하는 장소나 환경임에도 불구하고 왠지 눈에 익고 예전에 똑같은 현상을 겪어본 듯한 느낌을 받았던 경험, 누구나 있을 것이다. 그런 현상을 기시감 또는 불어로 데자뷰라고 하는데 이렇게 장맛비로 사방이 축축해지는 여름이면 그 장면이 눈앞에 툭 하고 나타나곤 한다.

세 시간 남짓 걸려 도착한 영주, 다행히 비는 그쳤지만 물 고인 진흙탕 길이 여기도 한참 동안 비가 많이 내렸음을 증명하고 있다. 비 맞은 길가의 잡초들은 싱그럽게 도드라져 초록을 뽐낸다.

어머님 댁은 소백산 끝자락 국립공원 안의 작은 마을에 있다. 산봉우리마다 비 머금은 구름이 걸려있고, 구불구불 산길을 따라 들어가니 저 아래 깊은 산속에 작은 오두막집이 보인다. 좁은 오솔길 옆으로는 낭떠러지가 있는 데다가 물을 먹은 흙길이라 미끄러지지 않게 조심해서 걸어야 한다. 운동화 빙 둘러가며 진흙이 들러붙어 무겁다. 신발에 진흙을 묻혀본 지가 언제던가.

그렇게 찾아간 어머님 댁. 부부는 평생을 이곳 산골에 살았는데 어머님은 6·25전쟁 때 북에서 내려와 어린 나이에 전쟁으로 아버지를 여의고 여기서 남편분을 만나셨다고 한다. 남편분은 이력이 약간 특이한 분으로 이곳에서 살다 19세에 도를 닦기 위해 승려 생활도 하고 스승님을 만나 지금까지도 계속 수행 중이시란다. 예전에는 도반에서 같이 공부하던 수행자들이 많았는데 지금은 몇 사람 안 남았고 남편분도 그 중 한 분이다.

평생 도인으로 살아오신 분답게 우리를 만나자마자 도에 대해 말씀을 하시는데 아는 얘기도 있고 모르는 얘기도 있다. 어머님도 반백 년 함께 사시는 동안 거의 도인 경지에 이르셨는지 아버님이 뜻

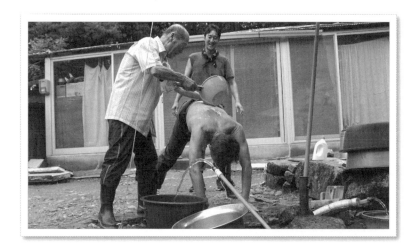

모르는 사자성어를 얘기해주실 때면 옆에서 해석을 해주신다.

예전에 중학교 다닐 때 무협지를 좋아하는 친구 덕분에 수업시간에 교과서 밑에다 와룡생의『군협지』나『진청운』, 김용의『영웅문』을 펼쳐놓고 봐온 나였기에 가끔 아는 단어가 나오면 대꾸도 하고 고개도 끄덕이니 촬영을 하는 스탭들은 내가 이쪽으로 조예가 깊다고 생각하는 듯한 표정이다.

아버님도 내가 알아들을 만하다고 여기셨는지 말씀을 끊지 않고 이어가신다. 듣는 도중에 궁금한 걸 여쭙거나 또 내게 질문을 하시면 얕은 지식으로 대답하니 아버님은 다른 건 모두 가짜 도이며, 머릿속의 생각을 잊어버리는 것만이 진정한 도를 찾는 것이라고 일러주신다. 내가 말하는 축지법이니, 운명이니 하는 것들은 논할 가치도 없는지 귀찮다는 듯 말을 끊어버리신다. 도인이신 아버님은 정남쪽 샘에서 나온 물을 길어 마시고, 한참 떨어진 토굴 속에 저장해 놓은 채소나 곡식으로 밥을 해 드신다고 한다.

이렇게 엄격한 기준에 따른 물과 저장해 놓은 곡식과 감자로 만들어 주신 음식이 감자부생이다. 이곳에서 자주 해먹는 음식이라고 하

는데 이것이 이곳 향토 음식인지 아니면 평안도에서 가족들이 해 먹던 음식인지는 잘 모르겠다. 사실 감자는 쌀, 밀, 옥수수와 함께 세계 4대 식량작물로 그 역사가 오래되었다. 약 7천 년 전 안데스 지역의

페루 사람들이 먹기 시작해 스페인 사람들에 의해 유럽과 전 세계로 퍼져나갔는데 감자가 우리나라에 들어온 건 그리 오래되지 않았다. 19세기 초인 1824, 1825년쯤, 청나라 사람이 인삼을 캐려고 몰래 국경을 넘어와 산속에 머물며 감자를 경작해 먹다가 밭에 남은 감자들이 자라면서 전래되었다는 문헌이 전한다. 그 이후 고구마와 더불어 배고픔을 면하게 해주는 구황작물로 전국에서 재배되어 오늘에 이른 것이다.

풍족하지 않던 시절, 밥에 섞거나 한 끼 대용식 역할을 하며 가난한 집 밥상에 단골로 오르던 감자. 그 당시에는 단순히 배를 채우는 식량이었지만 감자에는 의외로 영양이 풍부하다. 철분이 들어있어 빈혈 예방에 좋으며 위벽 보호 성분이 있어 위염과 위궤양에도 효능이 있다. 그리고 칼륨은 혈압을 낮춰 고혈압과 당뇨 등 성인병을 예방하고 식이섬유도 있어 변비해결에 좋다. 채소라서 비타민도 많아 피로 회복과 면역력 향상에도 좋으니 골고루 충분히 먹지 못하던 시절, 허기와 영양을 채우기에 안성맞춤이었다.

감자를 활용한 다양한 요리들이 만들어지고, 나도 찐 감자부터 국, 볶음, 조리, 찌개, 수프에 이르기까지 골고루 먹어봤지만 감자부생이는 난생 처음이라 만드시는 어머님 곁에서 요리법을 지켜보았다. 가마솥에 물을 넣고 감자를 숭덩숭덩 썰어 넣어 끓인 후, 어느 정도 감자가 익으면 밀가루를 넣고 다시 한 번 끓이는데 밀가루가 보슬보슬하게 익으면 꺼내 먹는 간단한 음식이다.

여기에 설탕을 약간 넣
고 소금으로 간을 한다.
다 만들어진 부생이를 둥
그런 스테인레스 대접에
올려놓으면 김이 모락모
락 나는 감자떡이 되는데 이것이 바로 감자부생이다. 한여름에 쪄 먹
던 감자 맛과 집에서 자주 먹던 백설기의 맛을 모두 합친 것 같은 한 여
름철 먹기 좋은 간식이자 끼니가 되는 음식이다.

배가 고픈 데다가 맛있어 주섬주섬 먹다 보니 그 많은 부생이가 다
사라져 버렸다. 촬영이 끝나고 나자 햇빛이 나기 시작한다. 오전에
내렸던 비가 수증기처럼 올라와 후끈하다. 습하고 더운 한여름이 드
디어 시작되나 보다.

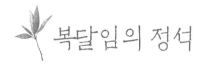

복달임의 정석

| 부여 백숙 |

사실 우리네 어머님들 대부분이 자신보다는 아내와 엄마, 며느리로 내 몸 돌볼 새 없이 가정을 위해 희생하시며 그걸 숙명인 듯 알고 살아오셨다. 봄날 같은 청춘 시절을 가족 위해 다 바치고 이제 낡고 아픈 몸이 보상으로 주어졌으니 얼마나 세월이 야속하고 허무할까! 하지만 어머님들은 아직도 당신보다는 남편과 자식 걱정이 먼저다. 이런 어머님들에게 내가 조금이라도 도움을 드릴 수 있다는 사실이 오늘따라 유난히 감사하게 느껴진다.

오늘의 행선지는 부여다. 부여란 이름은 귀에 익숙하지만 갈 기회가 없었고 봄날 촬영지로도 처음이다. 어릴 적 초등학교 다닐 때 아버지를 따라 온 적이 있기는 하다. 백제의 도읍지, 3천 궁녀로 유명해 화려하고 멋진 곳이리라 생각했는데 백마강, 낙화암은 소박했고, 어느 고분이라고 하는 데에 가서는 어두컴컴한 곳만 몇 번 헤매다 불에 탄 검은 쌀 몇 개만 보고 나온 기억만 있는 곳이다. 백제가 멸망할 때의 비장함이나 찬란했던 문화는 느껴보지 못했고, 비가 내리는 차 안에서 아버지가 좋아하는 노래인, 비 내리는 삼각진지 돌아가는 삼각진지 일찍 요절한 가수 배호의 노래만 반복해서 질리도록 듣고

왔던 기억밖엔 없다. 지금은 많이 달라졌을 것이다.

마침 오늘은 날씨도 맑다. 차창 너머로 바깥 풍경을 보니 넓고 풍요로운 평야가 끝없이 펼쳐졌다. 한여름 휴가기간이라 고속도로는 새벽부터 차가 붐벼 예상보단 늦은, 아침 9시를 넘겨 목적지에 도착하였다. 아직 10시도 안 된 아침나절인데도 불볕더위를 예고하듯 거의 한증막 수준의 날씨다. 가만히 있어도 땀이 줄줄 흘러 물인지 땀인지 분간이 안 갈 정도다. 이미 아버님은 새벽 5시에 아침 일을 마치고 들어왔다가 다시 일하러 나가셨다고 하는데 한여름 농촌은 밤에 잘 때 빼고는 집에 있을 시간이 없다는 어머님의 말을 듣고 아연실색해버렸다.

양쪽 길옆에는 가지가 보라색을 띠며 익어가고 고추도 주렁주렁 매달려있다. 한가을이 되어야 수확하는 깨는 줄기를 길게 뽑고 열매를 익히는 중이다. 예전 이맘때면 흔히 볼 수 있는 봉숭아 꽃이 정겹게 눈인사를 건넨다.

이곳 어머님과 아버님은 어머님 나이 열아홉 살에 만나 결혼해 평생 노동으로 생계를 이어오셨다. 아버님은 젊은 시절에 남의 집 머슴살이까지 했다는데 그때의 부지런함이 지금까지도 이어져 잠시도 쉬지 않고 무조건 일만 하며 앞으로 앞으로 직진만 하며 살아오신 분이다. 어머님은 말할 때마다 콧소리를 흥흥 내는 특징이 있는데 살짝살짝 웃을 때마다 애교가 뚝뚝 떨어지는 분이다. 어머님 말씀으로는 "이렇게 항상 좋은 말만 하고 웃으면서 살아야 집안에 평화가 있는 법"이라고 하시는데 나도 천 번 만 번 같은 생각이다. 예전에 누가 말하기를 곰 같은 마누라보다는 여우 같은 마누라가 더 좋은 법이란 말이 어머님을 보니 새삼 실감난다.

어머님이 나와 신현준 씨한테 두 가지 일을 요청하셨다. 따 놓은 빨간 고추를 건조대에 넣는 일과 점심을 위해 장작불을 때는 일이다. 우리는 가위 바위 보를 해서 이기는 사람이 먼저 할 일을 정하기로 했다. 주먹을 낸 내가 이겼는데 어머님이 더위에 장작불 때는 것보다는 그늘에서 일하는 게 낫다고 귀띔해주셔서 고추 말리는 일을 하겠다고 했다. 아버님과 같이 널어놓은 고추를 건조대에 옮기는 일을 했는데 이 또한 만만치 않다. 건조대에 넣기 위해 건조판 위에 고추를 담는 일과 고추를 담은 후 건조대에 집어넣는 일이 쉬울 줄 알았는데 막상 해보니 허리가 빠지는 작업이었다.

그냥 길에다 널어 말려 태양초를 만들어 파는 게 더 낫지 않냐고 물었더니 햇볕에 말리면 시간이 오래 걸려 고추가 갈라져 터지고 껍질이 얇아져 요즘은 그렇게 안 한다고 한다. 모든 일은 힘들게 해야 그만큼 귀한 물건이 되나 보다.

장작불 때는 일이 낫겠다 싶어 슬쩍 신현준 씨에게 "바꿔줄까?" 물었더니 본인은 내가 하는 일이 더 힘들어 보였는지 그냥 하겠다고 한다. 일을 끝내고 쉬는데 땀이 비 오듯 줄줄 흐른다. 신현준 씨는 아직도 그 더위 속에서 장작불을 때고 있다. 이게 바로 깨소금 맛 아닌가 싶다.

신현준 씨의 땀과 정성이 들어간 장작불로 익혀서인지 토종 백숙의 맛은 더위도 잊을 만큼 기가 막힌다. 백숙이 여름철 음식은 아닐 텐데, 꼭 한여름에 먹어야 제맛이고 그것도 힘들게 장작불에서 끓여야 제맛인 이유를 모르겠다.

토종닭은 양계장에서 키
운 닭과는 다르게 살이 탄
력이 있어 씹는 맛이 일품
이다. 넓적다리를 손으로
찢어 후추를 살짝 뿌린 약
간 굵은 중소금에 찍어 먹
는데 아무런 양념이 없이도 맛있다. 평소에는 퍽퍽해서 먹지 않는 가
슴살도 쫄깃쫄깃하니 식감이 좋다. 여기에 여름철 별미 열무김치와
김칫국물이 있으니 더할 나위 없는 만찬이다.

올해는 초복과 중복에도 삼계탕을 먹지 못했는데 부여까지 와서
닭백숙으로 몸보신을 한다. 남은 여름을 거뜬히 나게 할 기운이 보
충된 듯 힘이 솟는다.

먹었으니 본연의 임무를 수행할 시간. 어머님의 상태를 세심하게
살핀다. 이런 몸으로 생활하시느라 고통스러운 시간을 보내셨을 걸
생각하니 마음이 짠해진다. 그런데도 어머님은 한평생 당신이 한 일
은 일도 아닌데, 일도 안 한 몸이 망가져서 남편에게 미안하다고 하
신다. 사실 우리네 어머님들 대부분이 자신보다는 아내와 엄마, 며
느리로 내 몸 돌볼 새 없이 가정을 위해 희생하시며 그걸 숙명인 듯
알고 살아오셨다.

봄날 같은 청춘 시절 가족을 위해 다 바치고 이제 낡고 아픈 몸이
보상으로 주어졌으니 얼마나 세월이 야속하고 허무할까! 하지만 어

머님들은 아직도 당신보다는 남편과 자식 걱정이 먼저다.

　이런 어머님들에게 내가 조금이라도 도움을 드릴 수 있다는 사실이 오늘따라 유난히 감사하게 느껴진다.

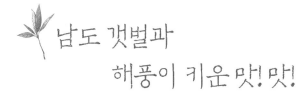

남도 갯벌과 해풍이 키운 맛! 맛!

| 무안 낙지호롱이와 갓김치 |

어느 일이건 반복되어 경험이 쌓이면 수월해진다고 하지만 연차가 쌓이며 아는 것이 늘수록 점점 더 어려워지는 게 의술인 것 같다. 40대 때는 내가 모든 것을 바꿀 수 있다고 생각했던 것 같고 감히 신의 영역까지 넘보려 했던 게 아닌가 싶다. 인체는 나 같은 인간이 함부로 건드릴 수 있는 영역이 아니란 걸 지금에서야 깨닫고 있다. 물론 수술로 좋아진다는 확신이 있다면 그런 경우에는 미리 포기하지 말고 소신껏 도전해야 한다. 그것이 우리 의사들의 소명이자 책무이기 때문이다.

사람들은 의사란 직업에 환상을 갖고 있는 듯하다. 아픈 사람을 척척 고쳐주고, 돈도 많이 벌고 좋은 집에서 고급 차를 타며 나이들어서까지 일을 하고, 사람들로부터 존경을 받는 직업이라고 생각한다. 하얀 가운을 펄럭이며, 모두가 불가능하다며 만류한 수술을 기적처럼 성공시키고, 고급 외제차를 몰며, 멋지고 예쁜 여성들의 구애를 받는 훈남 의사가 등장하는 드라마도 그런 환상을 부추겼을 것이다. 그리고 드라마 속 주인공 의사들은 하나같이 키 크고 잘생긴 모습으로 환상을 극대화시키니 학생들이 꿈꾸는 장래희망이자 학부모들이 선호하는 직업이 되었나 싶다.

겉보기에는 의사라는 직업이 멋지고 좋아보일지 몰라도 의사에게 숙명처럼 따라붙는 고뇌와 갈등은 그 누구도 알지 못할 것이다. 뇌와 심장 등 생명과 직결된 장기를 다루는 의사들보다야 정도의 차이는 있겠지만 나 역시 마찬가지다. 환자를 진료하고 시술에 앞서 여러 번 내 판단이 정확한지 내가 내린 처방과 시술법이 옳은지 고민에 고민을 거듭한다. 혹시나 하는 만약의 상황도 염두에 두어야 한다.

비교적 간단하다고는 하지만 수술대 위의 환자를 대할 때의 그 긴장감과 잘 해내야 한다는 중압감은 항상 동반된다. 나를 믿고 몸을 맡긴 환자분들의 믿음을 지켜야 한다는 책임감도 내 몫이 된다.

오늘 만나게 될 어머님의 경우, 양측 인공 관절 수술과 어깨 관절과 허리 등 여러 차례 수술을 받으셨다. 특히 허리 수술은 복강을 통한 큰 수술이었다고 한다. 복강 수술을 할 당시 잘못되어 재수술까지 받았는데 무려 여섯 번에 걸쳐 받아야했던 대수술이었다. 상태가 어떠신지, 과연 내가 낫게 해드릴 수 있는지 세심히 살펴야겠다고 생각하며 길을 나섰다.

서울서부터 내린 장대비는 남녘으로 갈수록 빗줄기가 약해지더니 무안에 도착하자 날이 개어 서쪽으로 푸른 하늘이 보이기 시작한다. 구름 사이로 언뜻언뜻 보이는 햇살은 비에 씻겨도 여전히 뜨겁다. 달궈진 길에서 수증기가 증발해 올라오는데 마치 한증막 속에 들어와 있는 느낌이다. 그러나 절기의 순리는 뒤집을 수 없는 법. 가끔씩 시원한 바람이 스치듯 지나고 들깨를 말리기 시작하는 농촌 벌판은 가을이 코앞에 왔음을 알려준다.

어머님 댁에 도착하자마자 상태부터 살핀다. 보행이 어렵고 앉거나 일어서기 힘들 정도로 고통이 심하시다. 수술 자국을 보니 복강을 통해 인공 디스크 수술을 시행하고 동시에 척추 양측으로 지지대 고정술을 한 자국이 보인다. 허리 수술이란 게 정답이 없어 의사에 따라 병원에 따라 같은 환자를 놓고도 서로 다른 방법의 치료를 하기 마련이다. 그만큼 정답이 없고 결정이 힘들다. 점점 나이가 들수록 사람의 몸을 치료하는 게 정말로 어렵구나 느끼게 된다.

편치 않은 몸으로 어머님께서는 우리를 위해 낙지호롱이를 만들어 주셨다. 이곳 무안은 뻘낙지가 유명해서 이걸 재료로 만든 음식이 많다고 한다. 낙지호롱이는 예전에 신안에 촬영갔을 때 한 번 먹어본 적이 있다. 그 맛을 잊을 수 없어 식당을 찾았지만 서울서는 쉽게 맛볼 수 없었는데 다시 먹게 되다니 횡재한 기분이다. 그런데 어머님의 만드는 방식이 지금껏 봐왔던 것과는 사뭇 다르다. 대나무 젓가락이 아닌 짚으로 호롱이를 만들어 숯불에 굽는 방식이다. 참기름 장을 발라가며 굽는데 간이 짜지 않고 붉으스름하게 익은 낙지의 육질이 고소하고 쫄깃한 게 정말 맛있다. 짚향과 숯향이 어우러져 풍미를 더한다.

그러나 이곳 남도 음식은 낙지호롱이 같은 특별한 음식 맛도 맛이

지만 밥과 같이 나오는 반찬들에서 진짜 맛을 찾을 수 있다. 해풍에
익은 갓김치는 작년 가을에 담가 이미 숨이 죽었지만 양념과 함께 숙
성되어 매콤하면서 달짝지근하며 짭조롬한 깊은 맛이 난다. 뜨거운
밥 위에 올려 입에 넣으니 코끝 찡한 알싸한 맛이 가득 퍼진다. 전라
도 특유의 깊고 진한 맛의 김치는 다른 찬 없이 김치만으로도 밥 한
공기를 비울 수 있는 밥도둑이다. 막상 같이 나온 간재미회나 닭발
구이는 원래 입에 맞지 않아 못 먹는 음식이고 또 고등어김치찌개도
먹음직스러워 보이지만 이미 김치가 내 입맛을 사로잡아버려 안중에
도 없다. 한편으로는 이 음식들을 만드느라 아픈 허리를 폈다 구부
렸다를 반복하셨을 어머님을 떠올리려니 마음이 짠하다.

  수북이 퍼주신 밥 한 그릇을 김치와 깻잎장아찌만으로 게 눈 감추
듯 쓱싹 해치워버렸다. 다른 반찬들이 맛이 없어서 그런 건 전혀 아
니다. 그것들 역시 재료 고유의 향과 맛을 남도식으로 살린 최고의
찬이었음에도 더 먹을 수 없었던 이유는 내 위가 한계치에 다다랐기
때문이다. 역시 목포나 해남, 진도 등 남도의 음식은 언제나 실망시

키는 법이 없다. 다 먹고나서 어머님께 잘 먹었다고, 감사하다고 진심을 담아 인사를 드렸다.

점심 식사가 끝나고 집에 돌아가려니 어머님이 걱정스럽다. 병원에서 가장 힘들어하는 환자가 기존의 수술로 후유증을 갖고 있는 분들이다. 더구나 큰 수술로 인한 후유증일수록 더욱 치료가 힘들고, 결과도 좋지 않아 부담스럽기 때문이다. 머릿속에 선뜻 답이 나오질 않는다. 어떻게 하는 것이 어머님을 가장 편하게 해드릴 수 있는 방법인지 서울로 돌아가 나름대로 방법을 찾아보고 병원의 다른 원장님들과도 상의를 할 생각이다.

어느 일이건 반복되어 경험이 쌓이면 수월해진다고 하지만 알면 보인다라는 말처럼 연차가 쌓이며 아는 것이 늘수록 점점 더 어려워지는 게 의술인 것 같다. 미국 유학을 다녀온 직후만 해도 나이 드신 교수들이 왜 수술을 꺼리는지 이해가 되지 않았다. 이렇게 저렇게 수술하면 좋아질 텐데 왜 저렇게 몸을 사리시지? 의아했다. 그런데 의사 생활 30년 남짓, 내가 그 교수님들 나이가 되고 보니 인체의 오묘함을 이길 수 있는 의사는 없다는 깨달음을 얻게 되었고, 그동안 내가 너무 오만했었구나 하는 자기 반성도 하게 되었다.

40대 때는 내가 모든 것을 바꿀 수 있다고 하는 자만감에 감히 신의 영역까지 넘보려 했던 게 아닌가 싶다. 인체는 나 같은 인간이 함부로 건드릴 수 있는 영역이 아니란 걸 지금에서야 깨닫고 있다. 이런 깨달음을 젊은 의사들에게도 꼭 전해주고 싶다. 인체는 스스로 자기 정화와 치유 능력이 있어 그대로 놔두는 것이 최선이라는 사실을, 불가피한 경우에만 수술을 해야 한다는 사실을 알려주고 싶다.

물론 수술로 좋아진다는 확신이 있다면 그런 경우에는 포기하지 말고 소신껏 도전해야 한다. 그것이 의사의 소명이자 책무이기 때문이다. 촬영을 마치고 홀가분하게 귀경길에 오르던 다른 날과 달리 오늘은 이런 저런 생각들로 마음이 무겁다.

아내를 사랑하는 마음, 요리로 전하다

| 문경 민물매운탕과 김치돼지고기두루치기 |

노래 가사도 있지 않은가! "님이라는 글자에 점 하나만 찍으면 도로 남이 돼버리는 장난같은 인생사~" 영원한 님으로 남기 위해서는 젊어서부터 잘하는 것이 상책이란 걸 알면서 결혼한 지 20년이 훨씬 지났음에도 늘 마음뿐이다. 〈엄마의 봄날〉 촬영을 하며 어머님 아버님들을 만나면서 보고 느끼고 깨달으면서도 그때 그 순간 뿐이지 서울 돌아오는 길에 까맣게 잊고 만다.

빨리 가기 위해서는 고속도로가 제격이지만 행선지 방향의 풍광이나 정취를 즐기면서 여유롭게 가고 싶다면 국도가 딱이다. 내가 국도를 처음 달려본 건 공중보건의 시절이다. 서울에서 태어나 대학교 졸업 이전까지는 서울에서 벗어난 적도 없고 시내 중심지에서만 살았다. 태어난 곳은 4대문 안의 종로이고 유치원에 갈 때쯤 이사를 해 동대문 밖 신설동에서 중학교까지 살다 중·고등학교 때는 용산, 그 이후로는 강남에서 살았다.

서울 촌놈이 의대를 졸업하고 군대 대신 배치 받은 공중보건의 근무지가 원주시 보건소였다. 물론 그 당시만 해도 경부선을 타고 가다 영동선으로 바꿔 타고 가거나 올 때는 가끔 시외버스를 타고 이천을 경유해 3번 국도를 따라 성남을 지나 구의 시외버스터미널에서 내리곤 했다. 그때 국도를 처음 경험했다.

공중보건의를 마치고 레지던트까지 끝낸 후 첫 직장이 건국대학교 부속 충주병원이었다. 그때는 고속버스가 아닌 자가용 아반테를 타고서 3번 국도를 다니게 되었다. 충주, 감곡을 거쳐 장호원으로 가서 이천톨게이트를 통과해 중부선을 타고 서울을 가곤 하였다. 이 도로가 3번 국도란 걸 그때에도 알았는데 진주까지 이어진다는 사실을 알게 된 것은 같은 병원에 근무하던 강성호 선배의 상가에 문상을 가면서부터다.

3번 국도는 충주에 살면서 주말이면 수안보에 목욕하러 갈 때 자주 이용했고 조금 운전에 자신이 생기면서 수안보를 거쳐 월악산까지 갈 때도 있었다. 문경까지 가본 적은 처제의 남편, 그러니까 내 손 아랫동서가 영주비행장의 치과 군의관으로 근무할 때였다. 문경을 가려면 문경새재를 지나야 했는데 구불구불한 산길과 울창한 나무 때문에 운전하기 쉽지 않아 다시는 가지 못할 곳이라 여겨 단 한 번으로 그친 여행길이 되고 말았다.

이제는 중부내륙고속도로가 뚫려 서울서 문경까지 두 시간 십 분이면 닿는 아주 가까운 길이 되었다. 하지만 이 또한 만만치 않다. 고속도로가 산 위에 만들어져 있어 눈 아래로는 급경사가 펼쳐진 고산

준령을 넘어야 한다.

　이곳을 지나려니 문득 예전 등산을 왔던 기억이 난다. 길이 너무 험해 도저히 엄두가 나질 않아 문경까지는 내려가지 못하고 새재 위에 위치한 관문까지만 등산 아닌 등산을 했던 적이 있다.

　오늘 가는 어머님 댁은 경상북도에 속한 문경이기는 하지만 생활권은 충주시라서 약간 끝이 올라가는 충북 방언을 쓰는 것이 특징이다. 우리가 보통 알고 있는 경상도 말투와는 약간 다르다.

　산이 높고 일반인이 접근하기 힘들어서인지 아직까지 문경지역은 사람들의 왕래 흔적이 별로 없는 청정지역이다. 문경 톨게이트에서 나와 이삼십 분 국도를 달리니 보니 어머님 댁이 나왔다. 집 옆에는 맑은 개울 물이 흐르고 있다.

　여름 이맘때쯤이면 물 좋은 개울가는 사람들로 인산인해를 이루고 물에 들어가 더위를 달래거나 텐트나 파라솔을 펴고 앉아서 먹고 노느라 떠들썩할 텐데 개울물만 유유히 흐르고 있다.

　이때 눈에 들어온 천연기념물 보호 팻말. 이곳엔 쏘가리, 빙어, 은어, 참게는 포획금지 기간이 있어 함부로 잡지 못하고 장어, 황쏘가리, 동자개, 미호종개는 천연기념물이니 잡지 말라고 쓰여 있다. 야생 자라도 마찬가지다. 이처럼 물 맑고 자갈이 많은 곳은 예전부터 자라가 많이 서식했는데 이제는 희귀해져 포획금지 대상이 되어버렸다고 한다.

　아내가 거동이 불편해 음식 장만을 못했다면서 아버님께서 이 동

네서 가장 맛있는 민물매운탕을 사오셨다. 식당에서는 민물고기의 비린 맛을 없애기 위해 양념을 아주 진하게 해서 이게 양념탕인지 매운탕인지 분간이 안 가거나 어떤 집은 민물고기의 비린내가 심해 잘 먹지 못하는데 이 매운탕은 아버님 말씀대로 정말 맛있다.

양념도 별로 안 한 듯 국물도 개운하고 생선 맛도 고소하다. 바다 생선이 살은 많은 대신 푸석한 느낌이 있고 맛은 별로 없는데 반해 민물고기의 고소한 육질의 맛이 살아있다. 예전 낙동강변에서 민물고기에 맛을 들이면 바다 생선은 못 먹는다고 했던 대학 선배의 말이 불현듯 떠오른다.

평소 민물고기를 못 먹는 신현준 씨도 이번 매운탕은 맛있는지 연신 숟가락을 떠서 입으로 가져간다. 둘이 먹는 데만 집중하다가 서로 눈이 마주치자 "정말 맛있네"하며 웃고는 다시 먹기에 바쁘다.

매운탕만으로도 충분한데 아버님이 직접 요리한 중화식 김치돼지고기두루치기가 나왔다. 아버님은 어머님이 다친 이후로 중국 음식을 배우셨다는데 두루치기는 녹말가루를 넣어 중국식 잡탕처럼 만든 것이다. 우리 음식인 김치에 돼지고기를 넣어 만든 김치돼지고기두루치기인데 맛은 영락없는 중국 잡탕 맛이다. 어머님이 좋아해서 자

주 만드신다고 한다.

아버님은 어머님이 다치신 후에야 비로소 젊은 시절, 누가 경상도 사나이 아니랄까 아내에게 무뚝뚝하게 대한 것이 후회되고 미안해 집 안 벽에 '변해야 산다'는 글까지 써서 실천하고 있다. 지금은 집안일도 도맡아 하신다고 한다. 옛일을 얘기하며 간간이 눈물을 흘리시는 것을 보니 마음이 짠하다.

나도 아내를 보면 늘 미안한 마음이 앞서는데 아버님처럼 아내 사랑을 실천하지 못하고 있어 속이 뜨끔뜨끔하다. 자식은 1촌, 형제는 2촌이지만 부부는 무촌이다. 이 말은 가장 가까우면서도 한편으로는 촌수 없는 남처럼 될 수도 있음을 의미한다.

노래 가사도 있지 않은가. "님이라는 글자에 점 하나만 찍으면 도로 남이 돼버리는~" 영원한 님으로 남기 위해서는 젊어서부터 잘하는 것이 상책이란 걸 알면서 결혼한 지 20년이 훨씬 지났음에도 늘 마음뿐이다.

〈엄마의 봄날〉 촬영을 하며 어머님 아버님들을 만나면서 보고 느끼고 깨달으면서도 그때 그 순간 뿐이지 서울 돌아오는 길에 까맣게 잊고 만다. 남편이 꼭 명심해야 할 사자성어라 하여 인터넷에서 회자 되는 글이 있다. 우스갯소리려니 생각하며 찾아서 읽었는데 한 줄 한 줄 읽다 보니 고개가 끄덕여진다.

1. 인명재처(人命在妻)   사람의 운명은 아내에게 있다.
2. 진인사대처명(盡人事待妻命)   최선을 다한 후 아내의 명령을 기다려라.
3. 수신제가(手身제가)   손과 몸을 쓰는 일은 제가 하겠습니다.
4. 처화만사성(妻和萬事成)   아내와 화목하면 만사가 순조롭다.
5. 지성(至誠)이면 감처(感妻)   정성을 다하면 처가 감동한다.
6. 처하태평(妻下泰平)   아내 아래 있을 때 모든 것이 평온하다.

7. 순처자(順妻者)는 흥(興)하고   아내에게 순종하면 삶이 즐겁지만,
   역처자(逆妻者)는 망(亡)한다.   아내 말을 거스르면 망한다.

분위기를 전환하려는 신현준 씨 입담에 어쩔 줄 몰라하는 아버님의 모습이 한편으로는 귀여우시기까지 하다. 그런 아버님을 물끄러미 지켜보는 어머님의 눈길에 고맙고 미안한 감정이 담겨있다.

어머님은 예전에 교통사고로 목을 다친 후 행동이 불편해지셨는데 작년 겨울부터 몸 상태가 더 안 좋아져 지금은 움직이는 것조차 힘들다. 촬영 전에 작가가 "어머님이 목 수술을 한 번 하셨다"고 알려줘서 '치료가 되지 않는 상태면 어떡하나?' 걱정했는데 이번 겨울에 다친 후유증이라면 치료가 되겠구나 싶어 마음이 조금 놓인다.

인사를 하고 나오는데 집 옆에 붉은 봉숭아 꽃이 보인다. 어느 시인이 새색시의 농염한 입술색이라고 표현한 바로 그 꽃이다. 매미 우는 요란한 여름이면 어릴 적 살던 집 마당에도 봉숭아 빨간 꽃망울들이 가느다란 가지에 올망졸망 매달려 있곤 했다.

첫눈이 올 때까지 물들인 손톱이 남아있다면 첫사랑이 이루어진다는 말을 그 당시에 알고 있었는지 모르고 있었는지는 기억나지 않지만 나는 그 꽃을 한 움큼 딴 후 돌멩이로 찧어 동생 손톱에 꽃물을 들여주었다. 예전 생각에 몇 송이 따다가 아내 손톱에 물들여줄까 생각하다가 괜히 핀잔만 들을 것 같아 그만둔다.

나무도 풀도 사람도 늘어지는 한여름 오후다. 폭염에 달궈진 아스

팔트 위로 후끈한 열기가 피어오른다. 더위 속 촬영 탓에 팔 다리와 몸통이 푹 절인 배춧잎 같다. 일을 끝냈다는 안도감에 한숨과 더불어 '빨리 어머님이 병원에 오셔서 불편한 몸도 고쳐드리고 사랑스러운 애처가로 변신한 아버님도 기쁘게 해드리고 싶다'는 생각이 머릿속에 또아리를 튼다.

아! 그리고 오늘은 잊지 말고 이따 집에 가는 길에 아내가 좋아하는 과일이라도 사 갖고 들어가야겠다. 현관문을 열 때도 빈손일 확률이 높지만 그래도 이런 마음이라도 먹었다는 게 어딘가!

산골마을 강녘에서
물소리 들으며

| 봉화 민물어죽탕 |

풀벌레들은 거칠 것 없이 소리를 내지르고 강물이 합쳐져 흐르는 힘찬 물살이 장관이다. 지천인 씀바귀가 발에 밟히고, 귀한 야생 더덕이 잡초처럼 자라고 있다. 여간해서 보기 힘든 호두나무가 잡목들 사이에서 그렇고 그런 나무처럼 겸손하게 서있다. 산골 마을 강녘에서 풀벌레 소리와 물 소리를 들으며 어머님이 쪄주신 옥수수를 먹으니 이것이 신선놀음 아닌가!

오늘 찾아가는 어머님 댁은 경상북도의 오지에 속하는 봉화, 거기서도 한참을 더 산속으로 들어가야 하는 곳에 있다. 길이 험해 경사가 급하고 구불구불해서 자칫하면 차가 전복될 수 있어 마을 노인정에 차를 세워놓고 산속 오솔길을 따라 삼십 분 정도를 걸어가기로 한다. 인적 없는 한적한 오솔길을 걸어본 적이 얼마만인가!

차 소리 사람 소리, 온갖 도시 소음에서 벗어나 신록의 싱그러운 색을 눈에 담고 상큼한 나무 향을 음미하며 유유자적 산책하는 기분. 실로 오랜만이다. 일주일마다 만나 이제는 흉허물없는 사이가 된 신현준 씨와 두런두런 이야기를 나누는 재미도 쏠쏠하다.

길을 따라 오르락내리락하면서 과연 인가가 있을까 하던 찰나, 개 짖는 소리와 모락모락 밥 짓는 연기를 보고 이제야 도착했구나 싶다.

집 바로 앞에는 강이 흐르는데 낙동강이 발원하는 곳으로 두 개의 강이 한 곳에 합쳐지며 장관을 이룬다. 멋진 풍경에 넋을 놓고 있으니 아버님, 어머님이 "며칠만 살아보면 이 멋진 광경도 눈에 들어오지 않는다"며 끌끌거리신다.

강 너머에 아버님 사촌이 한 분 사는 것 외에는 주위에 인가가 없고 읍내로 나가려면 한 시간은 족히 걸어야 하기 때문에 몸이 불편한 어머님으로서는 언제 가봤는지 기억이 가물가물하다고 하신다. 두

분의 적막한 생활이 이해되면서도 막상 눈에 보이는 풍경은 무릉도원이 바로 여기인가 싶을 정도로 환상적이어서 눈과 귀가 쉴 틈이 없다.

풀벌레들은 거칠 것 없이 소리를 내지르고 강물이 합쳐져 흐르는 힘찬 물살이 장관이다. 지천인 씀바귀가 발에 밟히고, 귀한 야생 더덕이 잡초처럼 자라고 있다. 집 앞 텃밭에는 옥수수 자루가 영글어 수염을 매달고 있고, 여간해서 보기 힘든 호두나무가 잡목들 사이에서 그렇고 그런 나무처럼 겸손하게 서있다. 여기는 그런 곳이다. 자연을 사랑하고 자연 속에서 자연과 동화되는 삶을 추구했던 미국의 철학자이자 작가인 헨리 데이빗 소로란 사람이 살던 곳도 바로 이런 곳이 아니었을까.

며칠 전 도착한 〈엄마의 봄날〉 촬영팀이 밤에는 추워서 두꺼운 이불을 덮고 자야 한다고 말하는 걸 들으니 열대야로 잠을 설칠 일 없으실 어머님 아버님이 부럽기만 하다. 하지만 어머님은 "예전엔 모르고 살았는데 지금은 사람이 그립다"며 이곳에서 이렇게 오래 살아온 일이 억울하다고 하신다.

도시에 사는 나는 이러한 자연이 그리운데 어머님은 사람이 그리운 모양이다. 벌레 소리 물 소리로 소음으로 찌든 귀를 씻고 싱그러운 초록에 눈이 정화되고 나무와 풀 향기, 맑은 공기에 마음까지 깨끗해지는 기분이다.

오늘 어머님이 해주신 음식은 어죽탕인데 만드는 법이 약간 색다르다. 먼저, 잉어의 살만 모아 푹 고은 다음 된장과 고추장으로 간을 하여 푹 끓인다. 여기에 굵은 대파와 토란대 등을 넣고 집에서 담근 국간장으로 간을 하여 완성한다. 서울에서 먹던 육개장과 똑같은 맛이다. 얼큰한 국물과 잉어살의 달착지근한 맛이 계속 숟가락을 들게 만든다. 민물고기는 비리고 먹을 게 없다는 선입관을 깨기에 충분한 맛이다. 지난 번 문경에서의 잡어매운탕도 맛있었는데 오늘 어머님의 어죽탕도 뒤지지 않는다.

그러나 뭐니뭐니해도 최고의 맛은 산간에서 먹는 방금 따서 찐 옥수수다. 물이 많고 찰기가 있어 씹는 맛도 일품이고 퍽퍽하지 않고 단맛이 돈다. 옥수수를 좋아하는 사람이라도 방금 딴 옥수수와 며칠 저장한 옥수수 맛의 차이를 잘 모르고, 특히 서울에 사는 사람들은 더더욱 그럴 것이다. 예전 원주에서 살던 때엔 집 옆에 채소시장이 있어 여름 한철 방금 딴 옥수수를 사다가 삶아 먹곤 했다. 서울에 올라와 먹는 옥수수는 그 맛이 나질 않았다. 산지의 옥수수가 시장까지 오느라 시간이 걸리기 때문이었다. 옥수수를 딴 지 얼마 되었느냐에 따라 확실한 맛의 차이가 났다.

어머님이 찐 옥수수는 흰빛과 보랏빛이 도는 찰옥수수인데 6, 7월에 나오는 노란 옥수수와는 품종도 다르고 맛도 다르다. 이곳 사람들은 노란 건 사료 옥수수라 해서 먹지 않고 지금 시기에 나오는 흰 찰옥수수만을 먹는데, 실은 요즘 노란 옥수수는 품종이 개량되어 달짝지근한 게 더 맛있는 경우도 있다고 한다.

사실 우리는 옥수수 하면 강원도를 떠올리는데 옥수수의 고향은 중앙아메리카로 인디언들의 식량이었다.

그래서 영국에서는 지금도 옥수수를 인디언 콘이라고 부른다. 1492년 콜럼부스가 아메리카 대륙을 발견한 후에 옥수수 종자를 스페인으로 가져오며, 전 유럽에 전파 되었고, 그 후 인도, 중국 등 아시아까지 널리 퍼지게 되었다. 우리나라에는 중국을 통해 전해졌는데 그 시기는 고려 혹은 조선시대로 추정하고 있다. 쌀이나 보리농사가 되지 않는 산간지역에서 식량 대용으로 재배하기 시작했는데 그래서 강원도가 옥수수의 대명사가 된 것으로 보인다.

지금은 전국 어디를 가나 옥수수를 볼 수 있고 품종도 다양해졌다. 다른 나라의 옥수수 맛이 어떨지는 모르지만 우리의 땅에서 자란, 밭에서 따서 바로 찐 우리의 찰옥수수 맛은 아마 세계 어느 옥수수와 견주어도 최고일 거라 확신한다.

산골마을 강녘에서 풀벌레 소리와 물소리 들으며 어머님이 쪄주신 옥수수를 먹고 있으니 이것이 신선놀음 아닌가! 평생을 방랑하며 자연과 시와 술을 벗 삼아 지낸 이백이 산에 살며 지은 시 한 수가 떠오른다.

산중문답 山中問答

묻노니, 그대는 왜 푸른 산에 사는가?	問余何事棲碧山
웃을 뿐, 답은 않고 마음이 한가롭네.	笑而不答心自閑
복사꽃 띄워 물은 아득히 흘러가나니,	桃花流水杳然去
별천지 따로 있어 인간 세상 아니네.	別有天地非人間

식사를 마치고 병원에서 어머님을 다시 뵙기로 하고 돌아가려는데 차 있는 곳까지 다시 걸어갈 일이 막막하다. 별천지 산속에서의 신선놀음을 마치고 나니 속세의 현실이 기다리는 셈이다. 마침 촬영팀 일행 중 군 시절 수송병 경력이 있는 감독님이 태워 주신다기에 속으로 "야호!" 쾌재를 부르며 몸을 싣는다.

되돌아 나오는 길, 노인정까지 가는 길도, 고속도로도 참으로 험하다. 산등성이에 걸쳐진 듯 만들어진 고속도로는 놀이기구에 올라탄 듯 하늘 위를 달리는 기분이다.

오늘 하루, 이게 꿈인지 생시인지 모른다고 했던 장자의 호접몽을 꾼 기분이다.

세 번째 이야기

. . . .

자연의 넉넉함이
가득한
가을 밥상

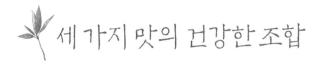

세 가지 맛의 건강한 조합

"내 살아온 얘기를 책으로 쓰면 열 권도 모자라지." 우리 어머님들이 입버릇처럼 하시는 말이다. 어디 사연 없는 인생이 있으랴만은 촬영 장에서 만난 어머님들의 인생사를 듣다 보면 나도 모르게 코끝이 시 큰해질 때도 있다. 그동안 나는 너무 편하게 살았나 괜스레 죄송한 마음도 든다. 그리고 이때만큼은 내가 어머님들의 얘기를 듣고 이해하고 공감할 수 있을 만큼 나이를 먹었다는 사실이 감사하다. 이렇게 들어드리는 것만으로도 어머님들에게는 작은 위안이 될 테니까 말이다.

9월이라지만 여름이 쉬이 갈 생각을 않고 머뭇거린다. 하지만 "가는 세월 그 누구가 잡을 수가 있나요~ 흘러가는 시냇물을 막을 수가 있나요~"라는 노랫말처럼 아무도 이길 수 없는 세월 앞에서 기세등등했던 폭염도 풀이 죽은 듯하다. 아침저녁 선선한 바람이 살짝 다녀가긴 하지만 해마다 그렇듯 여름의 뒤끝은 늘 길다.

오늘 촬영지는 삼척. 하필 늦장마가 시작되어 새벽 시간 출발 때부터 추적추적 비까지 내린다. 후텁지근한 날이 예상되지만 그러거나 말거나 오늘도 열심히 잘해 보자 다짐하며 길을 나선다.

일 년만에 다시 찾는 삼척은 동쪽으로는 동해, 서쪽은 태백 준령과 접해있어 이곳이 산악지역인지, 해안인지 구분이 가지 않는다. 초등학교 때 교과서로 처음 접한 삼척은 탄광지대로 석탄이 많이 나는 지역으로만 알고 있었다. 그러다 중고등학교 학창시절에 조금 논다 하는 친구들이 여름방학 때 삼척 부근의 근덕이나 망상 해수욕장에 다녀온 얘기를 들으면서부터 낭만이 있는 곳으로 바뀌었다. 그 당시에 정말 길이 험했을 텐데 그 친구들은 어떻게 갔을까?

삼척까지 가는 고속도로가 생기기 전까지는 옥계까지 가서 가끔 회를 먹었고, 삼척공고 출신이신 장인어른 덕에 장호까지 가본 후로는 삼척 바닷가나 삼척 뒤에 있는 두타산 같은 천혜 절경이 멋있어 자주 가봤으면 하는 곳이 되어버렸다.

그래서 삼척으로의 촬영을 내심 기다리고 있었건만 〈엄마의 봄날〉 촬영팀이 지난번 선택해 찾아간 삼척은 내 바람과는 전혀 다른, 그야말로 전기조차 들어오지 않는 두메산골이었다. 그런데 이번에는 절경을 볼 수 있는 삼척 해안으로 행선지가 정해졌다.

세 시간 걸려 도착한 어머님 댁은 해안가 길 건너에 위치하고 있는데 동해안의 해수욕장답게 해송이 끝없이 펼쳐져 있다. 어디에서 찍어도 영화의 한 장면이 될 것 같은 멋진 풍경이다. 바로 길 앞에는 철로 바이크가 있어 관광객들이 왔다 갔다 하며 떠드는 소리가 왁자지껄하게 들려온다.

예전에는 이 모래사장이 정말 길었는데 항구공사를 하면서 모래가

전부 쓸려나가 지금은 볼품없이 되어버렸다고 아버님이 얘기하시는
데 지금 이 정도도 보기 좋은데 예전에는 훨씬 더 근사했을 것 같다.

어머님은 일찍 전남편과 사별하고, 지금 남편은 길에서 옥수수 장
사를 하다 만났다고 한다. 마을버스를 운전하던 아버님이 어머님을
눈여겨본 게 발단이었다. 주위에 남편은 보이지 않고 어린 아이들과
물을 길러 다니거나, 짐을 들고 왔다 갔다 하는 것을 보고 어머님이
혼자라는 사실을 눈치챘고 그러고는 로맨스가 시작되었다고 한다.
어머님 시댁의 반대를 두 분의 노력으로 극복하고, 지금은 어머님의
시어머님과 남편분이 한집서 살고 있는 기이한 인연이다.

서로에게 기막힌 타이밍에 서로의 인생에 등장해주는 것, 그래서
서로의 누군가가 되어주는 것, 그게 진짜 운명이자 인연이라고 하는
데 두 분은 천생연분이 맞는 듯하다.

어머님이 살아온 얘기를 풀어놓으신다. 누구에게도 털어놓지 못하고 가슴에 쌓아둔 속 얘기을 하면서 서러움이 밀려드는지 목이 메여 훌쩍거리시다가 또 다른 대목에서는 환하게 웃으시며 말씀을 이어간다. 옆에서 듣고 있으려니 정말 애환 가득한 웃기면서도 슬픈 대목들이다.

"내 살아온 얘기를 책으로 쓰면 열권도 모자라지" 우리 어머님들이 입버릇처럼 하시는 말이다. 어디 사연 없는 인생이 있으랴만은 촬영장에서 만난 어머님들의 인생사를 듣다 보면 나도 모르게 코끝이 시큰해질 때도 있다. 그동안 나는 너무 편하게 살았나 괜스레 죄송한 마음도 든다. 그리고 이때만큼은 내가 어머님들의 얘기를 듣고 이해하고 공감할 수 있을 만큼 나이를 먹었다는 사실이 감사하다. 이렇게 들어드리는 것만으로도 어머님들에게는 작은 위안이 될 테니까

말이다.

　그리고는 떠오르는 한 사람, 돌아가신 내 어머니다. 까탈스런 시어머니 모시랴, 그 많은 제사에 찾아오는 친인척들 챙기랴, 아버지 내조하시랴 그리고 자식들 건사까지 몸이 열 개라도 모자라셨을 텐데 쌓이고 쌓여 응어리진 그 가슴 속 얘기들을 들어드리지 못했다는 생각에 가슴 저릿해지곤 한다. 살아계실 때 잘해드리라는 말을 왜 좀더 새겨듣고 실천하지 못했나 후회된다.

　어머님께서 삼척의 자랑거리라는 삼척 삼합을 준비해주셨다. 오리백숙에 전복과 문어를 넣어 만든 것인데, 이 세 가지가 그렇게 궁합이 잘 맞는지 처음 알았다. 오리백숙을 충분히 끓이고 난 후 전복을 넣는데 문어는 맨 나중 차례다. 이 과정에서 거쳐야 하는 절차가 있다. 문어를 넣기 전에 머리를 잡고 끓는 국물에 몇 번을 넣었다 뺐다 하다가 국자로 뜨거운 국물을 몸통에 끼얹고 난 후 집어넣는다. 이유를 물으니 그래야 문어 형태가 예뻐진다고 한다. 보이는 모습도 맛의 일종이라고 여기는 것이다. 보기 좋은 떡이 먹기도 좋다는 말이 있듯이 모양이 더 곱고 이쁘면 더 먹음직스러운 것이 일반적이다.

그렇게 만든 문어는 살이 연해서 한 번 베어 물으니 금방 살점이 뚝뚝 떨어져나간다. 나는 문어 머리를 먼저 먹었는데 고소하기 이를 데 없고 머리에 붙은 내장 맛은 너무 고소해 깨가 한 바가지다. 어머님이 주신 다리도 먹었는데 그 큰 다리가 한입에 들어갈 정도로 아주 연하다.

오리는 가슴살이 닭처럼 퍽퍽하지 않고 소금을 찍어 먹으면 더 이상의 반찬이 필요 없다. 신현준 씨는 다리만 계속 먹고 있는데 오리를 좋아하는 나는 다리는 잘 안 먹으니 부위를 가지고 다툴 일 없이 서로 포식한다. 오리, 전복, 문어가 함께 우러난 탕은 기름기는 하나도 없이 맑아 숭늉이라고 해도 될 정도다. 어떻게 이 세 가지가 합쳐져 담백하고 고소한 국물 맛이 나는지 신기하다. 기름기가 많은 닭백숙은 별로 좋아하지 않는데 이 오리탕 만큼은 추천할 만큼 맛있다. 탕에 찹쌀밥을 말아 김치를 풀어 먹었더니 배가 동산이 되었다. 과식했나 싶지만 언제 또 먹어보나

하는 욕심에 숟가락을 선뜻 내려놓지 못한다. 삼합의 건강한 맛에 몸에 힘이 불끈 솟는 느낌이다.

촬영을 마치고 차를 타고 나오는데 꾸물거리던 하늘에서 드디어 비가 내리기 시작한다. 산속 고속도로에 들어서니 쏟아지는 비에 안개까지 겹쳐 정말 눈앞이 보이지 않을 정도다. 그러고 보니 일주일에 한 번씩 대한민국의 길이란 길을 참 많이도 다녔다. 계절과 날씨에 상관없이 사시사철, 맑은 날과 궂은 날, 눈 내린 날 할 것 없이 고속도로를 달리고, 철길을 달리고, 산속 좁은 오솔길에 험준한 협곡 사잇길까지 무수히 많은 길을 오갔다.

흔히 인생을 길에 비유한다. 저마다 주어진 길을 걸어가야만 한다는 의미일 것이다. 즉, 산다는 건 길을 간다는 뜻이다. 그렇다면 내가 걸어야 할 인생길에서 나는 지금 어느 길, 어디쯤 지나고 있는 걸까?

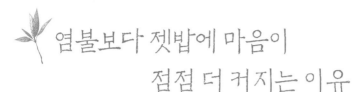

염불보다 젯밥에 마음이
점점 더 커지는 이유

| 양양 송이칼국수 |

재료가 귀하고 덜 귀하고는 상관없이 어머님들이 해주신 음식은 먹을 때도 맛있지만 돌아서면 다시 먹고 싶은 그리운 맛이다. 맛도 맛이지만 서울서 의사 양반 왔다며 편치 않은 몸으로 재료를 다듬고 씻고 요리를 하느라 애쓰셨을 어머님들의 노고를 생각하면 콧등이 시큰해지는 감동까지 얹혀진다. 그래서 그 맛이 더 특별하게 와닿았는지도 모른다. 치료를 위해 방문했지만 오히려 내가 어머님들이 해주신 밥과 반찬을 먹고 일상에 지친 몸과 마음을 위로받고 치유되는 느낌이다.

우리 속담에 '염불에는 맘이 없고 젯밥에만 관심이 있다'는 말이 있다. 사실 〈엄마의 봄날〉 촬영을 하면서 나도 모르게 점점 젯밥에 마음이 가고 있다. 그도 그럴 것이 전국 각지의 어머님들이 그 계절, 그 지역에서 나는 재료로 준비해주신 점심은 산지 제철 재료의 건강함에 어느 유명 셰프, 맛집 식당의 음식과는 비교가 안 될 정도로 특별한 맛이 있기 때문이다. 둔하기만 한 내 미각세포들도 화들짝 놀라 깨어날 신세계 맛이니 이제는 촬영이 잡히면 '맛있는 식사를 하게 되겠구나' 하는 기대까지 하기에 이른 것이다. 그렇다고 내 본연의 임무인 어머님들의 진찰을 대충하는 것은 절대 아니다.

늘 먹는 된장찌개, 김치, 나물무침, 국수인데도 어머님들이 직접 키우고 담근 재료에 손맛과 나름의 요리법까지 더해져서인지 맛은 전부 제각각인데도 이상하게도 한 입 먹으면 "아! 맛있네" 하는 감탄사가 절로 나온다. 돼지고기나 닭고기, 해산물도 어머님들의 손을 거치고 나면 풍미가 더해진다.

재료가 귀하고 덜 귀하고는 상관없이 어머님들이 해주신 음식은 먹을 때도 맛있지만 돌아서면 다시 먹고 싶은 그리운 맛이다.

맛도 맛이지만 서울서 의사 양반 왔다며 편치 않은 몸으로 재료를 다듬고 씻고 요리를 하느라 애쓰셨을 어머님들의 노고에 콧등 시큰해지는 감동까지 한 젓가락, 한 숟가락마다 얹혀지니 그래서 그 맛이 더 특별하게 와닿았는지도 모른다. 치료를 위해 방문했지만 오히려 내가 어머님들이 해주신 밥과 반찬을 먹고 일상에 지친 몸과 마음을 위로받고 치유되는 느낌이다.

추석을 앞두고 양양에서의 촬영이 잡혔다. 양양하면 송이가 유명한 지역이다. 송이는 너무 비싸고 구하기도 까다롭다. 추석 일주일 전쯤부터 조금씩 나오기 시작해 몇 주만 지나면 사라지는 태생의 까칠함으로 이때를 놓치면 다음 해까지 기다려야 한다. 아무데서나 자라지 않는데 소나무 중에서도 적송에 기생하는 것을 으뜸으로 한다. 게다가 험준한 산, 사람 발길이 닿지 않는 깊은 곳에서만 자라기 때

문에 송이 캐는 전문가조차 작업이 쉽지 않다. 이 사실을 모르는 일반인들이 재미로 송이를 캐러 갔다가 이 위험한 놈 때문에 낙상사고를 당하기도 한다.

그런 귀한 송이버섯을 쉽게 구해 푸짐하게 먹었던 시절이 내게도 있다. 전문의 과정을 끝내고 충주에 있는 건국대에서 근무할 때다. 충주는 크고 험준한 산으로 둘러싸여 있는데 특히 월악산은 소나무의 침엽수림과 암반으로 형성된 산으로 '악岳'자가 들어간 만큼 깊고 험준해 송이의 산지로 유명하다. 월악산으로 들어가는 입구 여러 곳 중에 수안보에서 문경으로 이어지는 3번 국도를 따라가다 보면 나오는 미륵리에 소실된 절터가 있는데, 바로 그곳에 산에서 채취한 송이를 판매하는 송이 직판장이 있었다.

송이 귀한 줄 몰랐던 시절에는 자연산 송이 심마니들이 충주 시내까지 물건을 들고 내려와 직접 팔기도 했고, 송이를 호박, 감자와 동

급으로 여겨 된장찌개에 넣고 끓일 정도로 그만큼 충주에서 흔했다
고 한다.

내가 충주에서 살던 그해에는 특히 송이가 풍년이라서 1킬로그램
송이버섯을 5만 원이면 살 수 있었다. 충주서 알게 된 사람을 통해
저렴한 가격에 송이를 살 수 있었는데 서울의 본가에도 보내고, 처
가에도 보냈다. 당시 돌이 막 지난 딸내미가 배탈이 나서 아무것도
먹지 못할 때, 송이로 죽을 끓여주면 오물오물 잘도 받아먹던 신기
한 기억도 있다.

그 시절부터 나는 가을이 되면 으레 송이를 찾아 먹게 되었다. 값
싼 송이는 그 시절뿐이었지만 가을이 올 때면 그 귀한 송이를 찾아보
게 된다. 지금은 70~80만 원, 비싼 일등품은 무려 100만 원 이상을
호가하니 충주에서 그렇게 호사스럽게 먹던 일은 그야말로 호랑이
담배 피우는 시절 이야기가 되어버렸다.

향이 좋은 송이는 생식으로 먹어도 좋지만, 참기름에 소금을 뿌려 살짝 굽기도 한다. 나는 주로 소고기 등심에 곁들여 송이를 구워 먹는 편이다. 그런데 올해 송이를 새롭게 먹는 법을 알게 되었다. 바로 '송이밥'이다. 가족들과 함께 간 일본 여행지에서 다양한 음식이 조금씩 순서대로 나오는 일본의 연회용 코스 요리인 가이세키를 먹었는데 여기에서 생각지도 못한 송이가 등장했다. 2인분짜리 작은 솥에 갓 지어 김이 모락모락 나는 밥을 푸면서 송이를 세로로 얇게 찢어 넣어 주는데, 아무런 양념장 없이 소금만 조금 넣어 비벼 먹는 일본식이었다. 처음에는 '이게 무슨 맛인가?' 했는데 웬걸, 짜야 할 소금이 오히려 송이의 달짝지근한 맛을 더 증가시켜 기대 이상의 맛과 향을 선사했다.

양양에 도착하니 환영 인사를 전하는 송이 모양의 안내판이 우리를 반겨준다. 오늘 방문할 댁의 어머님이 준비한 음식이 송이칼국수라는 말에 다시금 내 미각세포들이 젯밥에 관심을 표하며 식욕을 발동시킨다. 양양에서 태어나 50년 넘게 해로하며 살았다는 부부는 순박하고 푸근한 인상에 특히 더 정이 가는 건 아버님의 본이 나와 신현준 씨와 같은 '평산 신씨'라는 사실이다. 심지어 '철'자 돌림으로 나오는 항렬도 같고 신현준 씨에게는 아재뻘이란다. 그 광경을 지켜보던 촬영감독 중 한 명이 자신도 '평산 신씨'에 '동'자 돌림이라며 환한 표정으로 인사를 건네 오니 촬영장이 난데없이 평산 신씨 3대 만남의 장이 되고 말았다. 피는 물보다 진하다고 하지 않았던가! 처음 만나자마자 끌리는 것이 예사롭지 않더니 촬영도 친가 방문한 듯 편하고 자연스럽게 진행되었다.

없는 집에서 나고 자란 아버님의 소원은 내 땅 한 평 갖는 것이었다. 젊어서 안 해본 일이 없을 정도로 힘들게 일을 해서 마침내 쓸모 없는 산을 하나 갖게 되었는데, 마침 그곳이 송이가 나는 지역이라 이제 큰 부자가 되겠거니 내심 기대가 컸다고 한다. 하지만 송이가 나는 시기도 한 철이고, 나올 때도 있고 나지 않을 때도 있어 겨우 자녀들 공부만 시켰다고 한다. 젊은 시절 고생과 산을 오르내리는 송이 채취로 몸도 상하고 망가졌지만 그래도 늘 송이에 감사한다는 아버님. 지금도 철이 되면 운동 삼아 산에 올라가는데 모양이 좋은 것은 팔고 그렇지 못한 것은 가족들이 먹는다고 했다.

촬영날, 늦은 철이긴 했지만 아직 남은 송이가 있어 아침에 캐오셨다. 강원도 대표 재료인 감자를 끓여 육수를 만들고 면은 직접 밀가루를 반죽해 홍두깨로 밀어 썰었다. 칼국수에 들어가는 재료는 감자, 부추, 청양고추 정도인데 육수가 눅진하게 될 때까지 끓인다. 칼국수가 거의 다 만들어질 즈음 약간 꽃이 피어버린 송이를 세로로 죽죽 찢어 넣고 잠시 기다리니 송이칼국수가 완성되었다. 칼국수가 송이향을 머금어 신분상승했다.

꽃도 아닌데 향이 진해 일단 송이가 들어가면 모든 음식에서 송이향이 난다. 향이 진한 음식 재료가 있으면 다른 향은 느끼지 못하는데 송이는 자신의 향을 내면서 다른 재료의 향까지 품어 음식의 품격

을 한 단계 더 높여주는 신비한 힘이 있는 것 같다.

나와 신현준 씨는 국숫발이 콧등이 찰 정도로 후루루하며 연신 송이칼국수를 먹었다. 송이는 꽃이 피기 전 두툼한 머리를 가진 놈이 상품이라고 하는데 오히려 꽃이 다 피고, 약간은 철이 지난 듯한 놈이 향도 진하고 풍미도 있는 것 같다. 더구나 오늘 바로 캐온 원산지의 싱싱한 송이라 그런지 향과 맛이 더 진하다.

송이칼국수는 양양, 고성, 경북 봉화 등 송이 산지에서 추석 즈음에 먹는 음식이라고 하는데 사실 나는 충주나 봉화에서는 보질 못했다. 간혹 서울의 송이 전문식당에서 기대감을 안고 송이칼국수를 주문해 먹어보면 새끼손가락 크기의 냉동 송이가 들어갔을 뿐인데 가격은 혀를 찰 정도다. 어머님이 해주신 송이 향 그득한 칼국수를, 내가 다시 이곳에 오지 않는 한 다른 곳에서는 맛볼 수 없다는 아쉬움 때문에 그릇을 비우고서도 젓가락을 쉽게 내려놓을 수 없다.

'우리나라에는 그 지역에 맞는 특색 있는 음식이 많이 없는 걸까?' 여행을 다니며 불만 섞인 의구심을 종종 갖곤 했다. 서울, 경기는 대표할 음식이 없는 편이고 그나마 널리 알려진 건 전주 비빔밥, 춘천 막국수, 나주 곰탕, 제주 갈치구이, 서산 어리굴젓 등 손에 꼽을 정도인 것 같다. 우리나라에 군 단위, 면 단위 지역이 얼마나 많은데 대표 음식이 그 정도라니 뒤늦게 음식 맛에 눈뜬 한 사람으로서 안타까운 일이 아닐 수 없다. 먹방의 인기와 늘어나는 식당 체인 등으로 전국의 식당 메뉴가 획일화되어 제 고장 맛을 잃어가고 있는데 향토음식을 적극 개발하면 관광객 유치에도 도움이 되지 않을까 싶다.

촬영 때문에 전국을 다니며 그 지역에서 생산되는 재료로 만든 음식을 먹어보니 어머님들 요리 모두 그 지역의 향토음식으로 삼아도 될 정도의 가치와 맛을 지녔다는 생각을 매번 하게 된다. 오늘 먹은 송이칼국수 정도면 충분히 그 지방을 대표하는 향토음식이 될 수 있지 않을까!

같은 집안 형님뻘 되는 아버님과 아재뻘 되는 신현준 씨, 그렇게 한 항렬 아래 3대가 함께 한 오늘, 송이향 더불어 멋진 하루였다.

쪽파 향에 전해지는
삶의 고단함

| 아산 쪽파부침개 |

화려하게 드러내지는 않지만 본연의 맛과 향을 지니고서 묵묵히 제 역할을 하는 쪽파처럼, 희고 파란빛의 순수함과 선함을 간직한 분들. 우리가 흔히 착한 사람들을 법 없이도 살 사람들이라고 표현하는데 이분들이 바로 그런 분이다. 내가 어머님께 작은 도움이라도 드릴 수 있다는 사실이 오늘은 유난히 더 다행스럽고 행복하게 느껴진다. 허리를 똑바로 펴고선 환하게 웃으시는 어머님을 상상하려니 기대와 기쁨으로 심장이 쿵쾅거린다. "어머님의 인생 봄날, 제가 꼭 찾아드리겠습니다!"

영원할 것 같은 불같은 사랑도 때가 되면 어김없이 식어버리 듯, 끝날 것 같지 않던 맹위를 떨치던 폭염의 기세도 말복, 입추가 지나면 약해지고 만다. 절기의 힘은 정말 대단하다. 자연의 이치에 맞게 24절기를 만든 옛 선인들의 지혜가 놀랍기만 하다. 불과 보름 전까지만 해도 한낮의 무더위가 새벽까지 지속되어 밤잠을 자기 힘들 정도였는데 입추 지나고 태풍으로 비가 며칠 내리더니 갑자기 세상이 가을로 바뀌어버렸다. 아침 저녁으로 선선한 바람이 불고 이제는 이

불을 덮고 자지 않으면 한기로 잠을 깨고 만다. 극과 극은 통한다더니 그 더운 열대야는 가을이 오기 위한 마지막 몸부림이었나 보다.

추석을 앞두고 벌초 행렬을 피해 아침 6시 40분에 출발했는데 이미 고속도로는 우리와 같은 생각을 한 차량들로 꽉 막혀있다. 열 길 물속은 알아도 한 길 사람 속은 모른다고 하지만 생각하는 건 거기서 거기인 경우가 많다.

국도로 빠져 아산에 도착했다. 아산은 충무공 이순신 생가가 있어 초등학교 다닐 때 소풍인지 견학인지 가본 적이 있는 곳이다. 덩그러니 자리한 한옥에 별로 볼 것도 없고 또 갈 때마다 비가 와서 즐거운 추억 대신 갑갑한 버스 안에서 지겨워하던 기억만 있는데 오늘은 어떤 아산을 만나게 될까? 어른이 되었지만 어딘가로 떠난다는 기대와 설렘은 늘 아잇적 그대로다.

한때는 아이들 뛰노는 소리로 북적였을 분교조차 폐교가 된 한적한 농촌 마을. 오늘 만나게 될 어머님은 이곳에서 50년 동안 슈퍼를 운영하고 계시는 분이다. 슈퍼란 말이 있기 전에는 상회였거나 어쩌면 간판도 없이 마을 사람들 상대로 생필품을 팔던 작은 가게였을지도 모른다. 지금은 도시건 시골이건 편의점들이 그 자리를 대신해 찾아보기 힘들어졌지만 오랜만에 슈퍼를 보니 감회도 새롭고 유년의 달달했던 기억이 떠오른다.

초등학교 시절, 버스가 정차하는 곳에 슈퍼가 하나 있었는데 나는 그곳을 그냥 지나치지 못했다. 슈퍼는 내가 좋아하는 뽀빠이나 라면 땅, 쫀드기 같은 간식거리를 한 개씩 먹으며 집으로 가는 즐거움을 선사해주었고, 가끔은 떡볶이와 튀김, 알감자구이 등으로 출출함을 달래주기도 했다. 당시 어린 마음에 이다음에 커서 슈퍼주인이 되면 참 좋겠다는 생각을 오갈때 마다 했던 곳이다.

중학생 때인가, 이사를 해서 그 동네를 떠난 뒤 우연히 그 앞을 지나게 되었다. 혹시나 싶어 슈퍼를 들여다보니 예전 그 주인아주머니가 여전히 그 자리에 앉아있는 것이었다. 반가운 마음에 들어가 아는 체를 하자 아주머니는 나를 전혀 기억하지 못하는 눈치였다. 조금은 머쓱하기도 하고 한편으로는 서운하기도 했지만 그도 그럴 것이 하교 때면 문 입구서부터 안까지 바글거리는 아이들로 문전성시를 이루는 가운데, 과자 하나 어떤 때는 하드 한 개 집어 들고 돈만 내고 가던, 말 수 없던 나를 기억할 리 만무했다. 그럼에도 눈에 익은 공간이 주는 친숙함과 그 간식거리들로 인한 맛있는 기억 때문에 선뜻 걸음을 돌리지 못하고 한참 서성였던 기억이 있다. 유년 시절, 만화 가게와 더불어 슈퍼는 내게 더없이 소중하고 행복했던 추억들이 저장되어 있는 장소다.

어머님의 슈퍼는 코흘리개 꼬마가 이제는 자기 아들 손을 잡고 와서 예전에 먹던 부라보콘이나 누가바를 하나씩 사가기도 하고 명절이면 손자, 손녀와 할아버지 이렇게 3대가 찾아오기도 하는 곳이란다. 어머님의 딸도 어렸을 때는 슈퍼집 아이라고 해서 친구들이 늘 부러워했다고 한다. 나만 슈퍼를 부러워하고 동경한 게 아니었구나 하는 생각에 피식 미소가 지어졌다.

50년 전부터 슈퍼를 하셨으니 부자는 아니시더라도 여유는 있으시겠거니 짐작했는데 알고 보니 그게 아니었다. 조그맣게 슈퍼를 해왔지만 그걸로는 생활이 되지 않았다고 한다. 너무나도 가진 게 없고 가난해서 아이들에게 먹을 것을 제대로 못 먹여 키웠는데, 지금 자식들이 신체적으로 약간 성치 않은 게 그 원인인 듯하다는 어머님의 가슴 속 묻어놓은 절절한 얘기에 할말을 잃고 만다. 우리가 그러리라고 추측하고 단정하고 믿었던 게 사실이 아닌 때가 많다.

슈퍼 일 외에도 평생 쪽파와 고추 농사를 해오신 어머님의 몸은 허리가 거의 90도로 꺾인 상태로 얼굴이 아래를 향해 땅을 보며 걷는 상태다. 허리를 펴고 여행 한번 가보는 게 소원인데 굽은 허리가 창피해 바깥출입도 하지 않으신다는 말에 마음이 짠하고 한편으로는 너무 늦게 찾아온 것 같아 죄송한 마음도 든다.

어머님이 아산의 특산품인 쪽파로 부침개를 만들어주셨다. 아산 쪽파는 향이 깊어 사람들이 좋아한다고 한다. 사실 아산은 수박이 유명했는데 어느 해 돌림병이 들어 수박 농사를 망치는 바람에 씨가 말라 새로 시작한 게 쪽파 농사란다. 절기에 이기는 장사가 없듯이 자연의 심술에 사람은 너무나 무기력하다. 그래도 인간에게는 지혜가 있어 잘 버티며 극복하는지 모른다.

특별할 게 없는 쪽파 무침은 밭에서 갓 캔 것만으로도 싱싱한 맛과 향이 살아있다. 뭐니 뭐니 해도 음식 맛은 재료가 좌우한다. 쪽파

를 넣어 부친 전을 쪽파 초간장에 찍어 먹는데 정말 맛있다. 쪽파는
음식을 만들 때 늘 조연으로 구색을 맞추는 역할만 하는 줄 알았는데
달큰하게 씹히는 식감 그 자체만으로도 독자적인 요리로 손색이 없
다. 덩치나 용도에서 대파에 밀리는 신세지만 오늘 먹은 무침과 전
과 초간장을 통해 쪽파의 진면목을 알게 되었다. 어머님은 장사하랴
농사하랴 평생 일에 파묻혀 살다 보니 음식 솜씨가 없다며 창피해하
시지만 쪽파가 아무리 맛나다고 해도 어머님의 손맛이 더해졌기에
맛있는 음식이 탄생한 것이 아닌가!

"어머님. 정말 맛있어요."

어머님의 사연을 우리에게 전해준 따님과 평생을 시어머니 봉양과 몸이 성치 않은 자식들 뒷바라지에 매달리신 어머님의 모습은 마치 쪽파를 연상시킨다. 화려하게 드러내지는 않지만 본연의 맛과 향을 지니고서 묵묵히 제 역할을 하는, 희고 파란빛의 순수함과 선함을 간직한 분들. 우리가 흔히 착한 사람들을 법 없이도 살 사람들이라고 표현하는데 이분들이 바로 그런 분이다. 어머님 가족의 모습은 오래도록 뇌리에 잔상으로 남을 것 같다.

어느덧 벼 이삭이 누렇게 영글어 고개를 숙이고 있다. 그러고 보니 추석이 2주밖에 남지 않았다. 어머님이 허리를 쫙 펴고 몸도 건강해져서 조금은 특별한 추석을 맞이하셨으면 좋겠다. 그리고 허리를 펴고 여행을 가는 평생의 소원도 빨리 이루셨으면 좋겠다. 내가 어

머님께 작은 도움이라도 드릴 수 있다는 사실이 오늘은 유난히 더 다행스럽고 행복하게 느껴진다. 땅만 보며 걸으시다가 허리를 똑바로 펴고선 환하게 웃으시는 어머님을 떠올리려니 기대와 기쁨으로 심장이 쿵쾅거린다.

　"어머님의 인생 봄날, 제가 꼭 찾아드리겠습니다!"

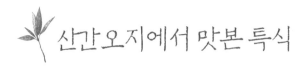

산간오지에서 맛본 특식

| 울진 오징어식해 |

늘 어머님의 밥상은 감사함과 미안한 마음이 교차한다. 어머님은 맛있게 먹는 모습을 보는 것만으로도 좋으시단다. 이렇게 객들에게 따끈한 밥 한 그릇 대접하고 말벗하는 일이 어머님에게는 큰 기쁨인 것이다. 다시 또 울진에 들르게 되면 우연을 가장해 어머님 집 앞을 지나보련다. 버선발로 뛰어나와 밥 먹고 가라며 내 손을 잡아끄실 테지? 대접밥 퍼담아 밥상 차려 내실 어머님의 모습이 눈에 선해 벌써부터 마음이 푸근해진다.

가는 날이 장날이라고 이른 아침부터 태풍이 몰아친다는 예보를 들으며 울진으로 향한다. 후드득 차창에 부딪치던 빗방울이 동해고속도로에 들어서자 사나운 비보라가 되어 퍼붓기 시작한다. 바람이 어찌나 거센지 육중한 차가 가는 내내 휘청거린다. 목적지에 도착하기 전 마지막 휴게소에 잠깐 차를 세웠다. 휴게소 건너로 망향해변이 흐릿하게 보이는데 해무인지 거친 파도인지 구분이 가지 않는다. 비를 피할 요량으로 우산을 폈지만 바람이 너무 세서 무용지물, 잠깐 나간 사이 온몸이 비에 흠뻑 젖어버렸다.

울진은 조선시대 송강 정철 선생이 관동팔경에서 극찬했던 푸른 바다와 은빛 모래밭, 한국의 그랜드캐니언이라 불리는 불영계곡까지 그야말로 황홀경이라는 탄식이 절로 나오게 만드는 절경을 간직한 곳이다. 하지만 동해고속도로가 뚫리기 전만 해도 서울에서 7시간 가까이 걸렸기 때문에 큰맘 먹지 않으면 가기 힘든 지역이었다. 이렇게 평소에도 오기 힘든 곳을 하필 태풍이 부는 날 찾았다.

울진에서도 한참 들어가는 산골에 사신다는 어머님 댁을 가기 위해 차 한 대 겨우 지나갈 수 있을 정도로 좁은 길을 굽이굽이 한참이나 올랐다. 길 옆 동해로 흐르는 계곡은 이미 넘쳐 개천인지 길인지 구분하기 힘들 정도다. 앞장선 촬영 팀에서 걱정이 됐는지 전화로 조심해야 할 구간들을 짚어준다. 몇 번의 아찔한 고비를 넘기고 나니 추수를 코앞에 둔 논에 쓰러진 벼들이 눈에 들어온다. 가을걷이만 기다리며 허리 굽혀 일하셨을 어머님들의 모습이 떠올라 마음이 착잡해진다. 좁은 산길을 따라 한참 올라가니 다 합쳐봐야 다섯 가구가 전부인 작은 마을이 나타났다.

어머님 댁에 도착하니 태풍의 중심이 집 부근을 지나는 중인지 세찬 바람이 유리창을 심하게 흔들고, 제 몸 가누기 힘든 과일나무들은 속수무책, 제법 영근 감, 대추, 밤송이들을 내던지듯 떨구고 있다. 태풍의 기세에 집이 흔들리는 착각마저 들 정도다.

그동안 살아오면서 수없이 많은 태풍을 겪어봤지만 이렇듯 자연 속에서 그 생생한 모습과 현장음으로 태풍의 위력을 실감하는 건 처음이다. 나는 지금 태풍의 한 가운데 있다.

이 댁의 어머님은 100세의 시어머니를 모시고 사시는데, 지나는 길손을 그냥 보내는 법이 없는 분이란다. 가끔 들리는 집배원과 전기검침원도 어머니가 수북하게 퍼주는 대접밥 한 그릇씩은 비워야 문밖을 나설 수 있다니 인정도 많고 손도 크신 모양이다.

그러니 모진 비바람을 뚫고 멀리서 찾아온 우리에게는 어떻겠는가. 태풍이 요란하게 몰아치는 와중에도 함지 그득 우리에게 줄 오징어식해 담그기에 여념이 없으시다. 오징어식해는 어머니가 객들의 밥상에 가장 자신 있게 내놓는 음식이라고 하는데 한 번 맛본 사람은 다시 집에 오게 되면 오징어식해부터 찾는다고 하니 별미이긴 별미인가 보다.

식해는 함경도, 강원도, 경상도 지방에 발달되어 있는 음식으로 소금이 귀했던 라오스, 미얀마 등 동남아시아에서 처음 담그기 시작했다고 알려져 있다. 소금 대신 쌀밥을 섞어 생선을 절이면 전분이 분해되며 생기는 유산이 생선의 부패를 막아주기 때문이다. 우리나라에서도 유독 동해안 쪽에서 식해를 많이 담가 먹었던 이유도 염전이 발달된 서남해보다 동해 쪽에 소금이 귀했던 탓도 있을 게다.

생선으로 만드는 식해는 지방마다 재료가 조금씩 다른데 명태, 가자미, 고등어, 도루묵, 멸치 등을 주로 넣고 바다에서 먼 곳에서는 말린 생선을 쓰기도 한다. 식해에는 쌀밥, 찰밥, 차조밥, 메조밥 등이 들어가는데 함경도 지방에서는 반드시 조밥이 들어간다고 한다.

만약 내가 사람들 모인 자리에서 이 이야기를 했다면 분명 "식해야, 식혜야?" 라고 되묻는 사람이 한 명쯤은 있을 것이다. 발음도 비슷한 데다 둘 다 밥이 들어가고, 숙성을 시켜 만드는 음식이라 헷갈려하는 이들이 적지 않다. 그럴 땐 조리 과정부터 차근차근 따지고 들어가는 것이 답. 쌀밥에 엿기름 우린 물을 부어 삭힌 후, 설탕을 넣고 끓여 식힌 음료가 식혜 또는 감주라고도 부른다. 식해는 밥이 들어가는 건 같지만 여기에 소금에 절인 생선, 젓갈을 넣어 숙성시킨다. 들어간 생선의 종류에 따라 식해 앞에 가자미, 명태 등 생선 이름이 붙는다.

오늘 어머님은 가자미, 명태, 도루묵도 아닌 오징어로 식해를 만드신다. 어머님이 잰걸음으로 부엌과 대청을 오가며 식해 양념을 준비하신다. 오징어식해는 그 자리에서 뚝딱 해먹을 수 있는 음식은 아니다. 물오징어를 잘게 잘라 사흘에서 닷새간 소금에 삭혀 두어야 제맛을 낼 수 있다니 어머님은 우리가 오기 며칠 전부터 정성을 들이고 계셨다. 먼저, 찹쌀풀에 고춧가루를 갠 다음, 물기를 짜서 꼬들해진 무에 넣고 빨갛게 물들 때까지 버무린다. 거기에 잘 삭힌 오징어와 다진 파, 마늘과 맛술을 넣으며 간을 보면 완성된다.

울진에서는 옛날부터 이렇게 겨울과 봄에 식해를 담가 밑반찬으로 즐겨 먹었다고 한다. 울진의 식

해는 힛떼기, 오징어, 메갈이, 새치 등 울진 연안에서 잡히는 생선들을 주로 사용하며 밥식해와 소식해로 구분을 짓는다. 밥식해는 고두밥이나 조밥과 함께 명태의 아가미나 물가자미를 버무려 만드는데 손님상이나 시어른의 밥상에만 올렸던 귀한 반찬으로 일반 가정에서는 비교적 싼 물가자미를 많이 사용했단다. 소식해는 무를 넣어 고춧가루와 찹쌀죽에 버무려 담그는 것으로 생선보다 무를 더 많이 넣는 것이 특징이다. 비싼 생선 대신 무를 듬뿍 넣어 양을 채운 서민들의 지혜가 담긴 음식이다.

어머님이 즐겨 만드신다는 오징어식해도 구분을 짓자면 무를 넣은 소식해라고 볼 수 있겠다. 넉넉지 않은 산골 살림에 시부모님에 조카들까지, 대가족의 밥상을 꾸려야 했던 어머님에겐 온 가족 두둑하게 먹일 궁리가 무엇보다도 우선이었을 게다.

한 시간여를 열심히 버무리고 간 보기를 하더니 어느덧 다 만들어졌다고 한입 넣어주신다. 식해란 것이 원래 발효음식이라 먹어보면 쌉싸름하고 반쯤 물기가 빠진 눅진한 맛인데 바로 만든 식해는 수분이 살아있어 탄력이 있다. 김치도 어느 정도 익혀야 먹고 겉절이도 별로 좋아하지 않는 입맛인데 이런 생생하게 수분이 있는 맛은 새롭다. 식해나 젓갈류는 처음 식탁에 오를 때는 맛있지만 뚜껑을 열고 이틀에서 사흘 공기에 노출되면 비려져 그 맛이 한참 떨어지는데 이렇게 산뜻한 맛이면 좀 더 오래 먹어도 괜찮겠다는 느낌이 든다. 시초는 양을 늘리기 위해서였다지만 오히려 물컹거리는 생선만 들어간

것보다는 무가 듬뿍 들어간 것도 내 입맛에는 더 잘 맞는다.

오독오독 씹히는 무와 쫄깃한 오징어가 어우러진 식감이 입맛을 돋우고 씹을 때마다 퍼지는 시원한 무즙이 날생선을 먹을 때 드는 느물거림을 개운하게 잡아줘 물리지 않는다. 이렇게 담가 단지에 사나흘 정도 넣어두면 자작하게 물이 올라오며 달큰한 맛과 감칠맛이 더해진다니 오징어식해 하나면 겨울철 다른 밑반찬이 필요 없겠다.

오징어식해가 만들어지고 점심상이 차려졌다. 울진은 앞으로는 동해를 품고 뒤로는 험준한 산에 둘러싸인 지세라 그런지 생선과 산나물이 상에 그득하다. 오늘 아침 바로 캐왔다는 송이도 상에 올라와 있다. 서울 손님 온다고 아버님이 아침에 가서 따 오셨다고 한다.

방금 버무려 접시에 담긴 오징어식해는 감탄을 자아내게 하는 맛이다. 큰손답게 공기에 밥을 수북하게 담아주셔서 너무 많다며 덜어 내려니 먹으면 다 들어간다며 밥 한 주걱을 더 얹어주신다. 더 줘놓고도 늘 부족해하시는 어머님의 마음이 느껴져 더 이상 거절도 못하고 고봉밥을 받아 들었다. 걱정과는 달리 흰쌀밥에 짭짤한 오징어식해를 쓱쓱 비벼 입에 넣으니 배 부르다고 느낄 새도 없이 술술 넘어간다. 이래서 식해를 밥도둑이라 하나 보다.

어려운 살림에 이렇게 훌륭한 식사를 준비해주신 어머님, 평소에는 이렇게 잘 드시지 않을텐데 우리가 왔다고 특별히 준비하셨을 것이다. 늘 어머님의 밥상은 감사함과 미안한 마음이 교차한다. 어머님은 맛있게 먹는 모습을 보는 것만으로도 좋으시단다. 이렇게 객들에게 따뜻한 밥 한 그릇 대접하고 말벗하는 일이 큰 기쁨이시다. 아마도 타지에서 고생하는 자식들 생각에 길손들을 그냥 보내지 못하는 것이리라. 다시 또 울진에 들르게 되면 우연을 가장해 어머님 집 앞을 지나보련다. 버선발로 뛰어나와 밥 먹고 가라며 내 손을 잡아 끄실 테지? 대접밥 퍼담아 밥상 차려 내실 어머님의 모습이 눈에 선해 벌써부터 마음이 푸근해진다.

내 추억 속 몬도가네 음식

추어탕 한 숟갈 듬뿍 떠서 입에 넣으니 구수한 향이 입 안 가득 퍼진
다. 뜨거운 국물을 급하게 먹은 탓에 혀끝이 덴 모양이다. 맛있는 음
식 앞에서는 체면이고 뭐고 없는 건 나만 그런 걸까? 싸늘한 바람이
불어오는 계절, 남원 산골짜기에서 손수 재배한 재료들로 어머님께
서 마음을 다해 끓여주신 추어탕을 먹고 나니, 다가오는 겨울 힘차게
날 수 있을 것 같다.

추어탕이란 이름을 처음 접한 것은 중학교 때 즈음이다. 내가 살
던 이촌동 버스정류장 부근에 추탕집이 있어 등하교 때마다 그 앞을
지나곤 했다. 그것이 미꾸라지 매운탕이란 사실을 알게 된 건 조금
지나서였다. 이웃사촌으로 자주 왕래하시던 아저씨가 추어탕을 잘
드셨는데 그분이 알려주셨다. 그리고는 요리방법을 설명해 주었는
데 상당히 충격적이었다.

차가운 물에 미꾸라지와 두부를 같이 넣고 끓이면, 물의 온도가 올
라가며 속이 차가운 두부 속으로 미꾸라지들이 들어가고, 그걸 꺼내
어 썰어 먹는다고 했다. 기상천외한 요리법을 듣고는 '몬도가네' 음

식이라고 혀를 찬 기억이 있다. '몬도가네'는 당시 유명세를 타던 영화 제목으로, 아프리카 원주민들이 먹는 기상천외한 음식과 생활방식에 관한 내용이다. 나와 비슷한 연배의 사람들은 알겠지만, 정말로 이상하고 괴상망측한 것의 대명사로 쓰인 단어다. 그러니 추어탕에 정이 갈 리가 만무했다.

그 후 까마득히 잊고 있다가 추어탕을 직접 보게 된 것은 안동에서 온 대학 친구로 인해서였다. 대학교 다닐 때는 대부분 그렇듯 호주머니 사정이 빈약하다. 더구나 의과대학은 고등학교와 마찬가지로 집에서 도시락을 싸 온다. 오전 4시간 수업이 끝나면 20분간 점심시간이 주어졌는데 강의실에서 도시락을 먹고 50원짜리 자판기 커피를 마시는 일이 보통의 일상이었다.

그러던 어느 날, 무슨 연유였는지 기억이 나지 않지만 친구들과 학교 인근 식당에서 갈비탕을 시켜 먹게 되었는데 한 친구만 추어탕을 선택했다. 나를 비롯한 다른 친구들 모두 의아하다는 듯 그 친구를 쳐다보았다. 그 당시만 하더라도 추어탕은 서울에서는 흔하게 먹던 음식이 아니었다.

과연 어떤 음식일까? 궁금해하며 기다렸는데 내 상상을 깨고 나온 것은 그냥 평범한 우거지 된장국의 모습이었다. 미꾸라지가 둥둥 떠 있으리라 기대했던 것과는 완전히 다른 음식이었지만 한 숟가락 떠서 먹어볼 생각은 감히 하지 못했다. 시간이 흘러 다시 추어탕과 마주한 것은 원주시 보건소에서 무의촌 진료로 군 복무를 대신하던 때였다.

지금도 추어탕하면 원주 추어탕, 남원 추어탕 할 정도로 추어탕으로 유명한 원주에서 3년간 있으면서 처음 그 맛을 보게 되었다. 원주에서도 유명한 추어탕집은 원주고등학교 앞에 위치한 허름한 작은 식당이었는데 그곳에서 처음으로 추어탕을 먹어보았다. 추어탕은 갈아 만든 추어탕과 통으로 나오는 통추어탕이 있다는 것을 알게 되었고, 코를 톡 쏘는 산초를 넣어서 먹는다는 것도 알게 되었다.

첫인상이 중요한 것처럼 처음 먹은 추어탕집이 다행히 잘하는 곳이어서 그날 이후부터는 계절에 한 번씩은 스스로 찾게 될 정도로 추어탕 애호가가 되어버렸다. 하지만 아직 통으로 만든 추어탕만큼은 도전해 보고 싶은 마음이 없다.

〈엄마의 봄날〉 촬영을 하면서도 1년에 꼭 한 번씩은 먹게 되는 음식이기도 한데 드디어 추어탕의 본고장인 남원에서 먹어보게 될 줄이야! 원주에 이어서 남원까지, 추어탕의 본고장에서 먹게 되다니 촬영 전날부터 한껏 기대되었다.

미성년자인 이몽룡과 성춘향의 사랑 얘기를 담은 『춘향전』의 배경인 남원이 추어탕으로 유명해진 건, 섬진강과 지리산이 만나는 곳에 위치한 지역 특성상 청정수에 사는 미꾸라지

가 많기 때문이다. 미꾸라지의 영양은 잉어보다도 높고 저지방 고단백으로 칼슘은 뱀장어의 9배에 이르며 철분도 시금치보다 많은데 빈혈이나 자양강장, 뼈 건강에 좋으며 피부 미용과 혈액순환을 좋게 만드는 보양식품이다.

어머님이 추어탕 만드는 과정을 곁에서 지켜보았다. 먼저 미꾸라지를 해감하는데 살아서 꿈틀거리는 미꾸라지에 굵은 소금을 넣으니 "삑삑" 피리 소리를 내며 이물질을 뱉어냈다. 한차례 물로 씻어낸 뒤 뜨거운 물에 삶고, 구멍이 뚫린 소쿠리에 담은 다음, 손으로 일일이 으깬다. 그럼 뼈는 발라지고 야들야들한 살은 소쿠리 아래로 모인다. 이때 가마솥에 미리 끓여둔 들깨 국물에 미꾸라지와 된장, 양념된 무청을 넣고 재료가 푹 익을 때까지 끓이면 된다. 다른 음식에 비해 정성이 많이 들어가는 음식이다.

그렇게 준비한 한 그릇의 추어탕. 한 숟갈 듬뿍 떠서 입에 넣으니 구수한 향이 입안 가득 퍼진다. 맛있어서 뜨거운 국물을 허겁지겁 급하게 먹었더니 혀끝이 덴 모양이다. 맛있는 음식 앞에서는 체면이고 뭐고 없는 건 나만 그런 걸까?

추어탕에는 산초를 넣어 먹는 줄로만 알았는데, 어머님 댁에서는 산초보다 향이 더 강한 젠피를 넣는다. 젠피를 조금 넣어 맛을 보니 아무런 맛이 나질 않는데, 조금 더 넣으면 끝 맛이 혀를 마비시키는 아린 맛이 있어 조심해야 한다.

젠피는 초피나무로 제피라고도 부르는데 산초와 얼핏 보면 비슷하나 자세히 보면 잎 모양이며 가시 형태가 다르다. 이 젠피의 익은 열매를 말려서 껍질만 분리하여 갈아서 매운탕이나 추어탕의 비린내 없애는 향신료로 사용한다.

탕 속의 무청을 건져 들기름장에 찍어 먹으면 참기름과는 다른 맛을 느낄 수 있다. 구수하고 약간은 투박하면서 세련되지 못한 옛 추억을 떠오르게 하는 맛이다. 물론 사람에 따라 바로 국물에 밥을 말아 먹는 사람도 있지만 그거야 자기 나름의 기호에 따르면 된다.

그리고 이 추어탕의 맛을 한층 더 살려주는 것이 있었으니 어머님의 손맛으로 버무린 총각무깍두기와 배추겉절이다. 밥 한 숟가락과 추어탕을 떠서 입에 넣고 씹다가 겉절이 한 쪽 또는 깍두기 한 개를 같이 먹으면 탕의 묵직하고 깊은 맛에 아삭한 식감과 칼칼한 매콤함이 더해져 입맛을 개운하게 만든다. 마치 판소리 소리꾼과 그 곁에서 북 장단과 추임새를 넣으며 흥을 돋우는 고수처럼 환상의 조합이다.

사실 나는 겉절이보다는 익은 김치를 좋아하는 편인데 추어탕을 먹을 때만큼은 배추겉절이를 찾는다. 겉절이가 없으면 추어탕 맛도 제대로 못 느낄 정도다. 그런데 오늘 특별하게 맛있는 그

두 가지를 함께 먹는 기쁨을 누리고 있으니 혀가 살짝 덴 것쯤은 아무렇지도 않다.

싸늘한 바람이 불어오는 계절, 남원 산골짜기에서 손수 재배한 재료들로 어머님께서 마음을 다해 끓여주신 추어탕을 먹고 나니, 다가오는 겨울을 힘차게 날 수 있을 것 같다. 어머님. 잘 먹고 갑니다!

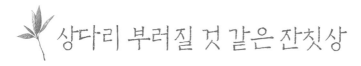

상다리 부러질 것 같은 잔칫상

촬영하면서 만난 대부분의 어머님들과 아버님들이 공통으로 하시는 말씀은 최대한 정성껏 차려주시고도 "차린 게 변변치 않아 죄송하다." "이것 좀 드셔보라." "아휴 좀 더 드시라"이다. 그 마음 알기에 음식을 대접받는 자체가 너무 과분하고 황송해 사실 배가 터질 것 같아도 꾹꾹 눌러가며 주시는 음식을 다시 또 받아 먹을 때도 없지 않다. 음식만으로도 배가 부르지만 그 깊은 정과 넘치는 베풂에 내 마음까지 만삭이 되고 만다.

10월 중순의 이른 새벽. 집 밖을 나서자 싸늘한 기운이 온몸을 감싼다. 추위를 잘 타는 체질이지만 이젠 이런 날씨쯤이야 단련이 되어 아무렇지 않다. 병원에 가지 않고 제작진과의 약속 장소나 기차역으로 갈 때는 마치 학교수업 빼먹고 땡땡이치며 놀러가는 그런 기분이다. 물론 그런 적은 없지만 아마도 이런 기분 아니었을까! 늘 반복되는 일상에서의 탈출. 나만의 특별한 하루가 시작된다는 생각에 가벼운 긴장감과 함께 마음이 설렌다.

한 번도 가보지 않은 낯선 마을의 풍광과 운치를 감상할 행운을 얻고, 그곳에 계시는 어머님으로부터 희로애락 인생사 얘기도 듣고, 산지 재료들로 어머님만의 비법과 손맛으로 차린 점심도 얻어 먹을 수 있으니 종합선물세트를 받으러 가는 기분이라고 할까? 이런 기회가 어디 흔한 일인가. 더욱이 통증에 시달리며 허리도 굽고 휜 다리로 고생하시다가 시술을 받고나서 좋아진 모습을 확인하는 그 순간은 의사로서의 뿌듯한 보람과 기쁨도 맛볼 수 있으니 촬영은 내 인생의 보너스같다.

오늘 목적지는 고흥. 처음엔 장거리를 가야 한다는 일이 부담되고 힘들기도 했지만 이젠 아무리 깊은 산골, 남해안 섬이라도 대수롭지 않게 여기게 된다. 기차나 차에서 잠을 자는 일도 익숙해졌다.

차 안에서 잠깐 눈을 붙였는데 벌써 고흥이다. 이미 시간은 아침 9시 반을 향해 가고 있다. 남쪽 날씨는 조금 따뜻할까 해서 반팔도 준비해 왔는데 오늘 일본을 강타하는 초유의 태풍으로 이쪽 고흥의 바람도 세다. 선착장에 서있는 몸이 휘청거린다. 햇볕은 따가운데 바람 때문에 겉옷을 벗을 수가 없다. 햇볕은 뜨겁고 바람은 차고 정말 헷갈리는 날씨다.

어머님 아버님 그리고 시어머님까지 세 분이 허리를 숙인 채 지난 태풍 랑랑에 쓰러진 벼를 세우고 있다. 벼가 쓰러진 상태가 지속되면 낱알이 땅에 닿아 먹지 못하는 쌀이 되어버리기 때문에 일일이 벼를 세워놓아야 한다고 한다. 논에 댄 물은 이미 다 말라서 질척거리는 진흙뻘이 되어 장화를 신고 들어가 벼 포기들을 일일이 대나무 가지로 세워놓는다. 마른 볏대에는 잡초를 제거하는 논우렁이들이 알

을 낳아서 분홍색 알집이 붙어있고 군데군데 땅바닥에 떨어져 있다. 마른 논에는 우렁이들이 둥그런 집 속에 웅크리고 들어가 있어 죽었는지 살았는지 모르게 널려있다.

내리는 비와 휘몰아치는 바람에 마음 졸이고, 쓰러져 누운 벼 포기를 보며 얼마나 상심이 크셨을까! 생각하니 뭐라도 도와드리고 싶어 논둑에서 엉성한 자세로 대나무 가지를 잡고 따라해 보지만 마음처럼 되지 않는다.

이 댁 어른들은 사람이 좋아 집에 들르는 사람을 그냥 보내는 법이 없다. 이것저것 집에서 마련한 음식을 한 상 가득 차려서 대접하는 것을 좋아한다고 한다. 어려서부터 십 년 동안이나 남의 집 머슴살이를 하면서 살아온 아버님은 혼자 힘으로 집도 장만하고 논도 사서 이만큼 살게되었다고 하신다. 어려서 친어머니를 여의고 지금 어머니를 친엄마처럼 여기며 사신다고 하는데 살아온 얘기를 하는 중에 감정이 북받치면 큰 눈에 눈물이 그렁그렁해진다. 힘들게 살아오셨다고 하는데 그 한의 깊이와 고생이 미루어 짐작된다. 시어머님도 눈에 눈물이 한 가득이다. 슬픈 대목도 아닌데 세 분 모두 말과 눈물이 같이 시작된다. 그러다 언제 그랬냐는 듯 사람 밝아진 표정으로 웃으며 쾌활하게 말을 이어가신다.

　남들에게 뭘 먹여 보내는 게 인생 낙이신 이 분들이 준비한 음식은 꽃게와 새우찜, 장어탕과 장어숯불구이에 돼지고기 삼겹살과 닭고기양념구이다. 이렇게 호화스럽게 준비하리라고는 생각조차 못했기에 너무 황송해서 몸둘 바를 모를 지경이다. 나그네에게 이렇게 음식을 준비하는 일은 시어머님부터 시작하셨다는데 이제는 어머님이 이어받아서 하고 있다고 한다. 살림이 넉넉하지도 않은데 이런 준비와 이런 대접을 한다는 게 보통일이 아닐 것이다.

　오늘만 하더라고 바닷장어를 궤짝으로 준비했는데 이는 우리만을

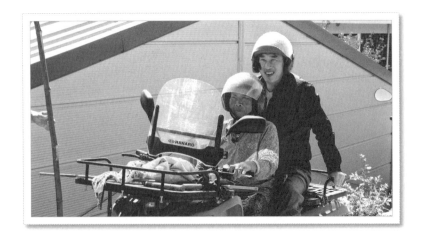

위한 게 아니라 집을 찾아오는 다른 분들까지도 대접하기 위해서 란
다. 마침 동네 할머니 한 분이 뭔가 퍼가시려는 듯 빈 대접을 들고 너
무나 스스럼없이 오셔서 사실은 조금 놀랐다.

가을 새우는 양식이라는데 고소하기 이를 데 없다. 꽃게는 그다지
크지는 않는데 오히려 껍질이 말랑말랑하고 살이 꽉 차 있다. 살은
달착지근한 육즙이 나와 달고 맛있다. 나랑 같이 음식삼매경에 빠져
있던 신현준 씨 하는 말이 "우리는 역시 날 음식보다는 익힌 게 좋죠"
하며 너스레를 떤다. 어느새 게 껍질, 새우 껍질이 상에 수북하게 쌓
인다.

장어구이는 숯불에 구울 때 굵은 소금을 뿌려 먹는다. 그런데 내
입맛으로는 예전에 좌판에서 양념장에 구워 먹던 꼼장어구이가 더
맛있는 것 같다. 어머님께서 준비한 생닭양념구이는 오늘 잡은 생닭
에 소금과 참기름만으로 간을 해서 구웠는데 정말 맛있다. 닭 껍질

의 지방이 숯불 위에서 지글거리며 익는데 닭의 탱탱한 육질도 느껴지고 간단한 소금간만 한 고기 맛도 일품이다. 신현준 씨는 계속해서 "너무 맛있다. 맛있다" 하며 젓가락질로 바쁘다. 사람 좋은 우리 아버님, 어머님은 이것도 먹어보고 저것도 먹어보라며 조금 더 주지 못해 안달이시다.

촬영하면서 만난 대부분의 어머님들 그리고 아버님들이 공통으로 하시는 말씀은 최대한 정성껏 차려주시고도 "차린 게 변변치 않아 죄송하다" "이것 좀 드셔보라" "아휴, 좀더 드시라"이다. 그 마음 알기에 음식을 대접받는 자체가 너무 과분하고 황송해 사실 배가 터질 것 같아도 꾹꾹 눌러가며 주시는 음식을 받아먹을 때도 없지 않다. 음식으로도 배가 부르지만 그 깊은 정과 넘치는 베풂에 내 마음까지 만삭이 되고 만다. 〈엄마의 봄날〉 촬영을 다니다 보면 정말 이렇게 좋은 분들이 이렇게 힘들게 살아야 하나 하고 세상이 조금은 야속하다고 느낄 때가 있다. 가난하지만 착하고 순박한 분들에게만큼은 아픈 걱정만큼은 주지 않아야 신이 공평한 것이 아닌가 하는 생각도 든다.

우리 어머님 댁도 마찬가지다. 이제는 사람답게 사는 사람이 힘들지 않은 세상이 되었으면 좋겠다.

두타산의 청정기운이
담긴 묵밥 한 그릇

| 삼척 도토리묵밥과 묵밥한치물회 |

편치 않으신 몸으로 오랜 시간 공들여 도토리묵을 쑤고 묵밥까지 만드셨을 어머님을 생각하니 가슴이 뭉클하다. 전국 어디를 가든 요리의 숨은 고수들이 있기 마련인데 우리 어머님도 그러한 분이다. 도토리묵밥이 이렇게 맛있을 수도 있다는 사실을 알게 해주었고 도토리에 대한 내 고정관념까지 단번에 바꿔주셨다. 집에 가면 생각이 날, 또 먹고 싶은 도토리묵밥. 서울에 어머님 손맛을 내는 도토리묵밥집이 있으려나!

삼척은 〈엄마의 봄날〉 촬영을 하면서 오늘이 세 번째다. 그런데 행정구역상 같은 삼척인데 갈 때마다 너무 다른 얼굴을 갖고 있다. 지난번 갔던 삼척 근덕은 한국의 나폴리라고 불릴 만큼 풍광이 너무 아름다운 해안가였고, 반면에 그 이전 방문한 삼척은 산골 깊숙한 탄광촌이라 조금은 분위기가 스산했는데 오늘 도착해서 만난 삼척은 두타산 기슭에 있는 정말 멋진 비경을 간직한 곳이다.

두타산은 몇 년 전에 아내와 함께 산행을 한 적이 있어 어느 정도

낯이 익다. 1천 미터가 넘는 높고 깊은 산임에도 불구하고 그다지 산세는 험하지 않은 것 같아 천은사 대웅전 옆길을 따라 천천히 걸어 한참 올라갔던것 같다. 아름드리 굵은 나무들이 하늘을 향해 쭉쭉 뻗어있고, 그 나무들을 감싸고 올라가는 넝쿨이 숲을 빽빽하고 채우고 있는 원시림 그대로의 모습을 간직한 곳. 한 번 들어가면 나오지 못할 것 같다는 말을 아내와 주고받은 기억이 있는 곳이다.

두타란 이름은 속세의 번뇌를 떨치는 산이라는 데서 유래했는데 산세도 부처가 누워있는 형상이다. 이곳을 찾아 예부터 선현들의 발길이 끊이지 않았는데 특히 두타산 거사라고 불린 고려 후기의 문신 이승휴와 연관이 깊다. 단호하고 강직한 인물로 충렬왕과 왕 측근들

에 직간을 했다가 파직되어 어머니를 모시고 이곳 두타산에 머물며 『제왕운기』란 책을 저술하기도 했다.

어머님 댁으로 가기 위해 오늘은 아내가 아닌 신현준 씨와 나란히 걷는다. 산을 오른다기보다 산의 품으로 걸어 들어간다는 표현이 맞는 듯하다. 길 양쪽의 수백 년은 족히 되어 보이는 나무들이 평일 이른 아침 입산객을 맞고 있다.

어머님은 이곳에서 아버님과 함

께 두타슈퍼마켓을 운영하고 있다. 30년 전, 생필품이나 식음료 등을 사기 위해 산 아래까지 가야 하는 번거로움을 없애고자 마을 부녀회의에서 슈퍼를 열기로 했는데 할 사람이 없어 당시 부녀회장인 어머님이 맡게 된 것이 여태껏 이어져 오는 것이라고 한다.

예전엔 등산객들이 자주 와서 사정이 괜찮았는데 지금은 길이 좋아져서 차에 싣고 오거나 그냥 차로 지나쳐버려 손님이 통 없다고 한다. 마을이 크지 않아 장사도 잘되지 않는데 그나마 가게가 여기 한 군데밖에 없어 문을 닫을 수도 없는 이러지도 저러지도 못한 상황이다. 슈퍼 안도 생기를 잃은 모습이다.

어머님은 예전에 맷돌순두부를 만들어 팔았는데 지금은 손이 많이 가서 힘들어 못하시고 가끔 자식들이 오면 해줄 정도라고 한다. 그런데도 예전에 먹었던 손님들이 가끔 와서 맷돌순두부를 찾는다고

하는데 말씀만 들어도 맛있을 것 같다는 생각이 든다.

　오늘 어머님은 인근 산에서 주운 도토리로 묵밥을 만들어주셨다. 사실 나는 도토리묵을 그다지 좋아하지 않는 편이다. 도토리의 떫은 맛도 그렇고 사람이 아닌 다람쥐 먹이라는 어릴 적부터 가져온 인식 탓인지도 모른다.

　간장에 찍어 먹거나 상추와 오이랑 버무린 무침도 양념 맛에 두어 점 집어먹을 뿐이고 특히 묵밥은 안 좋은 맛의 기억 탓에 더더욱 별로다. 도토리묵밥을 좋아하는 친구나 지인들을 따라 유명하다는 식당에 가서 먹어봤지만 화학조미료가 첨가된 국물에 김치, 채소 얹어 참기름 넣고 김 가루 뿌려 내오는데 입에 영 맞지가 않았다.

　그래서 묵밥을 준비하셨다기에 솔직히 큰 기대를 하지 않았다. 그런데…. 어머님이 주신 묵밥을 한 숟가락 떠서 입에 넣었는데, 도토리가루의 거친 맛도 없이 미끈미끈한 데다가 육수는 어떻게 만들었는지 담백하면서 구수하고 시원해 입에 딱 붙는 것이 "아! 정말 맛있다" 소리가 절로 나온다. 기존에 가졌던 도토리묵밥과 도토리에 대한 나의 생각을 완전히 뒤집기에 충분한 그런 맛이다. 육수에 김치를 넣어 먹으니 이것 또한 별미다.

'도토리 키재기', '개밥에 도토리'라 하여 도토리가 고만고만한 사람들을 빗대거나 따돌림 당하는 사람을 지칭하는 하찮은 뜻으로 쓰이지만 사실, 도토리는 석기시대 유적에서도 발굴될 만큼 우리 인간과 함께한 역사가 오래된 견과류다. 가난하고 배고픈 이들에게 더없이 고마운 구황식 역할을 해왔다.

묵으로 만들어 흉년이 들었을 때 허기를 달래거나 연명하는 음식으로 활용되었는데『고려사』에도 '고려의 충선왕이 흉년이 들자 백성을 생각하여 반찬 수도 줄이고 도토리묵을 먹었다'는 기록이 있다. 이는 도토리묵을 먹으며 버티는 서민들의 고초를 헤아리며 왕도 함께 한다는 의미였을 것이다.『목민심서』나『산림경제』에도 도토리묵이 구황식이라고 적고 있다.

그런 도토리묵이 요즘 들어서는 건강식품으로 각광을 받으며 귀한 몸이 되었다. 열량이 적고, 수분 함량이 많아 포만감을 주며 소화도 잘되어 다이어트 식품이나 별식으로 찾는 이들이 많다. 무공해식품으로 영양가도 높고 효능도 상당하다. 도토리묵 속에 들어있는 떫은 타닌 성분은 모세혈관을 튼튼하게 만들고, 아콘산은 중금속 해독에 탁월한 효능이 있어 성인병 예방과 피로 회복, 숙취에도 좋다고 한다.

하지만 도토리를 묵으로 만드는 과정은 노동과 인내를 필요로 한다. 도토리를 주워 껍질을 까서 잘 말린 후 방앗간에서 빻은 다음, 물에 담가 떫은맛을 우려낸다. 앙금과 물이 분리되면 앙금은 남기고 윗물을 따라내는 과정을 수차례 반복한 후 가라앉은 앙금을 말리면 이것이 녹말가루가 되는 것이다.

그런 다음 묵을 쑬 차례인데 이 과정이 만만치 않다. 찬물에 녹말가루를 풀어 센 불에 올려 밑이 눋지 않도록 나무 주걱으로 쉼 없이, 그야말로 팔이 떨어지도록 저어주어야 한다. 끓어오르면 불을 줄이고 약한 불에서 다시 한참 저어서 되직해질 때쯤 뚜껑을 덮어 뜸을 들인 후 용기에 부어 식히면 된다.

이런 과정을 거쳐야 비로소 완성이 되는 시간과 정성과 힘이 보통 들어가는 일이 아니다. 그래서 만들어진 묵을 마트에서 사다 먹는 사람들이 대부분일 것이다. 편치 않으신 몸으로 오랜 시간 공들여 묵을 쑤고 묵밥까지 만드셨을 어머님을 생각하니 가슴이 뭉클하다.

이걸로도 충분한데 어머님은 한치회도 같이 준비해주셨다. 아주 싱싱해서 초고추장에 찍어 먹어도 맛있는데 묵밥 국물을 부어 한치 물회를 해 먹으니 정말 이제껏 먹어보지 못한 색다른 맛이다. 삼척 산속에 웬 한치회인가 했는데 집에서 차로 이삼십 분만 가면 동해안이란다.

어느새 묵밥 한 대접과 한치까지 다 먹고 나니 배가 부르다. 전국 어디를 가든 요리의 숨은 고수들이 있기 마련인데 우리 어머님도 그러한 분이다. 도토리묵밥이 이렇게 맛있을 수도 있다는 사실을 알게 해주셨고 도토리에 대한 내 고정관념까지 단번에 바꿔주셨다. 집에 가면 생각이 날, 또 먹고 싶은 도토리묵밥. 하지만 서울에 어머님 손맛을 내는 도토리묵밥 식당이 있으려나!

촬영이 끝나기만을 기다린 것처럼 먹구름 잔뜩 머금은 채 꾸물거리던 하늘에서 세찬 비가 쏟아지기 시작한다. 산골의 비는 사납다. 비 그치고 나면 두타산의 가을도 더 짙어지리라.

낯선 재료, 색다른 음식, 새로운 맛

| 장수 올갱이묵과 땅콩죽 |

이렇듯 온 가족의 따듯하고 융숭한 환대를 받기는 처음이다. "착한 일 해서 복 받을 것이여"라고 해주시는 어머님 아버님께 감사하면서도 너무도 분에 넘친 대접에 송구하기만 하다. '어머님이 만족해할 만큼 좋아져야 하는데' 하는 생각에 어깨가 무겁다. 편찮은 어머님들이 내게 의지하며 믿고 몸을 맡기실 때면 내가 좀 더 뛰어난 능력을 지녔더라면, 그 어떤 병이나 질환도 고치는 만능의사였으면 하는 생각이 들곤 한다. 할 수만 있다면 어머님들을 꼿꼿한 허리와 튼튼한 다리를 지난 스무살 꽃 같던 시절로 되돌려 드리고 싶다.

전라도 음식이 맛있는 데는 나름의 이유가 있다. 우선, 곡창지대가 많아 쌀, 보리 등의 곡식이 풍부하고 바다로 둘러싸여 해산물이 넉넉했다. 또 염전이 발달해 소금도 흔했고, 따뜻한 기후로 채소들이 잘 자라니 식재료가 다양했다는 점이다. 그러다 보니 음식 가짓수도 많고 풍성한 재료로 만들다 보니 맛있게 된 것이고, 또 조선왕조 전주 이씨의 본관과 명문 종가들을 비롯해 농지를 가진 부자들이 많다 보니 먹고 마시고 즐기는 문화가 발전해 이것이 음식의 품격과 맛을 높여주었기 때문이다.

그렇다고 전라남도와 북도의 음식이 똑같지는 않다. 내가 그동안 촬영을 다니면서 경험한 바에 의하면 전라남도의 음식은 양념도 진하고 간도 센 반면 전라북도 음식은 서울 음식과 비슷한 듯 간이 대체로 슴슴한 편이다. 이건 나만의 느낌일까?

〈엄마의 봄날〉 촬영을 하면서 목포나 여수, 고흥 등에 가서 어머님들이 해주신 음식을 먹어보고 남도 음식 예찬론자가 된 나에게 어느 날 고향이 전주인 지인이 북도 음식도 먹어보라 권하는 것이었다. 드러내놓고 말은 안 하지만 짐짓 전라북도 음식이 전라남도 음식보다 낫다는 투였다.

나는 이미 그전에 군산의 어머님이 차린 맛있는 밥상을 받아본 적이 있기에 그의 전라북도 음식의 자부심을 충분히 공감할 수 있었다. 얼마 전 만난 또 다른 친구는 군산 음식도 맛있지만 그쪽은 바닷가 음식이기 때문에 약간 간이 짜다면서 전북 내륙의 전주 중심의 음식이 같은 전북이면서도 또 다른 맛이니 먹어보라고 했다. 그 친구는 전주 출신인 어머님이 예전에 해주신 그 맛에 버금가는 음식을 지금껏 먹어본 적이 없다며, 이젠 어머님이 연로하셔서 음식을 만들지 못하게 된 것에 안타까움을 내비쳤다. 전북 내륙지역의 음식을 먹어봐야겠다 벼르던 차에 마침 촬영이 장수로 잡혔다는 연락이 왔다.

장수에 계신 어머님은 그 당시 소학교밖엔 나오지 않은 남편을 만나 일찍 시집와서 이 고생 저 고생 안 해 본 고생이 없을 정도로 무던히도 힘겹고 고단한 삶을 사신 분이다. 녹록지 않은 세월, 버거운 삶의 무게와 고된 노동을 인내로 감내하는 대신 몸이 버티지 못했다. 휘어진 다리와 굽은 허리로 통증과 불편함은 얼마나 크셨을까! 다리를 드러내놓는 치마를 입고 걷는 게 꿈이시란다. 남들은 잘 이해되지 않을 얘기지만 척추질환이나 퇴행성 관절염 등으로 다리가 휜 어머님들과 정형외과 의사들에게는 충분히 공감하는 얘기다.

그 모습을 옆에서 지켜보던, 평소 무뚝뚝하기 짝이 없다는 아버님이 뭔가를 주섬주섬 꺼내 펴신다. 아내 몰래 썼다면서 그동안 표현하지 못했던 말들이 담긴 편지를 읽어주신다. "오늘 같은 날이 와서 선물로 두 분을 만났다"며 나와 신현준 씨를 껴안고 기뻐하시는 순박한 모습에 지켜보는 나도 덩달아 기분이 좋고 찡한 감동이 인다.

위암을 앓아 고생하신 아버님을 위해 그동안 정성스런 음식으로 여태껏 건강을 지켜왔다는 어머님이 이번에는 우리를 위해 한 끼 상을 차려주셨다. 드디어 전북 내륙지방의 음식을 맛보게 되었다. 역시 내륙인 관계로 간은 진하지 않은데 찬 하나하나가 다 맛있다. 특이한 것은 땅콩죽인데, 쌀에 생땅콩을 넣어 만든 죽으로 씹을 때마다 고소하고 사각거리는 땅콩의 식감이 일품이다.

처음보는 음식은 땅콩죽 외에 또 있는데 올갱이무침이다. 올갱이는 흔히 다슬기의 또다른 말인데 이것 말고 논에서 벼와 벼 사이에 자라는 올갱이란 이름의 풀이 있다는 건 오늘 처음 알았다. 올방개, 올미, 외채라고도 하는데 뿌리 아래 검은 부분을 잘라 하얀 부분을 말려서 재료로 사용한다. 올갱이 묵 만드는 법은 도토리묵과 비슷하다. 모양은 마치 청포묵처럼 반투명한데 졸깃졸깃한 식감에 양념장을 끼얹어 먹는데 이 또한 새로운 맛으로 평소 먹던 토토리묵이나 청포묵과는 다른 맛이다.

색다른 음식의 새로운 맛도 좋지만 어머님 밥상의 정말 일품은 양념고추장이다. 상추에 한 젓가락 올려 이것저것 얹어 먹으면 모든 게 다 맛있어지는 만능 양념장이다. 이것이 전북의 진정한 장맛인가? 간장과 양념으로 졸인 멸치고추볶음도 이거 하나로도 밥 한 공기 먹을 수 있을 정도로 아주 맛깔스러워 밥도둑이 따로 없다. 멸치의 고소함과 고추의 매콤한 맛과 간장의 짭조름하며 달짝지근한 맛이 다른 반찬에 비할 바가 아니다.

일반 찬들과 모양은 별반 차이가 없지만 재료와 장과 간의 조화에서 나오는 그 특별한 맛이 전주지역 일대의 음식을 맛보라던 친구 균배가 말한 전라북도의 맛이 아닌가 싶다. 어느새 밥 한 공기를 비워버렸는데 막상 밥상의 주인공인 돼지수육은 한두 점 먹은 게 전부다. 밑반찬이 워낙 맛있으니 젓가락이 갈 새가 없다.

몸살기가 있는지 병아리 봄 햇볕에 졸 듯 줄곧 축 처져있던 신현준 씨도 어머님 차려주신 밥상에 입맛이 도는지 정신없이 먹고서는 "나 오늘 아픈 사람 맞아?" 하며 기운이 나는 모습이다.

식사를 마치고 온 가족이 다 나와서 함께 기념촬영을 했다. 이렇

듯 온 가족의 따뜻하고 융숭한 환대를 받기는 처음이다. "착한 일 해서 복 받을 것이여"라고 해주시는 어머님 아버님께 감사하면서도 너무도 분에 넘친 대접에 송구하기만 하다. '어머님이 만족해할 만큼 좋아져야 하는데' 하는 생각에 어깨가 무겁다.

편찮은 어머님들이 내게 의지하며 믿고 몸을 맡기실 때면 솔직히 내가 좀 더 뛰어난 능력을 지녔더라면, 그 어떤 병이나 질환도 고치는 만능의사였으면 하는 생각이 들곤 한다. 할 수만 있다면 어머님들을 꼿꼿한 허리와 튼튼한 다리를 지닌 스무살 꽃 같던 시절로 되돌려 드리고 싶다. 하지만 아무리 의술이 발전했다 하더라도 아직 해결할 수 없는 부분이 있고 이미 반백 년 이상 사용해 노쇠한 척추와 관절을 젊은 시절로 100프로 완벽하게 되돌리는 일은 힘들다고 봐야 한다.

그렇기에 내가 할 수 있는 일은 어머님들의 몸 상태와 여건을 고려해 어떻게 하면 통증에서 벗어나 좀 더 편해지고 바른 자세를 갖게 해드리냐에 초점을 맞추어 최선의 방법을 찾을 뿐이다. 시술에 앞서 수많은 고민과 연구를 하고 병원의 각 분야별 전문 의료진들과 심도 있는 논의를 하는 것도 그 이유다.

다행스럽게도 〈엄마의 봄날〉에 출연한 어머님들이나 개원 20여 년 동안 우리 병원에서 시술을 받은 환자분들 대부분이 만족한 결과를 보이고 편해진 몸으로 행복하게 지내신다. 더 욕심을 부리자면 어머님들이 살아오시는 동안 가슴 속에 쌓아둔 한과 응어리들을 시원하게 풀어드릴 수 있는 능력까지 있었으면 좋겠다. 그런데 여자 마음을 읽고 헤아리는 데는 젬병이니 그냥 들어드리는 방법밖에는 없어 그게 늘 안타깝다.

　　어머님과 작별하고 집을 나왔지만 '어떻게 해야 어머님께 좋은 결과를 안겨드릴까?' 하는 생각이 머릿속을 떠나지 않는다. 집에 오는 길 내내 어머님과 함께인 듯 하다.

동동주 술잔 부딪치며
웃다가 울다가

밝고 유쾌하게 촬영을 진행하시던 아버님과 어머님이 눈물을 뚝뚝 떨어뜨리는 것을 보고 나와 신현준 씨도 같이 울어버렸다. 살다 보면 가끔 술 잘 마시는 신현준 씨나 친구들이 부러울 때가 있다. 나라고 왜 스트레스가 없을까! 답답한 날, 열 받는 날, 뭔가 뜻대로 되지 않는 날…. 그리고 오늘 같은 날. 먹먹한 가슴, 흐르는 눈물을 술로 위로받고 싶어진다. 눈물과 함께 오늘 촬영은 끝나버렸다.

　벼를 다 베어낸 초겨울의 논밭은 을씨년스럽기 짝이 없다. 불과 1~2주 전만 하더라도 쌓아놓은 볏가리도 보이고 추수 때 쓰던 트랙터도 보였건만 12월로 들어서는 아무것도 남아있지 않고 텅 빈 모습이다. 지난주 내린 가을비인지, 겨울비인지 정체불명의 비가 내린 후로는 나무에 대롱대롱 달려있던 잎새들도 모두 떨어져 앙상한 가지뿐인데 감나무에만 아직 따지 않은 감들이 주렁주렁 달려있어 대조를 이룬다. 서울에서 감을 사려면 두 개씩 포장한 대봉은 적어도 만원은 하는데 이곳에서는 따는 사람이 없어 까마귀나 참새 밥으로 선심 쓴 듯 남겨져 있다.

어머님 사는 마을은 아주 작은 부락으로 그마저 빈집들이 곳곳에 남아있고 어머님 댁 역시 폐가처럼 보이는 집들 사이에 자리하고 있다. 이미 사람보다는 동물에게 자리를 내준 느낌이다. 저출산과 고령화로 농어촌 인구가 급감하여 소멸되는 군이 늘게 될 것이라는 뉴스가 현실에서 와닿는다. 조금 외진 시골 마을에 가면 늘 그렇듯 사람은 보이지 않는데 여기도 마찬가지로 개 짖는 소리만 여기저기 들리고, 길고양인지 집고양인지 알 수 없는 고양이들만 어슬렁거린다.

이맘때는 김장을 하거나 메주를 쑤며 월동준비를 하는 시기인데, 오늘은 마침 어머님이 메주를 담그는 날이라고 한다. 일 년간 정성껏 지은 대두를 푹 삶아서 메주를 만드는데, 대두는 아버님이 직접 농사를 지은 콩이라 한다. 하긴 요즘 가게에서 파는 콩들은 수입산이 대부분이라 예전에 먹던 국산 콩으로 만든 메주와는 확연한 맛의 차이가 있다. 손수 농사 지은 국산콩으로 메주를 쑤어 장을 만드는 아버님의 자부심은 충분히 이해가 가고도 남는다.

무릎과 허리가 좋지 않은 어머님을 대신해 아버님이 메주 쑤기에 팔을 걷어 부쳤는데, 전문가인 양 큰소리를 치신 모습과는 달리 어머님으로부터의 핀잔이 끊이질 않는다. 삶은 콩은 물이 없는 데서 떠와야 하는데 잘못 떠서 메주가 되다느니, 발로 잘 밟아야 하는데 메주콩이 그대로 남아있다는 둥 계속되는 잔소리에 쩔쩔매는 아버님의 모습이 정겹다.

태어나 처음으로 메주 쑤는 일을 지켜보게 되었다. 전날 물에 담가 불린 메주콩을 가마솥에 넣고 삶는 일로 시작되었다. 이때 너무 센 불로 삶으면 콩이 눌어붙으므로 서서히 약한 불로 삶아야 한다. 어느 정도 시간이 지나면 솥을 열어 콩이 삶아졌는지 먹어 보고 확인한 후 뭉개질 정도로 푹 익으면 퍼내서 절구에 담는다. 그리고 뜨거울 때 찧어야 하는데 그 이유는 콩이 식으면 굳어서 잘 안 찧어지기 때문이라고 한다. 다 찧은 콩을 손으로 네모나게 뭉치면 메주 모양이 만들어진다.

이것으로 끝난 게 아니라 그늘에서 하루 이틀 정도 말린 다음 만져도 부서지지 않을 정도로 굳으면 짚이나 끈으로 매달거나 채반 같은 데 올려서 말려야 한다. 그 다음엔 띄우는 과정이 남았는데 뜨거운 방 아랫목에 메주를 두꺼운 이불 같은 걸로 덮어 푸른 메주곰팡이가 피어나도록 발효시키는 과정을 거치면 비로소 메주가 완성되는 거라고 한다. 이때 메주 띄우는 냄새가 온 집안에 진동한다는데 메주를 쑤는 일보다 말려서 발효시키기까지의 시간과 향기롭지 못한 그 냄새를 참아내야 하는 인내는 필수다. 메주가 만들어지기까지의 과정과 직접 쑨 메주로 된장, 고추장을 만드니 어머님들이 해주시는 음식 맛이 깊고 풍부할 수밖에 없다는 사실을 함께 알게된 배움의 시간이었다.

메주 만드는 일이 끝난 후 아버님이 점심을 챙겨주시는데 백숙과 동동주다. 예전 밀양에서 동동주 공장을 하셨다는 기술자 아버님이

직접 담근 동동주는 막걸리
와 맛이 비슷한데 예전 대학
교 신입생 환영회 때 억지로
부어 먹여주던 그 술과는 다
른 맛이다. 사실 내게는 동동
주에 안 좋은 추억이 있다.

　대학교에 처음 들어갔을 때 선배들이 종로통에 있는 술집으로 불
러 신입생 환영회란 것을 해주었는데 무지막지하게 큰 대접에 술을
가득 부어주고 숨도 쉬지 않고 들이마시게 하는 거였다. 신입생들이
거치는 일종의 통과의례였는데 지금도 술이 약하지만 그 당시는 더
했다. 아무튼 내가 몇 잔을 마셨는지 기억도 나지 않지만 그다음 날
일어날 때 머리가 너무 아프고 속이 메슥거려 몸을 주체할 수 없었는
데 정말 죽고 싶은 기분이 이런 거구나 느낄 정도였다.

　그날 이후로 나는 절대로 술을 입에 대지 않게 되었다. 그런데 그
악몽의 기억을 남겨준 술 동동주를 오늘 다시 마주하게 될 줄이야!
아버님의 만드신 성의를 차마 뿌리칠 수 없어 용기를 내 한 잔 받아
조금 마시는데 그런데 이건 다르다! 그 당시 약간 달짝지근하면서 은
근히 취기 오르던 맛과는 달리 아버님 표 동동주는 그다지 자극적이
지 않고 부드러운 게 순 쌀로 만든 전통주란 느낌이 혀와 목 넘김에
서 전해진다. 예전에 먹던 동동주는 마시고 나면 머리가 깨질 듯 아
프고 속이 뒤집혔는데 이는 아마도 화학물질이 첨가된, 동동주 흉내

만 낸 술이 아니었나 하는 생각이 든다. 내 주량을 알기에 술잔을 내려놓는데 신현준 씨는 연신 "맛있다 맛있다"며 표주박으로 아버님과 주거니 받거니 한다. 사실 막걸리와 동동주는 한 배에 난 형제면서도 격이 다른 술이다. 쌀이나 보리, 밀, 등을 누룩이랑 섞어 발효시켜 만드는 건 같다. 이때 시간이 지나면 맑은 술과 밥알이 뜨는데 이 윗부분을 퍼내 담으면 동동주고, 막걸리는 술이 발효된 후 찌꺼기를 걸러내고 물을 섞어 완성하는 일명 탁주라고도 부르는 술이다. 이를테면 동동주가 막걸리보다 한 수 위 형님인 셈이다.

오늘 아버님 덕분에 제대로 된 동동주를 맛보았다. 그렇지 않았다면 나는 평생 동동주를 머리 아프고 속 뒤집어지게 하는 나쁜 술로만 알고 살았을 것이다. 아버님이 준비한 백숙은 거의 뒷전인 채 밥상이 아닌 술상이 되어버렸다. 밥 대신 술로 점심을 했다고 하니 쯧쯧 혀를 차는 분들도 있을 텐데 사실 술이 단점만 있는 건 아니다. 적당한 술은 심장병 예방과 소화에 좋고 스트레스와 긴장 완화를 도와 정신건강에도 유익하다. 세계보건기구의 통계에 의하면 술을 적당히 마시는 사람들이 술을 마시지 않는 사람들보다 평균 수명이 길다고 하니 장수의 비결이 되기도 한다. 그리고 무엇보다 사람과 사람 간의 친교와 우애를 돈독히 하는 데 있어 감초와 같은 역할을 한다는 점이다.

시계처럼 정확하고 규칙적 생활과 욕망 절제로 도덕적 삶을 살았던 칸트는 어머니의 유언에 따라 술을 멀리했지만 "술은 사람의 입속을 경쾌하게 하고 마음을 터
놓게 하여 솔직함을 운반하는
물질이 된다"라는 내용의 명언
을 남겼다. 술 기운과 함께 이
런 저런 얘기가 오가던 중, 6년
전에 갑자기 세상을 떠난 아드
님 얘기를 꺼내시는 바람에 촬

영장은 눈물바다가 되어버렸다. 부모님 상도 3년이 되면 어느 정도
정리가 되는 듯하던데, 6년이 지나도 잊히지 않는 모양이다. 부모는
자식이 죽으면 가슴에 묻는다고 하지 않았던가.

밝고 유쾌하게 촬영을 진행하시던 아버님과 어머님이 눈물을 뚝뚝
떨어뜨리는 것을 보고 나도 신현준 씨도 같이 울어버렸다. 살다 보
면 가끔 술 잘 마시는 신현준 씨나 친구들이 부러울 때가 있다. 나라
고 왜 스트레스가 없을까. 답답한 날, 열 받는 날, 뭔가 뜻대로 되지
않는 날…. 그리고 오늘 같은 날. 먹먹한 가슴 흐르는 눈물을 술로 위
로받고 싶어진다. 눈물과 함께 오늘 촬영은 끝나버렸다.

눈물을 뒤로 하고 돌아오는 귀경길. 두 분의 아픔과 눈물이 어머
님 치료를 통해 조금이나마 씻겨지고 닦여지길, 그래서 작은 위안과
기쁨이 되었으면 하는 바람을 가져본다.

갯벌의 선물로 차린 밥상

| 해남 장뚱어전골과 낙지호박무침 |

풍요로운 갯벌에서 돈을 버는 재미가 있다고 해맑게 웃는 어머님은 오랜 시간에 걸친 갯벌일로 인해 겨우 육십밖에 안됐는데 허리는 팔십이 다된 할머니처럼 굽으셨다. 그 허리로 점심상에 오른 낙지며 짱뚱어 등을 잡아오신 어머님 "이 사람이 평소에도 흥이 많아서 춤추는 것을 좋아하는데 이제는 꼽추춤을 잘 춘다"며 웃는 아버님을 보며 '꼽추춤'이란 말에 왠지 마음 한 켠이 짠해온다. 어떡하면 이 부부의 소망을 들어줄 수 있을지 마음이 무겁다. 매번 촬영이 끝나고 드는 생각은 항상 똑같다.

한반도 가장 남쪽에 자리한 해남에도 만추의 정취가 가득히 내려앉은 모습이다. 제 빛깔 잃은 나뭇잎들과 서걱이는 풀들이 해쓱한 얼굴로 낯선 이방인을 반기듯 몸을 흔든다. 해풍으로 속이 꽉 찬 배추들이 이파리를 벌린 채 짙푸름을 자랑하지만 이미 베어지고 난 밭이 휑하니 스산하다.

아침 9시에 도착했는데 따뜻할 거라는 예상과는 달리 품속을 파고드는 바닷바람에 한기가 느껴진다. 겨울 바닷바람은 말 그대로 살을 엔다고 하지만 그 정도는 아니더라도 억세다. 어머님을 만나기로 한 장소는 그 차가운 바람이 쉴 새 없이 몸을 두드리는 해안가 갯벌이다. 겨울이 시작되면 물이 빠지는 갯벌은 그야말로 황금의 보고가 된다.

구멍이 뻥뻥 뚫려있는 갯벌, 그중에서도 특히 해남, 무안은 갯벌낙지의 주 서식지이자 재빠른 속도로 돌아다니는 방게와 이리저리 철모르고 튀어다니는 짱뚱어, 그리고 자갈인지 뭔지 알 수 없는 화석 덩어리 같은 굴들 천지다. 저 너머 바다에는 김 양식을 하기 위해 길쭉한 나뭇가지가 열 맞춰 꽂혀있다. 정말 갯벌은 조금만 발품을 팔면 모두가 양식이 되고 돈이 되는 마치 내 호주머니의 쌈짓돈 같은 존재란 말이 맞는다는 걸 실감하게 한다.

어머님은 새벽부터 갯벌 배를 타고, 도시 생활보다 낫다고 판단해 학교 서무과란 안정된 직장을 버리고 합류한 아들과 함께 이것저것을 바다에서 캐고 있다. 그런 부지런한 아내를 둔 아버님은 갯벌에는 들어가지 않고 모래사장에서 모닥불을 피워 해남 명물 호박고구마를 구우면서, 아내와 아들이 물질로 얼어붙은 몸을 녹일 수 있도록 기다리고 계신다.

우리를 맞이한 어머님은 벌써 낙지를 반 양동이 정도 잡고 자연산 굴 한 소쿠리를 채취해오셨다. 예전 같으면 최소 100마리는 잡아야 하는데, 인근 목포에 방조제가 생긴 이후로 물이 빠지지 않아 갯벌 낙지는 줄고 이제는 바다로 나가 통발로 잡는데 그나마도 숫자가 많이 줄었다고 한다.

잡은 낙지와 굴을 갖고 어머님 댁으로 향하는데 길목에서 굴을 까고 있던 동네 아주머니가 우리 쪽을 보며 "내 허리도 아픈데…" 하면서 부러운 듯 쳐다본다.

힘들게 잡아온 낙지를 아버님이 대나무로 돌돌 말아서 낙지호롱이를 만들어 숯불에 구우신다. 이맘때 낙지는 병든 소도 세 마리만 먹으면 벌떡 일어난다는데 나와 신현준 씨랑 각각 세 마리씩 먹었지만 힘이 불끈 나는지는 잘 모르겠고 벌써 배가 부르다. 낙지는 가격도 비싸서 한 마리에 만 원씩이나 한다는데 벌써 나 혼자만 3만원 어치나 먹은 셈이다. 와서 한 일도 없이 허리 굽은 어머님이 차디찬 갯벌에서 잡은 낙지만 축냈다.

갯벌에 있는 짱뚱어가 오늘 점심상에 올랐다. 장뚱어는 탕도 있지만 어머님은 오늘 장뚱어전골을 만드셨다. 바로 잡은 짱뚱어에 된장을 풀어 전골로 만든 짱뚱어전골. 별로 비리지도 않고 맛도 구수한

데 뼈도 연한 편이라 그냥 씹어 먹을 수 있어 좋다. 이 동네에서는 짱 뚱어를 머리까지 씹어 먹는다고 해서 나도 그렇게 먹어보았는데 뼈가 목에 걸려 한동안 컥컥거리고 난 후 겨우 삼켰다. 남이 한다고 무작정 따라 하다가는 이렇게 낭패를 볼 수가 있다.

뭐니뭐니해도 이 동네 명물은 낙지인데 이걸 재료로 하여 세 가지 반찬이 나왔다. 이미 먹은 낙지호롱이는 조금 부담스러웠는데 살짝 데친 낙지에 호박을 넣어 무친 낙지호박무침은 색다르면서도 의외로 맛있다.

매운 고추를 썰어 넣어 매콤한 맛이 입맛을 자극하는데 이 동네에서만 먹는 것이라고 한다. 고추장에 생채소를 썰어 넣은 낙지는 어디서나 쉽게 먹을 수 있다. 하지만 오늘 잡은 싱싱한 놈으로 만든 걸 먹어보니, 이미 죽어서 늘어진 낙지로 만든 것과는 확실히 살도 탱탱하고 맛도 차이가 있다.

이게 끝이 아니다. 어머님이 삭힌 홍어회를 주셨는데 아마 우리를 위해 오래 삭히지 않은 홍어를 준비했는지 톡 쏘는 향이 덜하다. 내가 아는 홍어회는 묵은지에 돼지수육을 넣고 홍어와 같이 먹어 삭힌 맛을 줄여주는 홍어삼합이나 조금 홍어에 익숙해지고 나서 초장에 직접 찍어먹는 방법뿐이다. 그런데 어머님이 새로 담근 김치와 깻잎에 홍어를 싸먹는 새로운 방법을 알려주신다.

이 맛도 또한 일품이다. 일 년에 한 번 정도 여름철이 되면 슬슬 입맛이 돌아 어디든지 찾아가 먹는 버릇이 있을 정도로 홍어 맛을 제법 익히기는 했는데 이렇게 먹는 홍어는 처음이다.

갖가지 특별한 음식과 찰밥까지 고루 갖춰진 점심상을 물리고 나니 어느덧 헤어질 시간이다. 풍요로운 갯벌에서 돈을 버는 재미가 있다고 해맑게 웃는 어머님은 오랜 시간에 걸친 갯벌일로 인해 겨우 육

십밖에 안 됐는데 허리는 팔십이 다 된 할머니처럼 굽으셨다. 그 허리로 점심상에 오른 낙지며 짱뚱어 등을 잡아오신 어머님. "이 사람이 평소에도 흥이 많아서 춤추는 것을 좋아하는데 이제는 꼽추춤을 잘 춘다고"며 웃는 아버님을 보며 '꼽추춤'이란 말에 왠지 마음 한 켠이 짠해온다. 어떡하면 이 부부의 소망을 들어줄 수 있을지 마음이 무겁다. 매번 촬영이 끝나고 드는 생각은 항상 똑같다.

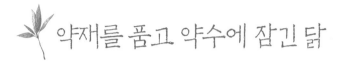

약재를 품고 약수에 잠긴 닭

우리 정 많은 어머님이 연신 자고 가라고 하신다. 신현준 씨 말이 촬영을 많이 다녀봤지만 자고 가라는 어머님은 처음이란다. 우리 시골에 사시는 어머님들은 정말 정이 많다. 조금이라도 더 챙겨 주려고 촬영하는 제작진에게도 왜 같이 식사 안 하냐고 성화를 하셔서 촬영이 중단되는 경우가 허다하다. 나는 이런 어머님들이 정말 좋다. 어머님의 청대로 구들장 뜨끈하게 데워진 아랫목에서 묵직한 밍크 이불 덮고 누워 오늘의 여정을 마무리하고 싶지만, 내일을 위해 아쉬운 발걸음을 돌린다.

아침 6시 반, 아직 잠도 덜 깬 상태에서 경북 청송으로 향하는 차에 오른다. 일기예보에 첫눈 소식이 있더니 싸라기가 까불까불 날리기 시작한다. 첫눈이니 조금 뿌리다 말겠지 했는데 88도로에 오르자 갑자기 함박눈으로 변해 펑펑 쏟아진다. 도착지까지 제 시간에 갈 수 있을까 하는 걱정에도 쏟아지는 잠을 막을 길이 없다. 선잠을 깬 탓인지 어느새 다시 잠이 들었다. 차가 멈추는 조짐에 눈을 뜨니 어느덧 경북에 있는 휴게소. 다행히 눈이 그친 것 같아 안도했는데 막상 차에서 내려보니 차는 고드름과 눈 먼지로 엉망진창이 됐다. 잠이 든 사이 이미 눈과 한바탕 전쟁을 치른 흔적이 역력하다.

네 시간 남짓 달려 다다른 청송은 지난번 올 때와는 다르게 고속도로로 연결되어 청송IC에서 바로 나오게 되어있다. 얼마 전까지만 해도 안동IC를 거쳐 국도를 거의 1시간 남짓 가야 했던 길이 바로 고속도로로 가게 된 것이다. 이것이 상전벽해일까?

청송에 도착하니 눈발이 다시 굵어졌다. 눈앞이 보이지 않을 정도로 쏟아지더니 멀리 주왕산이 금세 눈 속으로 가라앉았다. 예전에 국어 교과서에서 보았던 '눈 온 날 아침 강아지 발자국만 보인다'란 구절처럼 그렇게 눈 온 날 아침이다. 깨끗한 도화지처럼 발자국 하나 없는 길을 참으로 오랜만에 본다.

첫눈과 함께 찾아든 상념에 젖어 30분쯤 기다렸을까. 제작진이 도착하기 시작한다. 신현준 씨는 그러고도 한참이 지나서야 얼굴이 파김치가 돼 모습을 드러냈다. 오자마자 사진을 보여주는데 몇 센티미터 이상 쌓인 눈길에 차들이 방향을 잃고 제멋대로다.

뒤늦게 시작된 촬영. 몸에 좋은 것은 꼭 찾아 드신다는 주인공 어머님을 청송의 달기약수터에서 만났다. 눈이 내리는 날인데도 약수를 뜨러 온 사람들이 제법 많다.

약수를 뜨고 있던 어머님이 우리를 보자마자 약수부터 한 바가지 건네신다. 바가지 안에는 쇳가루 같은 침전물이 가라앉아 있었는데 마셔 보니 마치 김빠진 사이다 같은 톡 쏘는 맛과 함께 비릿한 쇠 냄새 같은 것이 난다. 탄산과 철분이 함유돼 있어서 그렇다고 한다. 주

위를 둘러보니 바위에서 솟아난 약수가 넘쳐 흐른 길을 따라 마치 녹
이 슨 것 같이 벌겋게 물들어 있다. 약수가 흐르며 그 안의 철분이 산
화한 탓이다.

　신기한 것은 달기약수가 추운 한겨울에도 얼지 않는 것은 물론 아
무리 가물어도 마르지 않는다는 사실이다. 실제로 한겨울에 마셔본
약수는 차가움보다는 미지근함에 가까운 온도였다. 아마도 물속에
함유된 미네랄이 빙점을 낮췄기 때문일 거다.

　그 옛날, 물이 궁하던 동네에 절대 마르지 않는 데다가 효험까지
탁월하다는 물이 사계절 솟아나니 얼마나 좋았을까! 긴 시간이 흐르
는 동안 사람들은 약수가 솟는 샘을 여러 군데 더 찾아냈고 지금은
계곡을 따라 원탕부터 상탕, 천탕, 하탕까지 10여 개의 약수탕이 줄
줄이 자리하고 있다. 각각의 탕들은 위치한 곳에 따라 이름도 다르

지만 물맛도 모두 달라 말 그대로 취향 따라 골라 마시는 재미가 있다. 참고로 상탕의 물맛은 하탕에 비해 약하다.

이런 저런 이야기를 들으며 따라주는 약수를 연거푸 마시니 입에서 피맛 같기도 하고 쇠맛 같기도 한, 그다지 유쾌하지 않은 비릿함이 가시질 않는다. '설탕을 타 먹으면 딱 좋을 것 같은데'라고 생각한 찰나, 어머님이 내 표정을 읽으셨는지 설탕을 타 먹는 사람도 많이 있는데 설탕보다는 엿을 같이 먹으면 약수를 많이 마실 수 있어 좋단다. 얼마 전까지만 해도 약수터에서 엿을 만들어 파는 할아버지가 계셨는데 편찮으신지 돌아가셨는지 얼마 전부터 보이지 않는다며 서운해 하신다. 역시 사람 입맛은 비슷한가 보다.

약수는 그냥 마셔도 좋지만 이 인근 사람들은 이 약수를 밥 짓는 물로 쓰기도 하는데 특히 백숙을 해먹으면 그리 좋단다. 그러고 보니 오는 길에 본 인근 식당은 모두 달기약수 백숙집이었다. 근처가 닭백숙, 오리백숙 간판 천지다.

마침 백숙을 할 요량으로 약수를 뜨러 왔다는 어머님을 따라 약수를 물통에 가득 채워 함께 댁으로 향한다. 그런데 금방 간다는 말씀과는 다르게 산을 넘고 주산지를 돌아 고개 하나를 더 넘어 30분을 넘게 달려도 어머님의 집은 보이지 않는다. 역시 시골 어르신들의 '요 앞'은 15분 '금방'은 30분 '조금'은 한 시간임을 잊어서는 안 되겠다. 이 청송읍 부곡리도 한참 오지인데 이곳에서도 더 오지에 사는 분이 약수를 뜨러 이 먼길을 오셨다니 그 정성이 참으로 대단하다.

어머님 댁에 도착하니 대개 시골집 마당에 하나쯤 있는 커다란 가마솥은 이미 장작불로 덥혀진 상태다. 속에 있는 물을 다 퍼내고 길어온 약수를 부어 다시 끓이기 시작한다. 이미 타고 있는 장작에 새로운 장작을 더 넣으니 금세 약수가 펄펄 끓기 시작한다.

미리 잡아 놓은 토종닭과 함께, 몸에 좋은 것 좋아하신다는 아버님의 보물창고에서 꺼낸 약초들을 듬뿍 넣는다. 깐 마늘, 당귀, 대추, 알타리무 크기의 삼이 들어가고, 헛개나무, 오갈피나무, 느릅나무, 마당에서 베어낸 엄나무 가지까지. 여느 백숙집에는 안 들어가는 진귀한 재료가 다 들어간다. 이 정도면 보약 수준 아닌가? 그도 그럴 것이 어머님의 달기약수백숙은 오로지 아버님의 건강을 위해서란다. 무려 두 시간이 넘게 끓이니 하얀 김이 몽실몽실 하늘을 타고 올라가는데 장작 연긴지 김인지 구분이 가질 않는다. 묵직한 솥뚜껑을 열어 젓가락으로 꾹꾹 눌러보고 나서야 다 익었는지 확인이 됐다. 조승연 피디는 국물부터 시식해 보라고 성화다. 사실 고등학교 다닐 때 늑막염, 나중에 알고 보니 결핵이었지만 아무튼 그 당시 일 년 동안 닭을 고아서 그 국물만 진탕 먹었던 쓰린 기억으로 삼계탕이나 백숙의 닭 국물이라면 냄새도 맡기 싫어하는데 참으로 난감한 상황이다.

신현준 씨가 먼저 맛을 보더니 나보고 빨리 먹어보라고 한다. 마지못해 푸르스름한 국물이 담긴 국자를 받아 들고는 후후 불어가며 한 입 들이켰다. 아! 그런데 국물의 맛이 여태껏 먹어왔던 백숙의 국물과는 전혀 다른 맛이다. 닭 노린내가 전혀 나지 않고 기름기도 전

혀 없는 담백함과 순한 맛에 흐르듯 쉽게 넘어간다. 한마디로 목 넘김이 좋다.

실제로 달기약수로 닭백숙을 하면 육질은 반질반질 탱탱하면서도 부드러워지고, 국물은 철분이 녹아있는 탄산수가 기름기와 냄새를 잡아주며 푸르스름한 옥빛을 띤다고 한다. 내 입맛에도 백숙 육수가 맞았던 이유가 바로 달기약수의 효과였던 것이다. 이래서 달기약수 백숙이 유명하구나 실제로 느끼게 되는 딱 그런 맛이다.

드디어 차려진 점심상에는 서울에서 먹는 삼계탕과는 비교가 되지 않는 크기의 닭이 떡하니 누워있다. 서울 손님이라고 어머님이 뒷다리를 뜯어주시는데 살이 얼마나 질긴지 신현준 씨가 달라붙어 떼려 해도 떨어지지 않을 정도다.

힘 대결 끝에 겨우 얻은 닭다리를 한입 크게 뜯었더니 이게 그렇게

질겼던 다리가 맞나 싶을 정
도로 야들야들 부드러운 육
질이다. 질김은 사라지고 씹
을 때 느껴지는 탱탱하고 쫄
깃한 느낌이 '이것이 바로 토
종닭 백숙이구나' 고개를 끄
덕이게 한다. 닭다리는 역시

들고 뜯어야 제맛. 입가와 손가락이 기름칠로 번들거리지만 개의치
않고 굵은 소금 살짝 찍어가며 연신 먹어댄다. 역시 백숙에는 소금
간이 최고다.

닭다리 하나를 깨끗하게 해치울 때쯤, 어머님이 달기약수로 지은
밥을 내어주신다. 어! 이런 빛깔의 밥은 처음이다. 파르스름한 빛을
띤 것이 푸르기도 하고 어찌 보면 잿빛 같기도 한 것이 마치 고려청
자빛 마냥 오묘한 색이다. 한 숟갈 떠서 입에 넣으니 약수의 비릿했
던 맛은 어디 가고 찰밥처럼 쫀득하고 달큰한 맛이 입안을 맴돈다.
이것이 바로 달기약수로 지은 밥의 특징이란다.

달기약수밥은 짓는 방법도 까다로운데 밥물의 양을 적게 잡아야
되는 것은 물론, 딱 먹을 양만큼만 지어서 바로 먹어야 한다. 시간이
지나면 삭아버리는 특성이 있기 때문이라는데 여기 분들은 그래서
소화가 잘되는 거라고 좋아들 하신다.

이 약수밥이 닭 국물과 어울려 더 구수한 맛을 낸다. 이 둘의 조합

으로도 맛이 차고 넘치는데 여기에 갓 담근 알싸하면서도 매콤한 총각김치를 얹어 먹으니 금상첨화다. 경상도의 김치는 젓갈이 안 들어가 감칠맛이 없고 짜기만 하다고 생각했는데 이렇게 궁합이 잘 맞을 줄 몰랐다. 닭 국물에 김치를 풀어서 한 국자 쭉 들이켜 마지막 입가심을 하니 속이 든든해진다.

맛있는 음식으로 포식을 한 것만으로도 고맙고 감사한데 정 많은 어머님은 우리더러 연신 자고 가라고 하신다. 자고 가라는 말은 실로 오랜만에 듣는다. 어릴 때는 친인척들이나 친구들이 서로의 집을 방문하며 자고 가는 경우도 흔했는데 요즘 들어서는 보기 힘들어졌다. 자고 가라고 잡는 사람도 또 자고 간다는 사람도 없어진 듯하다.

신현준 씨도 이제껏 촬영을 많이 다녀봤지만 자고 가라는 어머님은 처음이란다. 시골에 사시는 어머님들은 정말 정이 많다. 조금이라도 더 챙겨주려 하고 우리가 먹는 모습을 촬영하고 있는 제작진에게 왜 같이 식사를 안 하냐고 성화를 하셔서 촬영이 중단되는 경우가 허다하다.

나는 이런 어머님들이 정말 좋다. 어머님의 청대로 구들장 뜨끈하게 데워진 아랫목에서 묵직한 밍크 이불 덮고 누워 오늘의 여정을 마무리하고 싶지만, 내일을 위해 아쉬운 발걸음을 돌리는 수밖에….

전라도 김치 맛의 비결

남도의 겨울 잔칫상을 받다

밥상에 올려진 남해 바다

섬 낙지의 다양한 변신

아직도 생각나는 잊을 수 없는 그 맛

보약 짓듯 정성 들어간 밥상

봄꿈을 꾸는 겨울달래

바다 날 것 그대로의 향과 맛

수산물의 보물창고가 열리다

광부의 애환이 담긴 음식

산골을 환히 밝힌 크리스마스 트리

굴과 꼬막 제대로 먹는 법

선착장에서 즐기고 맛보고 감동한 오찬

나이 한 살 더 먹으며

한 해 건강하게 지낼 기운을 얻다

네 번째 이야기

마음까지 따듯해지는

겨울 밥상

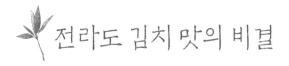

전라도 김치 맛의 비결

| 장흥 김장김치 |

마음은 아직도 이십 대 청춘이건만 세월은 나를 오십 대 후반의 영락없는 중년 남자로 만들어버렸다. 나이 듦이 억울하거나 원망스럽지는 않지만 그래도 왠지 서글퍼짐은 어쩔 수 없다. 나도 이러한데 하물며 우리 어머님들은 오죽하시랴. 청춘과 중년의 수십 년 세월을 오롯이 시부모와 남편과 자식들 위해 헌신하고 집안일과 농사일에 노동에 보답으로 주어진 거라고는 훈장처럼 박힌 깊은 주름과 낡고 고장난 몸뚱이뿐이니 살아온 날들 얼마나 한스럽고 야속할까! 나이 들어 가장 서러운 것 중의 하나가 몸 아픈 것이라는데 그조차 참고 또 참으며 평생을 인내와 희생으로 꿋꿋하게 살아온 어머님들을 보면 안타깝고 애틋할 때가 많다.

전남 장흥으로 가는 길. 만산홍엽의 화려한 잔치도 끝나고 열매와 곡식을 다 내어준 들녘은 휑하니 스산함 뿐이다. 도시에서 느끼지 못하던 계절감을 차창 너머 풍경이 확인시켜준다. 세월 정말 빠르다. 예전 어머니 아버지나 어른들이 하시던 말을 내가 언제부턴가 습관처럼 하고 있는 걸 보면 그만큼의 나이가 됐다는 증거일 게다.

흔히 인생을 계절에 비유하는데 그렇다면 난 아마도 가을의 중후

반에 접어들었나 싶지 않다. 마음은 아직도 이십 대 봄 같은 청춘이
건만 세월은 나를 오십 대 후반의 영락없는 중년 남자로 만들어버렸
다. 나이 듦이 억울하거나 원망스럽지는 않지만 그래도 왠지 서글퍼
짐은 어쩔 수 없다. 나도 이러한데 하물며 우리 어머님들은 오죽하
시랴.

청춘과 중년의 수십 년 세월을 오롯이 시부모와 남편과 자식들 위
해 헌신하고 집안일과 농사일에 보답으로 주어진 거라고는 훈장처럼
박힌 깊은 주름과 낡고 고장난 몸뚱이뿐이니 살아온 날들 얼마나 한
스럽고 야속할까! 나이 들어 가장 서러운 것 중의 하나가 몸 아픈 것
이라는데 그조차 참고 또 참으며 평생을 인내와 희생으로 꿋꿋하게
살아온 어머님들을 보면 안타깝고 애틋할 때가 많다.

요즘엔 황혼기를 황금기라고도 한다. 100세 시대에 노년을 가장
찬란하고 멋지게 보낸다는 의미일 것이다. 소박하고 심성 고우신 어
머님들에게 황금기를 만들어 드리지는 못하지만 그래도 최소한, 척
추질환으로 고통받는 일에서만큼은 해방시켜드리고 싶은 바람이다.
허리 펴고 통증에서도 벗어나 하늘을 보며 얼굴 가득 봄꽃 활짝 피우
며 환하게 웃으시는 그런 봄날을 맞게 해드리고 싶다.

간혹 주변에 나이가 많아서 어떤 치료나 시술도 받지 않고 그냥 지
내겠다는 분들이 있는데 요즘에는 의술도 발전하고 시술도 간단해서
아무리 연세가 많은 환자라도 좋은 결과를 보이고 있으니 절대로 포
기하지 않으셨으면 한다. 그 심한 고통과 불편함에서 해방되어 사시

는 날까지 편안하셨으면 하는 것이 정형외과 전문의로서의 간절한 소망이자 부탁이다.

오늘 만나는 어머님은 김장김치를 담그신다는데 과연 몸 상태는 괜찮으신 건지 염려스럽다. 김장 담그는 일이 어디 보통 일인가! 어릴 적, 우리 어머니도 늦가을이나 초겨울이면 김장을 하셨다. 그 일이 하루에 끝나는 것이 아니라 양념 준비와 배추 절이고 씻는 일, 그리고 속 넣는 일까지 보통 번거롭고 힘든 일이 아니라는 걸 어렴풋이 알고 있기에 어머님의 노고가 충분히 짐작된다.

우리나라 엄마들의 겨울은 김장과 함께 본격적으로 시작된다고 할 수 있다. 지역마다 집집마다 들어가는 재료나 담그는 방법은 차이가 나고 종류도 다양하지만 어쨌든 숙제와도 같은 김장을 해놔야 마음 편히 겨울을 맞이할 수 있게 된다. 비닐하우스 농사로 김장재료가 사시사철 출하되어 언제든 담글 수 있고 또 시장이나 마트에서 판매하는 김치를 손쉽게 구할 수 있어 김장의 의미가 점차 퇴색되어 가는 추세지만 그래도 대한민국에서 김장 문화는 이어지고 있다.

한국인에게 김치는 밥상 위에 꼭 올려져야 하는 중요한 기본 찬이다. 갓 지은 흰 쌀밥 한 술 떠서 잘 익은 김치 한 가닥 쭉 찢어놓고 먹는 그 맛. 그리고 돼지고기 숭덩숭덩 썰어 넣고 보글보글 끓인 얼큰한 김치찌개의 그 깊고 진한 맛을 아는 한국인에게 김치는 떼려야 뗄 수 없는 존재다. 김치 없이는 며칠을 견디지 못하고 잠깐 외국에 나가서도 가장 생각나는 음식이 김치찌개와 된장찌개 아니던가!

김치는 단순히 반찬을 넘어 밥 다음으로 반드시 따라붙는 주식이라고 해도 과언이 아니란 생각이 든다. 김치를 사랑하는 민족답게 그 종류도 다양하다. 전국에 약 200여 종의 김치가 있다는데 아마 평생 먹어도 다 먹어보긴 어려울 것이다. 내가 어렸을 때만 해도 서울식 김치, 개성식 보쌈김치, 함경도 지방의 식해 정도 접해 본 것이 전부다. 각 지방을 다니며 사람들을 만나보면 자기네식 김치의 자부심이 정말 강하다는 걸 느낄 수 있다. 특히 전라도 어머님들은 다른 지방과 비교하는 것조차 못마땅해하는 경우도 있을 정도다. 이곳 어머님 역시 김치에 엄청난 긍지를 가진 분이다.

어머님 덕분에 오늘 전라도식 김장에 참여하는 기회를 얻었다. 자녀들 모두 출가하고 남편과 둘만 사시는데 편치 않은 몸에도 불구하고 지금까지도 김치를 직접 담그시는 이유는 서울에 사는 손녀들이 서울식 김치는 맛이 없어 할머니 김치만 찾기 때문이라고 한다. 그래서 수고로움도 마다 않고 맛있게 먹을 손녀들 생각에 30포기씩 김장을 하신단다. 서울에서 나고 자란 내가 듣기에는 인정할 수 없는 부분도 있지만, 이제는 몸 생각하셔서 김치 담그는 거 그만두시고 좀 편히 사시라고 만류해 보지만 손맛 자부하는 전라도 어머님의 고집을 꺾기에는 역부족이다.

어머님의 김장은 양념부터 푸짐하다. 지난 여름에 사둔 제철 맞은 새우와 멸치로 담근 새우젓갈, 멸치젓갈 그리고 생새우와 직접 농사지은 고추로 만든 고춧가루가 반. 거기에 붉은 빛깔의 생선을 갈아

넣는다. 어머님, 아버님 말씀으론 이 생선이 전갱이 또는 조생이라는 조기 새끼라는데 아무리 봐도 내가 보기엔 황석어 같아서 맞지 않냐고 물으니, 전갱이라고 하신다. 집에 돌아와 글을 쓰면서 자료를 찾아본 결과, 전라도 어르신들이 황석어를 전갱이라고 부르고, 어머님이 김치를 만들 때 넣었던 것도 황석어였다.

　이렇게 만든 젓갈 양념에 미리 손질해둔 미나리와 무채, 통고추 간 것이 더해지고 마지막으로 찹쌀풀을 넣어 고루 섞어주면 전라도식 김칫소가 완성된다. 그런데 찹쌀풀을 넣고 양념을 버무리는 일이 보통 힘든 일이 아니다. 고무장갑 낀 양손으로 양념의 위 아래와 옆으로 계속 뒤집으며 섞어주는데 고춧가루에 물들지 않는 하얀 젓갈이 계속 나오는 것은 물론, 풀의 끈기에 내 양 어깨가 끊어질 것만 같다. 온갖 재료가 든 큰 대야 앞에 둘러앉아 한동안 힘을 합쳐 섞고 난 뒤

에야 비로소 김칫소가 완성됐다.

불현듯 예전에 집에서 어머니가 김장할 때 어릴 적, 아니 청년 시절에도 먹을 줄만 알았지 한 번도 도와드린 적이 없었다는 사실이 떠올랐다. '우리 엄마 겨울마다 김장하시느라 많이 힘드셨겠구나. 그때 김칫소라도 버무려 드릴 걸' 하는 후회와 미안함이 잠깐 밀려들었지만 이제 와서 어쩌겠는가.

지금까지 만드는 과정을 봤을 때, 내가 먹는 서울식 김치 만드는 법과 큰 차이가 없는 것 같다. 촬영이 끝나고 집에 와서 아내에게 물어보니 서울식 김치와 전라도식 김치는 차이가 있었다. 서울 사람들은 소금으로 배추를 절이고 소금이나 새우젓갈로 간을 하는데, 남도에서는 바닷물로 배추를 절이고 멸치젓갈이나 황석어, 갖가지 젓갈을 함께 넣어 김치를 만든다고 한다.

사실, 찹쌀풀 넣는 것을 처음 보았는데 서울에서도 찹쌀풀을 넣고

찹쌀풀이 너무 비싸면 밀가루죽을 넣는 경우도 있다고 한다. 또 하나 다른 것이 있다면 통고추를 갈아 넣는 정도인 것 같다.

김칫소가 완성되면 절인 배춧잎의 겉잎부터 한 장 한 장 이파리 끝부분부터 뿌리 닿는 부분까지 살살 묻히듯 양념을 넣는데 한 포기가 완성될 때마다 김치통에 차곡차곡 쌓으면 된다. 이때 김장의 하이라이트라 할 수 있는 중요한 과정이 하나 더 있다.

때맞춰 완성된 돼지수육과 김장 겉절이를 먹는 일이다. 생굴이 들어간 겉절이에 따뜻한 수육 한 점을 올려 먹는 일은 김장하는 사람들이 가장 기다리는 일이자 김장이 마무리되었음을 의미한다. 김장에 함께한 이들에 감사와 보상이기도 하지만 설익은 김치를 좋아하지 않은 까다로운 입맛을 가진 나로서는 달갑지 않는 순간이다.

그런데 오늘은 정말 놀라운 일이 벌어졌다. 여태껏 먹어왔던 겉절이의 설익은 맛이 아닌 숙성된 맛이 나는 것이 아닌가! 배추의 생동생동함이 전혀 느껴지지 않고 방금 버무렸음에도 재료들이 한데 잘 어우러져 양념이 잘 배인 김치 맛이다. 바로 이 맛이 전라도 김치의 힘인 듯싶다. 수육과 같이 먹지 않아도 짠 느낌도 없이 깊은 맛이 느껴진다. 역시, 어머님이 김치에 자부심을 갖고 자랑하실 만한 솜씨이고 맛이다. 사실 전라도 김치라고 해서 서울과 어떻게 다른지 궁금했는데 막상 와서 직접 해 보니 내가 늘 먹던 서울 김치와 큰 차이가 없다. 예전에 통영에서처럼 돔을 통째로 넣는 신비함이나, 갈치나 가자미를 잘라 넣거나 이북 사람들처럼 소 양지나 고기 육수를 넣는 그런 특별함도 없었다. 단지 서울보다는 따뜻한 기후라서 젓갈류의 양념이 진하고 더 염기가 높다는 정도가 약간 다를 뿐이다.

거기다가 어머님만의 손맛이 아마도 김치 맛의 비결 아닐까 싶다. 어머님의 어머니 또는 시어머님으로부터 전수된 재료 선택과 배합 비율 등의 비법과 오랜 경험으로 터득한 노하우가 손맛을 완성했으리라. 음식이란 결국, 내가 사는 곳에 맞게 만들어진 생활이고 문화인 것이다.

귤이 회수를 건너면 탱자가 된다는 속담이 있다. 상황과 환경에 따라 결과가 달라짐을 뜻하는 말이다. 지역마다 배추가 자라는 토양과 기후가 다르고 채소들 역시 마찬가지다. 그러니 지역에 따라 같은 음식이라도 차이가 나고 또 식성에 따라 만드는 재료나 방법도 집집마다 다를 수밖에 없는 것이다. 내년 이맘때쯤엔 다른 지역의 김장김치 맛을 보러 가고 싶다. 오늘 어머님의 김장을 도우며 많이 배웠으니 올 겨울 우리집 김장은 장흥의 어머님께 배운 대로 내가 앞치마 두르고 고무장갑 끼고 나서볼 참이다.

남도의 겨울 잔칫상을 받다

| 고흥 꼬막과 간재미회무침 |

요즘은 많은 식당이 프랜차이즈화되어 똑같은 레시피에 따라 만들어지기 때문에 아주 맛없는 음식을 먹고 나서 열 받는 일은 드물다. 하지만 반대로 경험이 축적된 손맛과 절대미감으로 만들어 최고의 맛을 내는 음식은 사라져버려 음식의 하향평준화가 되어버렸다. 어머니가 오늘 해주신 꼬막찜과 간재미회무침을 먹으니 역시 음식의 맛이란 제철 재료와 손맛의 감으로 만들어야 제맛을 낼 수 있다는 것을 새삼 또 느낀다.

촬영 행선지가 정해지면 습관처럼 지도를 보며 거리를 가늠해 보게 된다. 이번에 갈 곳은 전남 고흥. 컴퓨터에서 지도를 열고 서울서 고흥까지 눈길 여정을 떠나본다. 눈으로만 따라가도 한참 거리, 가는 길이 만만치 않겠다 싶어 출발을 서두른다. 새벽 4시 반에 출발하여 도착한 시간이 8시 반쯤 되었으니 네 시간 정도 걸렸다. 경부고속도로를 거쳐 논산-천안고속도로를 지나 순천-완주 고속도로를 탔더니 그래도 생각보다는 빨리 도착한 셈이다.

고흥은 전라남도에서도 맨 끝에 붙어있는 곳으로 위쪽만 육지와

아슬아슬하게 붙어있고 나머지 삼면은 바다로 둘러싸인 반도이다. 바다에 접해 있다 보니 수산업이 발달하고 간척사업으로 논도 많아 경지율도 높다고 한다. 오늘 어머님이 사는 동강면은 고흥반도 위쪽에 위치해 바다보다 논과 밭이 많은 마을이다.

가는 날이 장날이라고 오늘은 이장 선거 겸, 마을의 1년 살림살이를 갈무리하는 날로 동네잔치가 있단다. 시원하게 뻗은 농로를 따라 달리는데 멀리 마을회관에 분주하게 오가는 주민들이 보인다. 도착하니 마을 분들이 모두 나와 반겨주시는데 오랜만에 느껴보는 시골 잔치 분위기에 긴장했던 마음이 풀어진다.

이른 시간인데도 주민분들이 거의 다 나와서 준비를 하고 있다. 마을회관 한쪽 방은 남자들이 앉아 회의를 하고 부엌에 딸린 방은 여자들의 공간인가 보다. 연세가 있는 분들은 믹스커피를 마시며 도란도란 이야기를 하고 있고 비교적 젊은 분들은 잔치 음식 준비하기에 바쁘다.

한쪽에 걸어둔 솥에는 꼬막 삶기가 한창인데 마을 사람들이 꼬막으로 배를 채우고도 남을 정도로 양이 어마어마하다. 잔칫상에 꼬막을 많이 올리나 보다 했더니 어머님의 한마디. "워메~ 밥상에 밥 빠지믄 그것이 밥상이다요? 잔칫상에 꼬막이 빠져불믄 그거슨 잔칫상이 아니제." 고흥 주민들의 꼬막에 대한 자부심과 애정을 단번에 알 수 있는 말이다.

꼬막은 이곳 고흥지역 겨울 잔칫상에서는 절대 빠지지 않는 음식이란다. 잔치 음식을 얼마나 잘했냐 못했냐 역시 꼬막을 얼마나 잘 삶았는지로 판가름이 나기에 꼬막 삶는 일은 아무나 시키지도 않는단다. 마을에서도 솜씨 좋기로 이름났다는 오늘 촬영의 주인공 어머님은 다른 음식의 간도 보면서 꼬막 삶기 담당을 자처했는데 말 붙일 틈도 없이 연신 꼬막이 잘 익었는지 살피신다.

어머님이 꼬막 삶는 모습을 보고 있으려니 예전에 읽은 조정래의 소설 『태백산맥』이 떠오른다. 여자만을 둘러싸고 있는 고흥과 순천, 벌교를 무대로 한 소설에서는 잊을만 하면 꼬막 이야기가 등장했다. 어머님은 벌교 여자 치고 꼬막무침 못하는 여자 없다고 얘기하면서도 꼬막은 삶기가 곧 솜씨인데 까다로워서 고구마, 감자처럼 삶듯 하면 하나마나라고 한다. 핏기는 가시고 몸체는 줄지 않게 삶아야 된다며 구구절절 꼬막 삶기를 역설하신다. 돌이켜보니 순천이 고향인 소설가도 고흥 어머님처럼 잘 삶은 꼬막에 애정과 자부심이 남달랐다.

실제 이곳 고흥과 순천, 여수가 감싸고 있는 여자만의 갯벌은 예전부터 모래가 없고 찰진 데다 오염이 되지 않아 꼬막 산지로 유명했다. 아! 여자만은 여자들만 드나드는 금남의 구역이 아니라 너 '여汝' 스스로 '자自'의 너 스스로란 뜻을 가진 만이다. 특히 벌교가 꼬막으로 유명한데 이곳 고흥은 벌교와 붙어있어 벌교 꼬막의 많은 양이 고흥에서 채취된 것이라고 이곳 분들은 얘기한다.

꼬막은 크게 참꼬막, 새꼬막(개꼬막), 피꼬막으로 나뉘는데 맛으로는 참꼬막을 가장 최고로 친다. 그런데 요즘에는 이곳 산지에서도 참꼬막은 너무 귀해져 전혀 찾아볼 수가 없다고 한다. 참꼬막은 새꼬막보다 더 작고 껍데기 골의 개수가 적으며 육수가 짜지 않고 달다. 피꼬막은 새꼬막과 참꼬막보다 크기가 훨씬 크고 섬뜩할 정도로 붉은 피가 많이 들어있다. 특이하게 양식이 자연산보다 비싸고 맛있는 조개라고 한다. 11월부터 초봄까지가 제철로 지금이 살이 가장 꽉 차고 맛있을 때란다.

하지만 꼬막은 잘못 조리했다가는 비위가 약한 사람들은 눈살을 찌푸리게 할 수 있는 까다로운 재료다. 덜 삶으면 피가 흥건하거나 너무 삶으면 꼬막살의 단백질이 응고되고 질겨 제대로 된 꼬막의 맛을 보기란 쉽지 않다.

나도 강남의 유명하다는 남도 음식점에서 삶은 건지 생꼬막인지 모를 꼬막을 먹어 본 적이 있는데 꼬막이 원래 약간 피 맛이 나는 건가 보다 하여 그다지 좋아하지 않게 되었다. 무침은 백화점에서 만들어 파는 것을 사와서 몇 개 먹어본 정도라 선뜻 손이 가지 않는 음식이다. 그런데 어머님이 건넨 김이 모락모락 나는 꼬막은 서울에서 먹은 그런 꼬막과는 차원이 다른 맛이다. 육질이 부드럽고 고소한 데다, 꼬막살을 먹고 난 후 껍질에 살짝 고여있는 육수가 맛을 더한다. 처음 입에 넣으면 짭조름한 바다의 향이 퍼지고 쫄깃한 살을 씹으면 고소함이, 그리고 삼키고 난 후에는 달큰함이 입에 남는다. 서울에서 먹던 꼬막에서 나던 피맛은 전혀 없다.

이런 꼬막이라면 얼마든지 마음껏 먹을 수 있을 것 같다. 같은 재료에 아무런 양념도 들어가지 않았는데 단지 온도와 삶는 시간만으로 이렇게 다른 맛이 난다는 게 신기하기만 하다.

꼬막 삶기의 달인인 어머님의 말을 빌리자면 꼬막은 살짝 데치듯 삶아야 하는데 그렇다고 너무 안 익히면 비린내가 난단다. 껍질이 벌어지지 않을 정도로만 익혀 껍질 연결 부위에 숟가락을 대고 돌려 까먹는 꼬막 제대로 먹는 비법도 알려주신다.

요즘은 많은 식당이 프랜차이즈화 되어 있고 음식이 똑같은 레시피 따라 만들어지기 때문에 아주 맛없는 음식을 먹고 나서 열 받는 일은 드물다. 하지만 반대로 경험이 축적된 손맛과 절대 미감으로 만들어 최고의 맛을 내는 음식은 사라져버리고 음식의 하향평준화가 되어버렸다. 어머니가 삶은 꼬막 맛을 보니 역시 음식의 맛이란 제철 재료와 손맛의 감으로 만들어야 제맛을 낼 수 있다는 것을 새삼 또 느낀다.

　그리고 보니 잔치의 음식이 거의 고흥 지방에서 나오는 해산물이다. 어머님이 피굴이라는 음식을 내오셨다. 겉으로 보아서는 굴국과 별다른 점이 없는데 한술 떠보니 국이 뜨겁지 않고 차다. 국 안에 든 굴도 굵고, 국물 맛이 굴국보다 훨씬 진하다. 시원한 게 자꾸 숟가락이 간다. 피굴은 고흥지방에서 즐겨 먹는 향토음식이라는데 조리 방법이 꽤 까다롭다. 껍질째 굴을 삶아 찌꺼기를 가라앉힌 육수에 굴살을 헹궈 또 한 번 끓여 식힌 후, 건져 놓았던 굴살을 넣고 실파, 참기름, 깨소금을 고명으로 얹어 낸다. 껍질째 삶는 것은 진한 육수를 내기 위해서고 굴을 따로 건져 차게 해서 먹는 것은 탱글탱글한 식감을 살리기 위해서란다.

예전에는 굴이란 한겨울에 생굴을 사서 초장에 찍어먹거나, 제상에 가끔 오르는 굴전, 김장 때 들어가는 정도로만 알았는데, 전국을 돌아다닌 이후 굴구이에, 굴밥도 처음으로 먹어보게 됐다. 오늘은 피굴까지 맛보았다. 예전에는 느끼지 못했던 굴의 맛이 이렇듯 다양하고 맛있는지를 요즘에서야 알게되었다.

　어느 정도 음식이 장만되자 어머님이 커다란 대야를 갖고 와서 다진 생선을 집어넣고 김장하듯 온갖 양념을 넣고 버무리기 시작한다. 미나리와 고추장 양념이 들어가고 채 썬 무를 넣고 열심히 버무리는데 처음에는 뭉개진 생선살 때문에 저게 무슨 맛일까 싶었는데 양념이 배고 고춧가루가 더해지니 훌륭한 회무침이 됐다. 바로 간재미회무침이다.

　이때 "간재미가 가오리예요? 홍어예요?" 신현준 씨가 질문하자 마을회관이 혼란스러워진다. "간재미는 가오리 새끼제." "아니제라, 홍어 새끼를 여기서는 간재미라고 허요." "아녀, 간재미는 커도 간재미여."

　간재미는 도대체 누구의 새끼인 걸까? 내가 알기로는 가오리과의 하나인 상어가오리를 충청도 전라도 지방에서 간재미 또는 갱개미라고 부른다는데, 바닷가 지역에 사는 분들마저 의견이 분분한 상황이다. 일단 소란을 수습하고 스마트폰 검색을 통해 알아본 결과, 놀라운 사실! 이들의 가족관계가 확실히 정리된 전문가의 글을 찾았는데 간재미는 가오리가 아닌 홍어의 자식이란다.

우리가 삭혀서 먹는 흑산도의 최고급 홍어는 참홍어라고 따로 분류를 하고, 간재미라 부르는 것은 덜 자란 홍어로 상어가오리라 불리는 것도, 갱개미도, 모두 홍어의 새끼라는 것이다. 홍어과 어류가 생김도 비슷한 데다 서식지에 따라 색과 무늬가 조금씩 달라지다 보니 어부들마저도 각각으로 알고 있는 상황이 벌어진 것이다. 다시 정리하자면 간재미는 홍어의 새끼. 우리가 삭혀 먹던 흑산도 홍어는 참홍어. 가오리는 그냥 가오리다.

그렇다면 어머님이 무쳐주시는 이 간재미회무침의 정식 명칭이 홍어회무침이다. 흔히 미식가들 사이에서 홍어는 그냥 놔두면 발효해서 암모니아의 독특한 냄새가 나지만 간재미는 발효가 일어나지 않아 생으로 먹거나 말려 먹어야 된다고 하는데 그럼 이것도 틀린 말이 된다.

어머님이 완성된 간재미회무침 맛을 보여주는데 역시 홍어 새끼인 것을 알고 먹어 그런지 알싸한 발효 향이 입안에서 감돈다. 은근한 암모니아 향과 미나리 향, 그리고 초장의 맛이 곁들여져 시큼한 맛이 일품이다. 옛날에 서울에서 만날 수 있는 간재미무침이라고는 함흥냉면집에 가면 홍어회라고 나오는 회무침 정도였는데 이미 너무 도시화 돼서 달고 매콤한 맛뿐이다. 그런데 이건 은근한 달콤함과 개운함까지 어우러져 입

안이 시원해지는 맛이다. 지금까지 이런 간재미회무침은 먹어보지
못했다. 같은 재료의 회무침도 만드는 지방에 따라 이렇게 다르다는
게 신기하다.

벌교 꼬막과 간재미회무침, 피굴로 차린 남도의 잔칫상으로 배가
든든해졌다. 마을회관을 벗어나 돌아가는 길, 흙길에 두툼하게 쌓아
놓은 꼬막 껍질이 밟을 때마다 달그락 소리를 낸다. 좀전의 간재미
소동이 떠올라 피식 웃음이 난다. 세상에! 가오리인 줄 알았던 간재
미가 홍어 새끼였다니! 막장드라마는 텔레비전 연속극에만 있는 것
이 아니라 바다에도 있나 보다.

밥상에 올려진 남해 바다

문어와 참기름의 환상적인 조합에 도취되어 정신없이 먹고 있는데 매
운탕이 등장한다. 이것이 매운탕인지 매운해물찜인지 도대체 구분이
가지 않을 정도로 자작한 국물에 다양한 해물이 푸짐하게 들어있다.
매운탕이라 하면 해물들이 수영을 하는 듯 해물은 적고 국물이 많은
데 이건 해물이 반신욕을 한다는 표현이 맞겠다. 그러니 그 맛은 굳
이 표현하지 않아도 충분히 짐작될 것이다.

대한민국 여러 지역을 다니다 보면 풍광이 아름다운 곳엔 세계의 명소 이름을 갖다 붙인 곳을 심심치 않게 볼 수 있다. 이곳 삼천포도 멋진 풍광을 갖고 있어 다른 이름으로도 불리는데 바로 동양의 나폴리다. 이곳 말고도 삼척시의 장호리, 삼천포 바로 옆 동네인 통영도 동양의 나폴리라 불린다.

　삼척의 장호와 통영을 가본 적이 있는데 그 느낌은 약간씩 다르다. 우선 삼척의 장호해변은 넓은 해변가와 수심 1미터, 경사 10도 안팎의 낮은 해안을 갖고 있어 연간 30만여 명의 관광객이 방문하는 삼척시의 대표 관광지 가운데 한 곳이다. 방파제가 있어 파도가 잔잔하고, 백사장 양옆으로 튀어나온 암벽이 천연 바람막이가 되어 해수욕과 바다낚시를 하기에 좋다. 해안가 바로 옆에는 해안을 따라 도는 긴 해안도로와 아기자기한 민박집들이 모여 있어 이국적인 풍경을 자랑한다.

　한려수도의 심장이자 한국의 나폴리라 불리는 통영은 또 다른 느낌을 자랑한다. 작은 도시 통영은 수산업이 발달한 해상교통의 중심지였고, 아름다운 항구와 다도해의 많은 섬을 거느린 관문 역할을 하고 있는 곳이다. 도시 전체가 해안가에 위치해서 바닷가에서 육지를 보면 높지 않은 언덕 위에 예쁜 집들이 들어서 있고, 작은 무인도들도 한눈에 볼 수 있다. 이렇게 통영은 산수풍광이 빼어나고 겨울에도 기후가 따뜻하여 예로부터 많은 관광객들이 찾는 고장으로 알려져 있다.

그리고 오늘 찾아온 이곳 삼천포는 남해에 다리가 놓이고 대전–통영 간 고속도로가 개통되면서 사람들의 발길이 끊이지 않는 곳으로 각광 받고 있다. 오밀조밀한 항구의 아름다운 모습에 반해서 한 번 가본 사람들은 다시 가고 또 가는 곳으로 알려지며 매년 수많은 관광객이 삼천포를 찾는다.

삼천포 포구 앞에는 남해안의 다도해처럼 작은 섬들이 붙어있다. 이곳 포구에서 중심지로는 언덕과 재를 따라 길이 나 있다. 그리고 그 길을 따라 바다를 끼고 돌아보는 광경은 넋 놓고 보게 되는 장관이다.

이른 아침 찬바람을 가르며 다섯 시간 걸려 도착한 삼천포항에는 따뜻한 봄바람이 마중 나와 있다. 추위로 움츠렸던 온몸을 활짝 펴본다. 춘래불사춘을 따서 동래불사동, 즉 겨울인데 겨울 같지 않다.

　예전에는 쥐치가 유명해서 삼천포의 냄새는 쥐치 가공공장에서 나는 냄새라고 했는데 지금은 쥐치는 별로 잡히지 않는지, 도착지인 용궁수산시장에서는 생선 비린내도 진동하지 않고 쥐치 또한 잘 보이지 않는다.

　시장 앞에는 위판장이 있어 막 잡아온 해산물의 경매와 판매가 이루어지는데 그 옆에서는 선장의 아내들이 경매에 나왔던 해산물을 팔고 있다. 흔히 보던 해산물과 다르게 못 보던 해산물도 많다. 지금이 제철이라는 물메기와 추위를 피해 남하한 갑오징어가 한창이고 아귀, 삼치, 민어, 전갱이가 가장 많이 눈에 띈다. 조기인 줄은 알겠는데 처음 본 조기들이 참조기, 무슨 조기, 무슨 조기라고 이름표를 달고 누워있다. 갓 잡은 가리비는 물을 뿜으면서 마치 수영하듯 내려가고 올라갔다를 반복하며 싱싱함을 뽐내고 있다.

이 수산시장에 오늘 만날 어머님이 있다. 이곳에서 아르바이트로 생선을 손질해주는 일을 하고 계신다. 젊은 시절부터 술을 좋아하는 남편을 대신해 가장 역할을 하다가 결국 허리며 다리가 망가지고 말았다.

시장에서 약 10분 떨어진 어머님 댁. 100년이 넘은 집에서 거의 100세가 다 된 친정어머니와 함께 사시는데 어머님 댁에 들어서자마자 친정어머니께서 마치 오래 알고 지내온 이웃집 할머니처럼 대뜸 우리를 껴안으며 "귀한 손님이 오셨다"고 반기신다. 할머니의 따듯함이 전해진다. 98세 나이가 믿기지 않을 정도로 너무 정정하셔서 같이 서 있으면 누가 엄마고 누가 딸인지 모를 정도다.

오래된 집의 역사만큼 오랜 세월을 자랑하는 물건들이 많이 보인다. 가장 눈에 띄는 것이 100년이 넘어서 밑이 빠져버린 가마솥이다.

밥을 지을 때도 쓰고 따로 욕실이 없던 시절, 따뜻한 물을 데울 때도 쓰고, 오늘처럼 문어를 삶거나, 백숙을 끓일 때도, 수육을 끓일 때도 쓰던 이 집의 팔방미인이었단다. 사람이든 물건이든 세월은 이기지 못하는 법, 다른 솥에 아궁이 자리를 내어주고는 마당 한 귀퉁이로 밀려나 있다. 인생사와 별반 다르지 않다.

우리에게 대접한다며 어머님의 막내아들이 돌문어를 잡아왔다. 돌문어는 돌에서 산다고 해서 돌문어라 하고 크기가 작다고 해서 왜문어라고도 부른다고 한다. 돌문어 이외에 눈을 사로잡은 것은 바로 주꾸미다. 원래 4~5월이 한창인 걸로 알고 있는데 11월 말인 지금이 삼천포에서는 한창이다. 그만큼 날씨가 따뜻하고 기온이 높아서일 거다.

오늘 어머님이 준비한 음식은 돌문어와 주꾸미, 그리고 귀한 갑오징어를 함께 넣은 가리비매운탕이다. 만드는 과정을 바로 옆에서 지켜보자니 쏠쏠한 재미가 있다.

우선 가마솥에 밑이 깊은 양재기를 넣고 그 안에서 문어를 삶는다.

문어는 데쳐서 먹는 음식인 만큼 삶는 시간이 중요하다. 너무 익히면 질기고, 너무 덜 익히면 맛이 없어 문어 자체보다도 문어 삶기를 더 중요하게 생각하는 것 같다.

김이 모락모락 나는 문어가 나오자마자 대뜸 신현준 씨는 다리 하나를 잘라 냉큼 내게 먹으라고 권해준다. 문어는 머리를 먹어야 맛이지, 다리는 맛이 없다는 강원도 출신 장인어른께서 하신 말씀을 점잖게 했더니 말이 채 끝나기도 전에 어머님이 이 지방에서는 다리를 더 많이 먹는다고 얘기하신다.

사실 서울에서 크고 자란 나는 문어의 기억이 별로 없다. 내가 아는 문어는 어렸을 때 장사하는 분들이 커다란 가위를 연신 저어가며, "잘라요! 잘라~ 잘라 팔아요~" 하면서 마른 문어 다리를 팔거나 제사상에 마른 문어 머리를 예쁘게 잘라서 장식용으로 올려놓았던 기억만 있을 뿐이다.

그 당시 내 기억 속의 문어는 이렇다. '잘라~'가 문어의 다른 이름인 줄 알았고, 어린아이 용돈으로 사 먹기에는 너무 비싸서 먹을 수 없고, 제사 장식용 문어 조각은 딱딱하고, 오래된 것이라 씹다가 버리는 그게 전부다. 그리고 많은 시간이 흘러 동생이 포항에서 공수해온 문어나 대형 할인마트에서 파는 문어를 먹어본 게 불과 몇 년 전. 그리고 그 맛을 알고 먹기 시작한 건 최근이다.

그렇게 가끔씩 먹었던 문어와 어머님이 삶아주신 문어는 비교 자체가 안 되는 전혀 다른 차원의 새로운 맛을 선사한다. 아무런 장

도 찍지 않고 먹은 문어다리는 신현준 씨의 말대로 바다의 모든 맛이 다 들어가 있는 듯하다. 짭조름한 바다 냄새, 약간은 비린 듯 하지만 입안을 감도는 풍미, 부드러운 육질은 냉동 문어와 잡은 지 며칠이 지나 힘이 빠진 문어의 육질과는 다른 맛이다. 그리고 새로운 것은 참기름에 찍어 먹는 문어 맛인데 이것 또한 고소하기 이를 데 없다.

문어와 참기름의 환상적인 조합에 도취되어 정신없이 먹고 있는데 매운탕이 등장한다. 이것이 매운탕인지 매운해물찜인지 도대체 구분이 가지 않을 정도로 자작한 국물에 다양한 해물이 푸짐하게 들어 있다. 매운탕이라 하면 해물들이 수영을 하는 듯 국물이 많은데 이 건 해물이 모여앉아 반신욕을 한다는 표현이 맞겠다. 그러니 그 맛은 굳이 표현하지 않아도 충분히 짐작될 것이다.

그리고 보통의 매운탕은 생선의 비린 맛을 죽이기 위해 마늘과 고추장이나 된장을 많이 풀어서 이게 생선 맛인지, 된장 고추장 맛인지 잘 모를 때가 있는데 어머님의 매운탕은 마늘, 파, 양파만 넣고 해물만 넣었을 뿐인데 국물의 맛이 달다. 비린 맛은 전혀 없고 담백하고 달짝지근하다. 비린 맛에 약한 신현준 씨도 본인의 입맛에 잘 맞는다며 맛있게 먹는다. 더구나 매운탕 안에 들어있는 두툼한 아귀살은 생아귀 본연의 맛을 자랑하며 육질 또한 탱글탱글하고 연하다. 매운탕이든 찜이든 아귀는 그 맛이 거기서 거긴 줄 알았는데 이렇듯 해물들이 지닌 각각의 맛이 다르고 맛있는 줄 처음 알았다.

흔히 먹기 힘든 갑오징어와 자연산 가리비도 입안에 넣는 순간, 그야말로 살살 녹는다. 늘 하는 얘기지만 이런 맛은 산지에 와서 직접 먹지 않으면 느낄 수 없는 맛이다. 촬영이 끝나기 무섭게 눈으로만 시식하던 촬영팀 모두 문어와 아귀, 가리비, 갑오징어의 맛을 허겁지겁 음미하기에 바쁘다. 그 모습을 흐뭇하게 바라보는 우리 어머님. 차린 음식을 자식들이 맛있게 먹으면 내 몸 아픈 것쯤은 다 잊어버리는 그런 엄마의 마음이 어머님의 미소에 담겨있다.

이런 귀한 음식을 맛보게 해주신 데 대해 감사한 마음과 한편으로는 재료 손질하시랴 음식 만드시랴 고생하셨을 걸 생각하니 죄송한 마음이 든다. 어서 빨리 어머님의 불편한 몸을 낫게 해드리는 것이 보답이라는 생각을 하며 촬영을 마쳤다.

어머님의 따뜻한 배웅을 받으며 상경길에 오른다.

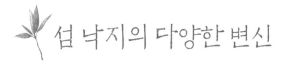

섬 낙지의 다양한 변신

| 신안 낙지호롱과 낙지탕탕이 |

전라도 지방에 갈 때마다 느끼는 일이지만 일반 가정집에서 먹는 음
식이 식당에서 먹는 음식과 비교해 그 푸짐함이며 꾸밈이 별반 차이
가 없다는 점이다. 어머님이 차려주신 음식 또한 그렇다. 어머님을
도와 음식을 같이 차려준 따님도 어머님을 닮은 손맛과 감각을 지녔
다. 따님에게 어머님의 상차림이 전승되듯이 아마도 따님의 딸이나
며느리에게 그 손맛이며 차림이 이어질 것이다. 오늘 어머님 덕분에
인정 넘치고 풍요로운 압해도의 음식 문화의 진수를 접할 수 있었고
섬 낙지의 변신과 그에 따른 달라진 맛을 보는 행운도 함께 누렸다.

　오늘 목적지는 신안군 압해도다. 신안군은 다도해해상국립공원 지
역으로 비금도, 임자도, 흑산군도를 포함해 72개의 유인도와 932개
의 무인도를 합쳐 모두 1,004개의 섬으로 이루어져 있다. 압해도는
그중 가장 큰 섬이다. 목포에서 압해대교까지 연결되어 있어 서울의
강북에서 강남으로 가는 정도로 느껴질 만큼 육지에서 아주 가깝다.
　아침 6시에 출발하여 고속도로를 시원하게 달려 오전 10시 경에
도착한 압해도는 여느 섬과는 조금 다른 풍경으로 나를 맞아주었다.
내가 가본 대부분의 섬은 한가운데 높은 봉우리가 있고 갯벌과 접한

바닷가에 약간의 논과 밭이 있어 사람들이 살기에는 척박해 보이는 곳이 대부분이다. 그런데 이곳은 눈에 띄는 봉우리가 없고 있어봐야 야트막한 능선 정도이고 대부분이 평야로 이루어진 섬이다.

시인 노향림은 압해도를 주제로 연작시를 발표했고 압해도에는 노향림 시비가 있는데 섬 지방 유일한 시비라고 한다.

육지에서 가깝다고는 하나, 이곳도 역시 바다 한가운데에 자리한 어엿한 '섬'이다. 육지와 섬을 이어주는 해안도로를 지나는데 바다 목장이라 불리는 양식장 임을 표시하는 나무 꼬챙이들이 마치 바다에 침을 놓은 듯 꽂혀 있고, 작은 낚싯배들이 분주히 오가는 모습도 눈에 들어온다. 어머님은 평생을 압해도에서 나고 자란 남편을 만나 섬에 정착해 오랜 세월 살아오신 탓에 신안의 특산물에 자긍심이 상당하시다. 특히 신안 낙지에 대해서는 더 유별나신 듯하다.

나는 무안이 낙지로 가장 유명한 곳인 줄 알았는데, 어머님의 말씀에 따르면 낙지는 신안 낙지가 최고이고 오히려 무안 낙지 몇 개에 비싼 신안 낙지 한두 개 섞어서 파는 정도라고 하신다. 그 이유가 신안 낙지는 타지역의 낙지와 비교해 살이 부드럽고 고소해서라고 한다. 그러면서 어머님이 손수 잡은 세발낙지를 자랑하셨는데, 여기서 짚고 넘어갈 점은 세발낙지의 '세細'는 '가늘다'라는

뜻의 한자어라는 점이다. 다리가 가는 세발낙지는 쫄깃한 식감이 일품이다.

신안에서 배를 타고 나가 잡는 세발낙지는 11월이 끝물인데 우리를 위해서 특별히 잡아오신 거다. 12월 초, 찬바람이 불어오면 배를 타고 나가서 잡을 수 없어 갯벌에 나가 잡는다고 한다. 얻기 힘든 세발낙지를 더군다나 값이 제법 나간다는 큼직한 녀석들로 준비를 해놓으셨다.

세발낙지를 먹는 방법은 우리가 흔히 아는 낙지연포탕, 낙지탕탕이와 낙지호롱이다. 연포탕은 낙지의 고유한 맛을 볼 수 있는 음식으로 끓는 물에 낙지를 통째로 넣고 소금 간을 한 뒤 마늘, 쪽파에 참기름, 깨소금만 넣어서 끓인다. 많은 이들이 알다시피 낙지는 강장제로 유명한 타우린이 34퍼센트나 들어있는 타우린 덩어리다. 정약전이 쓴 『자산어보』에는 영양부족으로 일어나지 못하는 소에게 낙지 서너 마리만 먹이면 거뜬히 일어난다는 글귀도 있을 정도다. 연포탕이란 이름은 낙지를 끓일 때 다리가 연꽃처럼 퍼진다 하여 연포탕이

란 이름이 붙었다고 한다.

낙지탕탕이란 이름은 조리하는 방법에서 왔는데 낙지를 칼로 썰지 않고 나무 도마 위에 올려놓고 칼로 내려치는데 이때 '탕탕' 소리가 난다고 해서 붙었단다. '탕탕탕' 계속 내리쳐 잘게 썰어진 낙지를 접시에 올려놓는데 이곳 낙지탕탕이의 특이한 점은 고기 육회를 탕탕이 위에 같이 올린다는 것이다. 여기에 어머니가 직접 재배해 짠, 향이 진한 참기름과 다진 마늘, 다진 생고추를 양념으로 곁들인다. 갓 잡아와 잘게 썬 낙지와 신선한 육회를 양념과 같이 버무려 한 입 넣고 천천히 맛과 향을 음미하며 먹으면 그 맛이 일품이다.

먹을 때 주의할 점은 낙지탕탕이가 아직 꼬물꼬물 살아있고 낙지 다리가 완전히 썰어지지 않고 줄줄이 연결돼 있어, 자칫하다간 낙지 한 마리가 통째로 입안으로 들어갈 수 있다고 한다. 입안에 낙지 다리가 들러붙은 상태에서 몸통이나 다른 다리가 식도로 넘어갈 수 있어 낭패를 당할 수 있으니 아주 조심해야 한다. 하지만 이러한 위험을 무릅쓰고라도 먹어봐야 하는 것이 바로 육회낙지탕탕이다.

　서울에도 꽤 유명한 남도 식당이 많이 있지만 이러한 어머님표 육회탕탕이는 먹어보지 못했다. 다른 곳에서 파는지 잘 모르겠지만 꼭 먹어봐야 하는 남도 음식이다. 마지막으로 화룡점정을 찍은 음식은 낙지호롱이다. 나무젓가락에 세발낙지를 머리부터 통째로 끼워 돌돌 감은 다음 양념장을 발라서 석쇠에 구워 먹는 것이다. 원래는 한 입에 쏙 빼먹는 것이라고 하는데 나는 앞니가 부실해서 다리부터 풀어가며 먹었다.

　돌돌 마는 것도 기술이 필요하다. 나무젓가락 사이에 낙지 머리를 끼우고 돌돌 말아 끝에서 또 한 번 대나무 젓가락 사이에 다리 끝을 끼우면 낙지가 풀리지 않고 한 개의 호롱이 만들어진다. 낙지호롱은 신안 인근 지역의 고유 음식으로 영암의 독천시장에는 수십 개의 낙지 음식점이 밀집해 있다고 한다.

　전라도 지방에 갈 때마다 느끼지만 일반 가정집에서 먹는 음식이 식당에서 먹는 음식과 비교해 맛이며 그 푸짐함이며 꾸밈이 별반 차이가 없다는 점이다. 어머님이 차려주신 음식 또한 그렇다. 어머님을 도와 음식을 같이 차려준 따님도 어머님을 닮은 손맛과 감각을 지녔다. 따님에게 어머님의 상차림이 전승되듯이 아마도 따님의 딸이나 며느리에게 그 손맛이며 차림이 이어질 것이다.

　목포 인근 지역은 예전부터 항구가 발달했고, 비옥한 토양에 해산물까지 풍부한 지역이라 음식문화가 많이 발달했다. 오늘 어머님 덕분에 인정 넘치고 풍요로운 압해도의 음식 문화의 진수를 접할 수 있었고 섬 낙지의 변신과 그에 따른 달라진 맛을 보는 행운도 함께 누렸다.

　나에게 이런 행운이 올 줄 전혀 알지 못했다. 인생이란 건 정말 알다가도 모를 일이고, 한치 앞으로 모른다는 말에 전적으로 동의한다. 진료실에 틀어박혀 갑갑한 일상을 보내게 되는 의사라는 직업이 내키지 않았지만 아버지의 반강제 권유로 의사가 되었는데, 그 의사가 진찰실이나 수술실이 아닌 이렇게 압해도에까지 와서 낙지탕탕이와 호롱이를 먹고 있을 줄이야! 아버지도 아내도 그리고 나 자신조차도 몇 년 전까지만 해도 전혀 예상하지 못한 일이었다.

더욱이 TV조선 방송에도 출연하며 〈엄마의 봄날〉과 함께 의미있는 일에도 동참하고 있으니 그야말로 고맙고 감사한 일이다. 나는 대한민국에서 가장 행복한 의사임에 틀림없다.

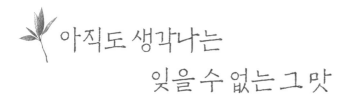

아직도 생각나는
잊을 수 없는 그 맛

| 양양 은어튀김과 대구맑은탕 |

역시 음식은 재료가 맛의 70퍼센트 이상을 차지한다는 그 말이 틀리지 않는다는 걸 다시 한 번 확인할 수 있는 음식이다. 물론 이 음식에는 양양까지 와준 손님들에 대한 부부의 고마움 배인 손맛이 담겨있었기에 더 시원하고 더 구수하고 더 맛있었으리라. 그 어떤 레시피에도 들어있지 않고 연구로도 밝힐 수 없는 손맛이 맛의 감동을 이끌어내는 것이 아닌가 싶다. 이렇게 산지의 싱싱하고 좋은 재료에 어머님의 손맛까지 더해진 음식을 먹게되니 자꾸 입맛만 까다로워지고 맛의 기준이 높아져 걱정이다.

양양을 가로지르는 남대천은 양양 8경에서도 1경으로 꼽힌다. 오대산과 설악산에서 발원하여 동해로 흐르는 강으로 청정수역을 자랑한다. 남대천은 영동 지역 하천 중에 가장 맑고 길어서 무성한 갈대숲에서 백로가 쉬는 풍광을 만날 수 있는 곳으로도 유명하다.

이곳은 어족이 풍부해서 봄에는 황어, 여름에는 은어, 가을철이면 이곳을 떠난 연어가 돌아오는 풍요로운 강이다. 지리적으로 바다와 강의 경계선에 있는 남대천은 우리나라로 돌아오는 연어 70퍼센트 이상이 강을 거슬러 오르는 대표적인 연어 회귀 하천이기도 하다.

오늘 찾아간 어머님 댁에서는 남대천에서 잡히는 은어튀김과 한겨울 별미인 생대구맑은탕을 만들어주셨다. 양양은 처가의 본향이 있는 곳이라 예전에 장인어른께서는 여름철이면 우리 부부와 아이들을 데리고 자주 간 곳이다. 그 당시만 하더라도 남대천은 거의 사람들의 손을 타지 않은 곳이라 차를 타고 강 상류로 올라가서 아이들은 물놀이하고 어른들은 장인어른의 어릴적 친구들이 천렵하여 잡은 민물 생선으로 매운탕을 끓여 먹곤 했던 추억의 장소다.

오늘 만난 어머님의 남편 역시 천렵을 즐겨하다 보니 자주 눈치를 받곤 하셨단다. 하지만 오늘은 아내 앞에서 은어를 당당히 펼쳐 놓았고 그 덕분에 나는 고소하면서 맛있는 은어를 대접받게 되었다. 지금은 은어 철이 아니라 무슨 은어일까 궁금했는데 지난 여름에 잡은 은어를 냉동시켜 두었던 것이라 한다. 덕분에 제철이 아닌 한겨울에 튀김으로 먹을 수 있는 이색 별미이다.

은어는 다른 은어가 자기 영역을 침범하면 쫓아내는 습성이 있어 이 때문에 은어 낚시를 할 때도 또 다른 은어(씨은어)를 낚싯바늘에 끼워 미끼로 사용한다. 일명 홀치기라 해서 암놈 은어를 미끼로 달아놓으면 수놈 은어들이 암놈을 툭 치고 가는데 그때 옆에 있는 바늘이 수놈 은어를 잡는다고 한다. 예전에도 이런 비슷한 얘기를 들은 적이 있는데 전라도 지방에서 홍어를 잡다 보면 암놈 홍어에 수놈들이 주렁주렁 달려온다고 한다. 예나 지금이나, 사람이나 짐승이나 여색에 홀리면 몸 상하고 목숨까지 잃을 수도 있는 건 모두 똑같은 모양이다.

　고소하고 담백한 맛을 자랑하는 은어는 밀가루 옷을 입혀 튀기면 되기에 간단하게 만들어 먹을 수 있는 고단백 음식이다. 다 튀겨진 은어는 튀김의 고소한 맛과 미리 간한 제피 맛이 더해져서 비린내가 전혀 나지 않는다. 머리부터 꼬리까지 그냥 씹어먹으라고 하는데 그럴 용기는 없고 살만 살살 발라 먹어보니 뼈만 남았다. 한가운데 실가시들이 은어갈비라 해서 가장 맛있는 부위라고 한다. 은어갈비라는 말에 한 번 씹어보니 정말 뼈 안에서 갈비의 향이 느껴지는 것 같다. 어머님은 뼈에 칼슘이 많이 있으니 꼭꼭 씹어먹으라고 하신다. 어머님의 그 말이 자식 걱정하던 나의 어머니가 예전에 하던 말과 너

무 똑같아 은어갈비를 뜯다 말고 가슴이 먹먹해진다.

한겨울의 동해안은 여러 생선이 많이 잡힌다. 10월부터 12월까지는 양미리와 도루묵이 한철이고, 이 시기가 지나면 요즘 한참 주가를 올리는 곰치가 올라온다. 참복과인 밀복도 한겨울에 잡히고 장호, 고성까지 올라온다. 그리고 이 녀석들과 더불어 겨울철 풍년인 대구를 빼놓을 수 없는데 대구도 겨울에 더 맛있는 생선으로 손꼽힌다. 같은 대구과에 속하는 명태와 함께 우리나라에서 식용으로 인기가 높은데 명태와 비교해서도 먹성이 월등하게 좋은 대구는 몸집도 커서 한 마리만 요리해도 그 양이 푸짐하다. 한겨울 주문진항에서는 생물 대구를 쉽게 볼 수 있다. 새벽에 잡아온 대구를 경매로 파는데, 남은 대구는 선장의 아내들이 좌판을 벌여서 판다.

서울 시장에서 볼 수 있는 작은 대구가 아니라 큰 몸집을 자랑하는 대구를 싸게 살 수도 있다. 그래서 바다가 있는 지역에 오면 수산시장을 들러 보는 것도 소소한 재미이자 그 지역에서 잘 잡히는 수산물을 싸게 살 수 있는 팁이 되기도 한다. 지금은 언제 어디서나 쉽게 먹을 수 있는 대구지만 한동안은 잡히지 않아 꽤 귀한 생선이었던 것으로 기억한다.

어머님은 대구맑은탕도 준비해주셨다. 대구는 동해안의 겨울 생선으로 입이 크다해서 '큰 입'을 뜻하는 이름이 붙었다. 대구는 비린 맛이 없고 살이 푸짐하지만, 살이 연하다 보니 회로 먹기는 힘들다. 어렸을 적 내 기억 속에 대구는 제사상에 어쩌다 오르는 제사 전용 생선이었다. 대구전은 담백하고 고소해서 전 중에서 제일 좋아하는 음식이었고, 어른이 되어 식당 드나들 때부터는 횟집에서 탕으로나 만날 수 있었다.

아버님이 큰 대구를 통 크게 듬성듬성 썰고 알과 내장을 분리하신다. 그리고 장작불로 이미 뜨겁게 끓인 가마솥에 무와 채소를 넣어 육수를 우려낸 후 손질한 대구를 집어넣는다. 이게 요리법의 전부다. 양념도 없고, 간도 없이 생선 자체의 맛으로 먹는 대구맑은탕이다. 가마솥에서 끓고 있는 탕을 보면서 이게 무슨 맛일까 했는데 뜨거운 국물을 호호 불어 한 입 먹는 순간, 양념이 들어간 것보다도 훨씬 담백하고 시원하다.

맛에 홀려 내 입안 천장이 다 데일 정도로 뜨거운 국물이었는데도 뜨겁다가 아닌 시원하다는 표현이 나올 정도다. 대구의 담백하고 시원한 맛이 전해진다. 그 맛에 취해 가마솥에 팔팔 끓는 중에도 국자로 연신 국물을 들이 삼키는데 비린 맛 또한 전혀 없다.

대구는 살뿐만 아니라 간, 내장도 먹을 수 있는데, 대구간은 3대 음식이라는 거위간이나 아귀간과 별 차이 없이 고소하고 녹진녹진한 맛이 느껴진다. 대구 위장은 약간 질긴듯한데 비리지 않고 씹는 감이 좋다. 이러한 씹는 식감 때문일까. 아버님이 대구 위장은 꼭 먹어야 한다고 당부하신다.

그리고 드디어 오늘의 주인공인 큰 대구의 살을 맛볼 차례다. 큼직한 살덩어리는 내가 아는 그 대구살이 아니다. 생물의 육질답게 수

분을 듬뿍 머금다 보니, 살만 있는 육질의 특징인 텁텁함이나 질김
이 없이 입안에 넣자마자 스르르 녹는 듯 삼켜졌다. 살이 연해서 쉽
게 부서지는 면도 있겠지만 이 또한 생물 대구의 육질 맛이리라. 결
따라 분리되는 생선 살을 먹는 재미도 느낄 수 있다.

　역시 음식은 재료가 맛의 70퍼센트 이상을 차지한다는 그 말이 틀
리지 않는다는 걸 다시 한번 확인하는 식사 시간이었다. 물론 이 음
식에는 양양까지 와준 손님들에 대한 부부의 고마움 배인 손맛이 담
겨있기에 더 시원하고 더 구수하고 더 맛있었으리라. 그 어떤 레시
피에도 들어있지 않고 연구로도 밝힐 수 없는 손맛이 맛의 감동을 이
끌어내는 것이 아닌가 싶다.

　이렇게 산지의 싱싱하고 좋은 재료에 어머님의 손맛까지 더해진

음식을 먹으니 자꾸 입맛만 까다로워지고 맛의 기준이 높아져 걱정이다. 동일한 재료와 같은 양념으로 아내가 정성들여 요리를 해도 어머님들이 해준 그 맛이 도통 나질 않는다. 빈말은 하지 못하는 성격이라 만드느라 애쓴 아내 앞에서 난감하기만 하다. 식당엘 가도 마찬가진데 그도 그럴 것이 지금까지 전국 각지 200곳이 훨씬 넘는 지역을 다니며, 어머님들이 준비한 최소 1,000가지가 넘는 맛있는 요리를 먹었으니 이제 어지간히 맛있지 않으면 내 입과 마음이 감동하지 않는다.

요리라고는 라면도 제대로 끓이지 못하면서 입맛만 높아져서 큰일이다. 오늘 먹은 대구탕도 집에 돌아가면 반드시 생각날 텐데 이 맛을 어디 가서 찾을지 걱정이다.

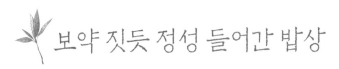

보약 짓듯 정성 들어간 밥상

| 대전 늙은호박죽 |

늙은 호박은 죽이든 전이든 일단 단단한 껍질을 벗기는 일부터가 힘이 보통 들어가는 작업이 아니다. 자르고 파내는 수고로움에 시간과 노력이 들어가야만 비로소 완성이 되는 사랑의 음식이다. 몇십 년 만에 보는 둥근 양은밥상 위에 죽과 전과 나박김치뿐인 소박한 음식이지만 어느 고급식당의 값비싼 메뉴보다 상다리 부러지게 차린 산해진미보다 훨씬 더 맛있고 귀하고 감사하다. 맛도 맛이지만 이 음식들에 들어간 어머님의 정성과 집에 온 손님, 뭐라도 대접하려는 어머님의 따뜻한 마음을 잘 알기 때문이다. 영양 듬뿍, 맛도 일품인 늙은 호박으로 만든 음식을 먹고 나니, 온몸에 따뜻한 기운이 퍼지는 듯하다.

평생 논과 밭을 생계 삼아 살아온 이는 어부가 되어야 했다. 부모님이 생각나면 가볍게 음식을 차려 소풍 가듯 찾던 묘소와 집이 있던 그곳은 섬이 되어 배를 타야만 갈 수 있게 됐다. 북에 사는 실향민조차도 돌아갈 곳이 있지만, 이곳의 사람들은 꿈에서밖에 고향집을 볼 수가 없게 되었다.

대청호는 1980년에 완공된 중부지역 최대의 인공 호수로 그 당시 행정구역이었던 대덕군현 대전광역시과 청원군현 청주시의 이름을 따 만들었다. 대청호로 고향 땅을 잃어버린 실향민의 아픔을 품은 대청호에는 이제 호수 변을 따라 멋진 드라이브를 즐기는 외지인들의 발길만이 분주하다.

어머님도 지금은 대청호라 불리는, 호수에 잠겨버린 물속 마을에서 농사를 짓고 살았다고 한다. 어느 날 정부 정책으로 마을과 전답이 수몰되었다. 삶의 터전을 잃고 쫓겨나듯 그곳을 나왔다. 집 뒤의 뒷산에 힘들게 일군 텃밭과 이별하고 몇 킬로미터 떨어진 곳으로 이주해 새로 집을 짓고 살았다. 하루아침에 땅을 잃어버린 농부는 무엇을 하고 살아야 할까 고민하다가 이웃들을 따라 붕어잡이도 했다고 한다. 하지만 평생 농사만 짓고 살던 이가 하루아침에 어부가 될 수는 없었다. 그때 아버님 나이 쉰이 다 되어서였을 때다.

부부가 결국 선택한 일은 호숫가 너머로 보이는 산 밑의 밭을 터전 삼아 다시 밭농사를 시작하는 것이었다. 차도 없는 부부는 대청호수를 따라 몇 시간을 걸어 밭을 다녔는데 그 시간이 길고 너무 고

되어 어느 날 궁리한 것이 배를 젓는 일이었다고 한다. 집에서 1.5킬로미터 정도 노를 들고 걸어 나와 대청호 전망대 아래에 정박해둔 나룻배를 타고 건너면 그 앞이 바로 밭이다.

나이 오십이 지나 나룻배를 타기 시작했던 부부는 30년이 훨씬 넘은 지금까지 매일, 하루에도 몇 번씩 노를 저어 호수를 가로질러야 했다. 수확한 농작물이 무게 중심을 잃고 배에서 떨어져 물에 빠진 적도 몇 번, 그렇게 어선이 아닌 농선은 부부와 함께 나이가 들었다.

어머님의 남편은 이제 아흔이 됐다. 고령에 텃밭을 가꾸는 일도 힘들 텐데, 배까지 타고 가서 농사를 지어야 하니 고생이 이만저만이 아니다. 고된 일로 몸까지 상하시고 기력이 쇠해져 그런 남편을 지켜보는 아내의 마음은 편치가 않았다. 요즘 들어 소화력도 약해져 자꾸 누워만 있으려고 하는 남편의 건강을 위해 어머님이 마련한 음식이 늙은호박죽이다.

늙은 호박은 10월인 늦가을에 채취해 채소가 궁핍한 한겨울에 비타민과 미네랄을 공급하는 최고의 재료다. 열량이 적고 단백질과 식이섬유소가 풍부한 데다가 소화 흡수가 잘 되어 당뇨병뿐만 아니라 다이어트, 스트레스가 많은 사람에게도 좋다고 한다. 항산화 성분이 있어 피로 해소나 면역력을 높이는 데에도 도움이 된다. 특히 호박의 펙틴이라는 성분이 이뇨 작용을 도와 출산 후 붓기로 몸이 푸석할 때, 출산 후 몸조리할 때, 부종 제거를 할 때 많이 먹는다. 나의 아내도 출산 후에는 늙은 호박을 갈아 마시곤 했다. 게다가 많은 여성의 고민인 변비 치료에도 좋다고 하는데 채소에 풍부한 식이섬유소 때문일 것이다.

이뿐만 아니라 혈관과 심장에도 좋다고 하는데 어쩌면 이것이 우리 어머님이 남편을 위해 늙은 호박 음식을 만드는 이유일 것이다. 크고 무거워서 손질하기 엄두가 잘 나지 않는 늙은 호박은 여러 번 조각내어 껍질을 깎아내야 하는데, 껍질이 두껍고 딱딱하기 때문에 껍질은 놔두고 단단한 속살을 이용한다. 요즘 젊은 사람들이야 전자레인지나 오븐을 이용해 좀 더 편하게 요리할 수 있겠지만 86세인 어머님은 옛날 방식 그대로다.

촬영하기 위해 어머님 집에 도착하니 미리 준비한 늙은호박죽이 가마솥에서 끓고 있는지 김이 모락모락 난다. 늙은 호박 속을 삶고 여기에 갈아놓은 찹쌀을 넣어 만드는데, 찹쌀을 넣는 이유는 풀기를 만들기 위해서라고 한다. 또 하나 특징은 팥을 약간 갈아넣는데 그 이유를 물어보니 팥이 조금 들어가면 맛이 좋아서라고 하신다. 하지만 문헌에서 찾아보면 "팥과 같이 먹으면 비타민 B1을 보충하기 때문에 영양학적으로도 더욱 좋다"고 나와 있다. 그리고 보니 우리 어머님은 이미 몸으로 과학을 터득하신 것이다.

뜨끈한 호박죽 한 대접을 마주하고 밥상 앞에 앉았는데 특이하게 굵은 소금이 놓여있다. 맛소

금도 아니고 굵은 소금이라니, 용도를 물으니 호박죽에 넣어 먹는 거라고 한다. 설마 하며 소금을 약간 넣어 보니 은은한 단맛이 훨씬 달게 느껴졌다. 예전 어떤 책에서 소금이 단맛을 더 끌어 올린다고 한 글을 본 적이 있는데, 이게 그 뜻이었구나 싶다.

이번에는 호박전이다. 호박의 주황빛 속살을 잘게 채 썰어 밀가루 반죽에 넣고 미나리 잎을 따서 같이 버무린다. 뜨거워진 프라이팬 위에 식용유와 들기름을 함께 넣어 부치니 고소하고 진한 들기름향이 침샘을 자극한다. 고소한 향이 온 집안에 진동한다. 신현준씨가 "어머니 들기름 향이 너무 고소해요" 하고 물으니, 어머님이 호수 건너 밭에서 직접 재배한 들깨로 내린 기름이라고 한다. 계절이 몇 번 바뀔 때까지 몇 번이고 배를 타고 오가며 정성 들여 키워서 짰을 들기름을 보니, 기름이 아니라 약으로 보인다.

옆에 앉은 신현준 씨가 들기름에 불포화지방산이 많아 성인병 예방에 도움이 된다며 맛나게 한 숟갈을 따라 먹는다. 몸 생각하는 것은 일등인 신현준 씨는 이런 자연산 유기농 들기름은 구하기도 힘든 데다가 집에서 짠 들기름을 먹을 기회가 많지 않다며 입맛을 다신다. 내게도 "한 번 먹어봐요" 하면서 계속 수저를 빨더니 결국 어머님이 주시는 한 숟갈로는 모자란지 몇 번이나 더 먹는다. 기름이 아니라

약이라는 말을 하며 맛깔스럽게 먹으면서 권하길래 그 맛이 궁금해서 한 수저 받아 먹어보니, 고소하기는 하지만 역시 기름은 기름인지라 더 먹을 자신은 없다.

어머님의 밭이 호수 건너에 있다 보니 재배한 작물이 들짐승의 밥이 될 때가 많다고 한다. 그도 그럴 것이 사람 발길이 수시로 닿지 않으니 동물들의 차지가 되는 건 당연지사일 것이다. 올해도 멧돼지가 전부 파헤쳐 애써 지은 농사 작황이 좋지 않다고 한다.

들기름을 프라이팬에 두르며 연신 "이 들기름을 짜는 것도 올해가 마지막이야. 이젠 힘들어 못 하겠어" 하시길래 그런 말씀 마시라고 하니 빙그레 웃으신다. 실은 이미 수년 전부터 어머님이 계속 해왔던 말이지만 여태 지키지 못해 올해도 하고 말았다며, 내년에도 이 말을 지킬 수 있을지 모르겠다고 하신다.

늙은 호박전은 호박채의 숨이 그대로 살아있어 씹을 때마다 아삭아삭 씹는 느낌이 좋다. "아직 완전히 익지 않아 맛이 덜하다"고 어머님은 아쉬운 듯 말씀하지만 늙은 호박의 식감이 살아있는, 조금 덜 익은 호박전이 내 입에는 딱 맞는다. 뜨거운 호박전을 입에 넣는다. 호호 불다가 살얼음 동동 뜬 미나리 나박김치를 떠서 입에 넣으니 호박전의 단맛과 들기름의 고소한 맛에 물김치의 상큼함과 시원함이 보태져 씹힘의 맛, 냄새의 맛, 혀에 닿는 맛, 넘길 때의 맛이 다양하게 총동원된다. 뜨끈한 노란 호박죽과 아삭한 식감이 일품인 호박전, 참으로 별미다.

왜 못생긴 사람을 지칭할 때 호박이라고 했을까? 애호박은 애호박 대로 채소 중에 빠지지 않는 모습이고, 늙은 호박도 빛깔이며 생김이 넉넉하고 푸근해 보이기만 하는데 내 눈에만 그런걸까? 아마도 시골에 가면 어디서나 쉽게 볼 수 있는, 그래서 너무 흔하기에 만만해 보여서 그런 것이 아닐까 싶다. 늙은 호박이 겨울철 건강 지킴이로서 이렇듯 중요한 겨울 식재료라는 사실도 알았으니 더는 호박이 무시당하지 않았으면 좋겠다.

호박에 줄 긋는다고 수박 되냐는 말이 있는데 굳이 호박이 수박이 될 이유는 없을 것 같다. 여름 한 철 과일로써 제 역할을 다하는 수박보다는 사시사철 주요 식재료이자 끼니와 간식으로서 영양을 선사하는 호박이 색깔로 보나 모양새로 보나 한 수 위 형님이 틀림없으니 말이다.

늙은 호박은 죽이든 전이든 일단 단단한 껍질을 벗기는 일부터가 보통 힘이 들어가는 작업이 아니다. 자르고 파내는 수고로움에 시간과 노력이 들어가야만 비로소 완성이 되는 사랑의 음식이다.

몇십 년 만에 보는 둥근 양은밥상 위에 비록 죽과 전과 나박김치뿐인 소박한 음식이지만 어느 고급식당의 값비싼 메뉴보다 상다리 부러지게 차린 산해진미보다 훨씬 더 맛있고 귀하고 감사하다. 맛도 맛이지만 이 음식들에 들어간 어머님의 정성과 집에 온 손님, 뭐라도 대접하려는 어머님의 따뜻한 마음을 잘 알기 때문이다. 영양 듬뿍, 맛도 일품인 늙은 호박으로 만든 음식을 먹고 나니, 온몸에 따뜻한 기운이 퍼지는 듯하다.

　서울 가면 가끔 생각날 맛이다. 각박한 도시 일상에 지쳤을 때, 한 겨울 매서운 바람에 잔뜩 움츠러들 때, 또는 위로와 안식이 필요하다 싶은 그런 날에 어머님의 호박죽 한 그릇이 무척 생각날 것 같다.

봄꿈을 꾸는 겨울 달래

오늘 어머님이 해준 달래무침은 약간 다른 맛이다. 그리고 그 맛의 차이는 바로 산지에서 캐서 바로 무친 데서 찾을 수 있다. 흙에서 바로 캐온 달래를 씻어 간장과 식초로 살짝 버무린 달래무침의 첫맛은 지금까지 먹어본 달래와는 다르다. 아리고 쓰린 달래의 고유의 맛이 어쩐 일인지 전혀 느껴지지 않는다. 약간 달짝지근하다고 느끼는 찰나, 달래의 그 아린 맛이 목젖을 타고 넘는 신비한 맛이다. 원래 달래는 볼록한 부분이 매운 법인데 그런 맛은 전혀 느껴지지 않고 달래 풍미만 입안에 가득하다.

내 기억 속에 달래는 어린 시절부터 흔히 먹던 채소였다. 매년 봄만 되면 어머니는 달래를 넣은 된장찌개를 보글보글 끓여 상에 올렸다. 숟가락으로 찌개를 뜨면 달래가 몇 가닥씩 올라왔는데 된장의 고정 멤버인 호박, 감자, 두부와 달리 생긴 모습도 낯설고 맛도 알싸하여 그다지 좋아하지 않았다. 사실 어른들은 별미로 많이 먹는 그러한 채소지만 어렸을 때 먹는 달래는 썩 입맛을 당기는 그런 맛은 아니었고 지금에서야 조금씩 달래 맛을 알아가고 있는 중이다. 가끔 따끈한 밥에 달래 양념간장을 넣어 비벼 먹거나 구운 김에 밥을 싸서 달래간장에 찍어먹거나 또는 달래무침으로 또 어떤 날은 아내가 끓여준 된장찌개를 통해 달래 맛과 친해지고 있는 중이다.

달래는 어느 텃밭에서나 쉽게 기를 수 있고 어디서나 볼 수 있다고 생각했는데 그렇지 않다는 걸 오늘 처음 알았다. 우선 달래를 재배하기 위해선 날씨가 중요하다. 기후가 따뜻한 남쪽의 토양에서는 자라지 못하고 약간 서늘한 곳에서 자라기 때문에 봄에는 햇볕이 잘 들고 여름에는 그늘이 지는 곳이 적당하다. 이런 기후를 가지고 있는 곳이 바로 충남 서산이다.

달래는 봄에 주아를 심고 가을이 되어야 싹이 돋아난다. 눈으로 보기에는 달래 농사가 쉬운 일처럼 보이지만 그야말로 1년 내내 내 자식 키우는 듯이 아끼고 보살펴줘야 하는 손이 많이 가는 일이다. 그만큼 품질 좋은 달래를 재배하기 위해서는 정성을 쏟아야 한다. 3월에 씨를 뿌리면 한동안 땅속에 있다가 여름이 지나 나오기 시작해 11

월은 되어야 수확할 수 있다.

　달래를 재배하는 농가에 왔으니 달래의 맛을 보는 건 당연지사. 그런데 오늘 어머님이 해준 달래무침은 약간 다른 맛이다. 그리고 그 맛의 차이는 바로 산지에서 캐서 바로 무친 데서 찾을 수 있다. 흙에서 바로 캐온 달래를 씻어 간장과 식초로 살짝 버무린 달래무침의 첫 맛은 지금까지 먹어본 달래와는 다르다.

　아리고 쓰린 달래의 고유의 맛이 어쩐 일인지 전혀 느껴지지 않고 약간 달짝지근하다고 느끼는 찰나, 달래의 그 아린 맛이 목젖을 타고 넘는 신비한 맛이다. 원래 달래는 볼록한 부분이 매운 법인데 그런 맛은 전혀 느껴지지 않고 달래의 풍미만 입안에 가득하다. 여기에 어머니가 준비한 돼지수육을 달래와 함께 먹어보니 돼지 비계의 느끼한 맛이 사라졌다. 이러한 맛 때문일까. 돼지수육을 달래와 함

께 먹으면 평소보다 두 배를
더 먹게 된다는 어머님의 말
씀에 고개가 끄덕여진다.

달래무침과 달래 수육의 뒤
를 이어 달래로 만든 또 다른
요리는 바로 달래부침개다. 달래를 넣어 만든 달래부침개는 오징어
를 작게 썰어 넣어 계란과 밀가루를 곱게 반죽하여 만들었는데 달래
가 있는지 없는지 보이지 않으면서 달래향이 느껴지는 오묘한 맛이
다.

노릇노릇하고 바삭한 맛과 달래향까지 얹어지니 입에 들어가기 전
부터 침샘이 고인다. 비 오는 날 생각나는 부침개에 달래가 더해지
니 코끝으로 전해지는 달래의 향에 먼저 취해버려 함께 먹는 막걸리
는 취하지 않을 듯싶다.

이렇게 좋은 향으로 건강까지 챙겨주는 달래. 더욱이 달래를 캘 때
매운 향 때문인지 눈이 맵고 벌개지며 눈물이 나는데, 이 아린 것 때
문에 달래 재배하는 사람들은 시력이 좋다고 한다. 그리고 보니 어
머님, 집 식구들 중에서도 어머님을 비롯해 아버님, 아드님들까지 안
경 쓴 사람이 없다. 믿어야 할지 말아야 할지. 안과 의사 동료를 만
나면 달래가 눈에 그렇게 좋은지 한 번 물어봐야겠다.

하지만 의학적으로는 정확한 자료가 없을지 몰라도 어머님 가족 모
두가 이렇게 눈이 건강한 건 달래와 함께 하고 늘 달래를 드시기 때문

아닐까! 그리고 남편과 매일 함께 붙어 달래를 재배하면서 서로 알콩
달콩한 행복을 만끽하고 계시니 허리는 불편할지라도 얼굴 표정에서
는 건강함과 행복함이 묻어난다.

　날씨가 추워질 때면 입맛이 없어지곤 한다. 그럴 때 겨울철 입맛
까지 돋궈주는 달래가 생각날 것 같다. 그리고 나에게 달래 재배를
못한다며 구박했던 어머님의 귀여운 잔소리도 귓가에 맴돌 듯하다.

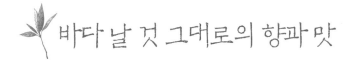

바다 날 것 그대로의 향과 맛

이 태안 감태 이

겨울 바다의 낭만은 꼭 부서지는 파도와 백사장에만 있는 것은 아닌 것 같다. 바다와 갯벌을 날것 그대로 입안에 넣는 맛. 나이 들어서의 낭만은 바로 이런 순간이 아닌가 싶다. 오늘 태안은 예전 겨울 바다의 감동을 다시 일깨워주었다. 이번 주에는 시장에서 감태김을 사다가 집에서 바다향 폴폴 날리며 겨울 바다의 낭만을 만끽해봐야겠다.

학창시절 나에게 겨울 바다는 청춘 영화 속 한 장면 같은 곳이었다. 아무도 없는 백사장에서 나홀로 하얗게 부서지는 파도를 바라보는 상상만으로도 숨이 막힐 듯한 감동의 공간이었다. 이는 아마 당시 인기였던 최인호 작가 때문인 듯하다. 철이 들기 전 읽었던 『바보들의 행진』이나, 나중에 이름이 바뀐 『우리들의 시대』는 당시 공부에 지친 고교 얄개들의 상상 속 겨울 바다를 환상의 바다로 만들기에 충분했다.

조금 나이 들어 찾아간 겨울 바다는 바람만 불고 추워서 도저히 잠시 서있기도 힘든 얼른 벗어나고픈 곳이었다. 아마도 그 당시는 의대 공부에 쫓겨 정서적으로 메마른 상태에서 낭만은커녕 치열한 전

마음까지 따뜻해지는 겨울 밥상   303

투를 치르는 중이라 바다 같은 건 안중에 없었는지도 모른다.

학창시절에 꿈꾸던 환상의 바다와 이십대 시절 마주한 현실의 바다를 지나 또 다른 바다를 발견한 건 불과 얼마 되지 않는다. 병원 일 쉬는 토요일이나 일요일 아내와 함께 드라이브를 하면서 찾아간 겨울 바다는 생명이 솟아오르는 곳이었다. 조금 일찍 작은 포구를 찾으면 어판장에서 경매를 하고 남은 생선을 파는 선장의 아내들 앞에 펄떡이는 생선들이 있었다. 특히 겨울에는 생선 종류도 더 많고 싱싱해서 몇 마리 사기도 하고, 근처에 있는 작은 횟집에 부탁해 막회로 먹기도 했다. 그 동네에서만 먹을 수 있는 생물 생선요리는 새로운 한 주를 활기차게 맞이할 수 있게 만드는 원동력이 되어주었다.

오늘은 태안에서의 촬영이 잡혔다. 겨울 바다를 볼 수 있단 생각에 아이처럼 설렌다. 서해안고속도로가 뚫리기 전만 해도 이곳에 오려면 국도를 타고 구불구불 와야 했고 육로가 험하면 인천 연안부두에서 배를 타고 와야 했다. 동해로 가는 영동 고속도로가 생기기 전까지는 만리포는 서울 사람들이 가장 많이 찾는 여름 해수욕장이었고, 내가 다니던 고등학교엔 만리포에 학교 휴양소가 있어 여름 방학마다 꼭 찾는 곳이었다.

이곳 태안에는 겨울 한철에만 나오는 진귀한 특산품이 있다. 감태란 해조류가 바로 그것으로, 파래 비슷하기도 하고 요즘 한참 인기인 매생이와도 비슷해 처음 보면 뭐가 뭔지 알기 어렵다. 하지만 가만히 보면 셋의 생김이 조금 다름을 알 수 있다. 매생이는 마치 어린

아이의 배냇머리처럼 가늘고 결이 곱다. 감태는 그보다는 조금 굵은 질감을 가지고 있고 색도 더 밝은 편이다. 파래는 셋 중에 가장 굵고 거칠다. 생산되는 곳도 달라 매생이는 이쪽 서해에서는 전혀 볼 수 없다고 한다.

특히 감태는 양식이 되지 않아 자연산만 나오는 청정식품이라고 하는데 날이 푹해지면 머리가 세듯 하얗게 변해 11월부터 3월까지만 수확이 된다고 한다. 파래 매생이와는 채취하는 방법이 달라 표현하는 말도 다른데 이곳에서는 감태를 '맨다'라는 표현을 쓴다. 이는 호미로 풀 따위를 매듯 갯벌을 헤집으며 채취하기 때문이란다. 매생이는 김양식 줄이나 바위에 붙어 서식하는 것을 손으로 훑어내 거두기 때문에 '훑는다'라고 하고 파래는 굵고 질겨서 '뜬다'고 표현한다.

생김이 다른 만큼 먹는 법도 다른데 파래는 초무침으로 먹는 것이 보편적이고, 매생이는 너무 얇아서 무치면 곤죽이 돼 전이나 국으로 먹는다. 파래는 너무 익숙하고 매생이는 유행을 탄 건지 서울에서도 국이며 칼국수, 죽 등에 매생이가 들어간 것들을 쉽게 접할 수 있다. 특히 매생이국은 입천장을 데일 뻔한 적이 한두 번이 아니라 확실히 각인이 됐다. 나중에 알고 보니 매생이는 끓여도 김이 안 나지 않아 먹을 때 조심해야 된다고 한다. '미운 사위에게 매생이국 끓여준다'는 말이 있을 정도라니 입천장 데인 건 나만의 얘기는 아닌가 보다.

감태도 매생이보다는 조금 굵은 질감을 가지고 있기는 하지만 다른 방법으로 조리하기엔 무리가 있나 보다. 감태 역시 전을 부쳐 먹거나 김같이 종잇장처럼 만들어 말려 먹는 방법 말고는 특별한 조리법이 없다. 하지만 감태김마저도 만들기 수월하지는 않단다. 보통 김은 공장에서 기계를 이용해 대량으로 만드는데 감태는 가늘고 길어 뭉쳐버리기 때문에 일일이 수작업을 해야 한다.

어머님 댁에 도착하니 감태김 뜨는 작업이 한창이다. 깨끗하게 씻은 감태를 물에 풀어두고 김밥 쌀 때 쓰는 대나무 김발을 물에 띄우는데, 위에 나무틀을 얹으니 대나무발 사이로 물이 올라온다. 그 위

에 한 움큼 감태를 올려 손등으로 고루고루 펴는 작업을 한다. 너무 많으면 감태가 몰려 맛이 쓰고 질겨지고, 너무 얇으면 맛이 없어 여간 신경 쓰이는 작업이 아니란다. 손가락으로 하면 감태덩어리가 몰리기 때문에 손등으로 살살 펴줘야 하고 가끔씩 한곳에 몰려있으면 손가락으로 살짝 펴주는데 오랜 경력의 어머님의 손놀림이 마치 경쾌한 음악에 맞춘 손 유희를 보는 듯하다.

얇게 잘 편 감태는 햇볕에 한나절 말리는데 요즘은 미세먼지 때문에 비닐하우스에서 말린다고 한다. 이렇게 만든 감태김 100장 한 톳이 5만 원 정도. 가뭄인지 폭염 때문인지 올해 감태가 흉년이라 가격이 많이 올랐다고 하는데, 요즘 김 한 톳에 만 원 정도 하는 것을 생각하면 감태가 아니라 금태다. 그래도 만드는 과정에 들어가는 공을 눈으로 직접 보니 비싼 건 아니구나 싶다.

말린 감태는 김처럼 기름을 발라 소금을 쳐서 구워 먹는데, 어머

님이 감태는 꼭 김집에 가서
구워다 먹으라고 하신다. 얇
아서 웬만한 경력의 살림꾼
이 아니면 태워먹기 딱 좋단
다. 감태의 얇기는 입에 넣
어보면 실감할 수 있다. 입
에 넣자마자 솜사탕처럼 혀에서 확 녹아버리는 느낌이다. 맛은 쌉쌀
해 파래와 비슷한데, 가늘어서 씹는 느낌은 없고 우물우물 삼키면 그
걸로 끝이다.

양념해 구운 감태김은 그냥 김처럼 밥에 싸서 먹기도 하고 날 것은
간장을 찍어먹기도 하는데 어머님이 감태를 맛있게 먹는 방법이 있다
며 상을 차려주신다. 제법 잘 여문 꽃게로 담근 간장게장과 서산의 어
리굴젓이 상에 올랐다. 이 두 가지가 감태와는 찰떡궁합이란다.

어머님이 시키는 대로 노란 내장이 꽉 찬 게장 등딱지에 게살을 쭉
짜서 넣고 갓 지은 흰 쌀밥을 비빈 다음, 한 숟가락 떠서 그 위에 감
태를 한 장 올렸다. 입에 한가득 넣으니 감태가 녹아들며 쌉싸름한
향이 입안 가득 퍼지고 그 뒤에 게장의 짭조름하고 달콤함이 배어나
오는데 정말 눈이 스르르 감기는 맛이다. 따로 따로 먹는 것과는 또
다른 맛의 풍미를 느낄 수 있다. 어리굴젓 역시 밥 위에 굴젓 얹고 그
위에 감태 올려 먹으면 겨울철 다른 반찬은 필요가 없겠다 싶다. 밥
한 공기가 눈 깜짝할 새 뚝딱이다.

감태는 밥반찬으로도 좋지만 내 느낌으로는 간식거리나 주전부리로도 손색이 없을 듯하다. 아삭하면서도 짭조름한 것이 그냥 먹어도 맛있고 과자와 같이 먹거나 견과류를 싸서 먹어도 좋을 것 같다. 일본사람들을 보면 이런 특산물을 이용해 다양한 상품으로 만들어 부가가치를 높이는데 이런 점은 우리도 배워야 할 것 같다.

겨울 바다의 낭만은 꼭 부서지는 파도와 백사장에만 있는 것은 아닌 것 같다. 바다와 갯벌을 날것 그대로 입 안에 넣는 맛. 나이 들어서의 낭만은 바로 이런 순간이 아닌가 싶다. 오늘 태안은 예전 겨울 바다의 감동을 다시 일깨워주었다. 이번 주에는 시장에서 감태김을 사다가 집에서 바다향 폴폴 날리며 겨울 바다의 낭만을 만끽해 봐야겠다.

수산물의 보물창고가 열리다

| 완도 감성돔회와 구이 |

전라도에 올 때는 늘 어떤 음식, 어떤 반찬이 있을까 설레고 기대하는 내 속내를 누가 어머님에게 귀띔이라도 해준 걸까? 오늘 완도의 어머님은 수산물의 보물창고를 활짝 열어 남도의 고급지면서도 푸짐하고 다양하면서도 맛깔스러운 한 끼 밥상을 차려주셨다. 감성돔회와 구이, 장어, 한치데침과 멸치조림, 김치, 나물 등등…. 배부른데도 선뜻 수저 내려놓기 정말 아쉬운 밥상이다.

　　서울에서 전라남도 완도까지는 먼 길이기에 새벽 5시 반에 출발했다. 새벽길을 달려 목적지에 도착하니 오전 10시가 조금 지나 있다. 여기서 어머님 댁이 있는 조약도까지 더 가야 한다. 약산면에 속한 조약도는 네 개의 부속 섬으로 이루어졌는데 행정구역상 완도군에 속하지만 실제로 15킬로터나 떨어져 있고 오히려 2킬로미터 거리에 위치한 강진과 가깝다. '도'라고 하여 섬인 줄 알았는데 현재는 강진에서 차를 타고 고금대교를 지나 고금도를 거쳐 약산대교를 통해 연결되어 있다. 섬 아닌 섬이 된 것이다. 제법 역사가 길어 예전 장보고 장군이 청해진을 설치할 때부터 주민이 들어와 정착했다고 한다.

남쪽이라 따뜻할 거라는 기대와는 달리 바다 바람이 여간 세게 맞아주는 게 아니다. 서 있으면 바람에 몸이 휘청거려 한 걸음 떼기조차 힘들 정도다. 겨울바람은 겪어봐야 아는 법인데, 이런 강풍은 살면서 몇 번 느껴보지 못했을 정도로 거세기가 이를 데 없다.

완도는 예전부터 수산물 양식이 유명한 곳으로 '김' 하면 '완도김'이라고 할 정도로 김이 유명했고, 지금은 미역과 다시마가 유명하다. 예부터 섬의 약초와 흑염소는 궁중에 진상될 정도였다고 한다.

그뿐만 아니라 이곳 수역은 따뜻한 난류 덕분에 난류성 어종이 풍부하다. 고등어, 전갱이, 도미, 갈치가 많이 나는 지역으로 알려져 있고, 최근에는 전복과 광어 양식으로 이름이 나 있다. 내가 방문한 날에는 어머님의 아드님이 손수 잡은 감성돔이 밥상에 올려졌다.

돔, 도미는 생선의 왕으로 불릴 만큼 귀한 대접을 받는 생선이다. 횟감으로 많이 찾는 어종 중 광어나 도다리, 농어도 유명하고 제주도의 다금바리도 알아주지만, 생선회 중에서는 도미만 한 것이 없다. 특히 감성돔은 지금의 철이 지나면 산란하고 살이 줄기 때문에 살이 퍼지고 맛도 떨어진다고 한다. 횟집에 가면 도미의 살 위에 껍질이 붙어 나오는데, 껍질이 두껍고 껍질 아래 지방이 분포하기 때문에 살과 껍질을 같이 먹었을 때, 씹는 맛과 고소한 맛이 잘 어우러지기 때문이다.

내가 도착한 날 아침, 미역 양식장에서 잡은 신선한 제철 감성돔과 장어가 만찬의 주인공으로 올라왔다. 이날 만난 어머님 댁 가족은 평생을 섬에서 살아오셨음에도 회를 잘 못먹는다고 한다. 그렇다면 오늘 만찬의 회는 순전히 우리를 위해 준비하신 것이다. 더구나 감성돔 손질도 못하셔서 이곳 완도 회썰기대회 챔피언인 5촌 아재를 초청해 회를 떠 주셨다. 바다에서 바로 건져 올려 힘이 넘치는 감성돔을 그 자리에서 바로 회를 떠서 먹었는데, 그 맛은 지금도 잊을 수가 없다. 살이 단단하고 여물어서 씹는 맛이 일품이다. 더구나 귀하디 귀한 자연산 회로 양식 회에서는 맛보기 힘든 담백함과 지방의 고소함이 고루 어우러져있다.

예전에는 상당히 회를 밝히고 좋아했는데 어느 순간부터는 잘 먹지 않는다. 양식이 많아지면서 지방의 느끼함이 많아진 데다가 약간

의 흙맛이 나는 듯하여 멀리했다. 그런데 이날 먹은 자연산 회는 예전에 좋아했던 그 맛을 다시 일깨워주는 맛이다.

회를 그냥 먹기도 하지만 생배추에 올려 초장을 찍어 먹으니 겨울 배추의 달착지근한 맛과 수분이 감성돔의 맛을 더 높여준다. 생배추에 감성돔회와 함께 장어를 같이 올리고 초장을 약간 찍어 먹으면 그 고소함이 더해진다. 함께 있던 막내 작가가 감성돔회만 먹길래 내가 장어를 같이 넣어 함께 먹어 보라 하니 고개를 꺄우뚱거린다. 그러나 한번 먹고 나더니 엄지손가락을 척하고 들어올린다.

미식가들은 음식 자체의 맛을 챙기기에 회에 초장을 찍어 먹으면 "그게 초장 맛이지 무슨 회 맛이냐", 장어와 같이 넣어 먹으면 "음식 먹는 법을 모른다"라고 말하겠지만 음식이야 내가 좋아하고 내가 맛있는 대로 먹는 거지 무슨 법도가 있을까?

회 뜨기 전 벗겨낸 감성돔 껍질을 끓는 물에 살짝 데쳐서 내왔다. 이 껍질은 너무 익히면 질기고, 덜 익히면 맛이 안 나는 까다로운 조리 과정이 필요하다. 생선은 껍질이 정말로 맛있는 법인데 사실 껍질만 먹기에는 뭔가 비린 듯하기도 하고 보기에도 좋지 않아 젓가락이 잘 가지 않는다. 하지만 도미 껍질은 그런 선입관을 버려야 한다. 두툼한 껍질과 껍질 밑에 살짝 붙어있는 살을 씹는 맛이 일품인데, 신기하게도 씹을 때마다 맛이 바뀌는 재미에 미각이 총동원된다.

처음 씹을 때는 약간 물컹거리는 듯하고 한 번 더 씹으니 껍질에 배어있는 육즙이 나오기 시작하고, 세 번 네 번 씹으니 씹을 때마다 지방의 고소한 맛이 느껴진다. 데친 도미 껍질은 씹을 때마다 전해지는 다양한 맛에 고소함까지 더해지니 이런 음식은 이제까지 먹어본 적이 없다. 껍질은 튀겨 먹어도 맛있을 것 같고, 살과 함께 회로 먹어도 맛있을 것 같았는데 차마 그런 부탁까지는 어려웠다.

상이 차려지기도 전에 회를 뜰 때 옆에서 한 점 두 점 먹다 보니, 막상 상이 다 차려졌을 때는 벌써 배가 불렀다. 그러나 전라도 하면 본 요리보다도 밑반찬이 더 유명하다는 건 알려진 상식. 전날 낚시로 잡은 감성돔구이와 시금치무침, 잔멸치조림, 전라도 김치, 한치 데침이 또다시 식욕을 자극한다. 감성돔구이는 살아있는 놈을 바로 통째로 구웠는데 회로 먹기도 아까운데 구이로 마주하다니 참으로 사치스러운 밥상이다.

생물 감성돔구이는 이제까지 본 적도 먹어본 적도 없다. 회도 물론 맛있지만, 구이는 또 다른 맛의 신세계다. 두툼한 살집을 한 점 떼어 입에 넣으면 담백하면서 고소한 향이 씹을수록 입안에 퍼져 자꾸만 손이  가게 된다. 덕분에 너무 배가 불러 한치데침은 먹어보지도 못했다. 그래도 밥과 멸치조림은 맛보았는데 쌀은 왜 이리 맛있는지 반찬 없이 밥만 먹어도 맛있을 정도로 달고 숨이 살아있다. 잔멸치는 이곳 멸치가 최고라며, 멸치와 같이 잡힌 잔새우를 함께 조린 멸치조림이 나왔는데 이 맛 또한 일품이다.

전라도에 올 때는 늘 어떤 음식, 어떤 반찬이 있을까 설레고 기대하는 내 속내를 누가 어머님에게 귀띔이라도 해준 걸까? 오늘 완도의 어머님은 수산물의 보물창고를 활짝 열어 남도의 고급지면서도 푸짐하고 다양하면서도 맛깔스러운 한 끼 밥상을 차려주셨다. 감성돔회와 구이, 장어, 한치데침과 멸치조림, 김치, 나물 등등…. 배 부른데도 선뜻 수저 내려놓기 정말 아쉬운 밥상이다.

광부의 애환이 담긴 음식

| 삼척 물닭갈비 |

물닭갈비의 시작은 연민에서 비롯되었다고 한다. 탄광 지하 깊은 굴 속에서 온종일 탄가루 마셔가며 일하다 나온 남편들을 위해 만든 음식이기 때문이다. 탄가루로 막히고 텁텁해진 목을 얼큰한 국물로 씻어가도록 해야 하는데, 이를 국물로 해소하기 위해 단백질이 풍부한 닭을 활용해 집에 있는 아내들이 개발한 음식이다. 해장 아닌 해소를 위한 영양가 높은 국물 음식이 바로 물닭갈비였던 것이다.

정선, 태백과 함께 한국의 오지마을로 꼽히는 삼척 도계는 고속도로가 뚫리기 전까지만 해도 여간해서는 오기 힘든 지역이었다. 얼마 전 동해에 이어 삼척까지 연결된 고속도로 덕분에 불과 3시간여 만에 도착했지만 아주 오래전에 왔을 때와 별반 달라지지 않은 모습이다. 입구에서부터 석탄을 실어 나르는 옛 철도가 눈길을 끈다.

중학교 때 사회 교과서에 등장하는 삼척과 동해는 석회로, 소도시인 황지나 도계는 탄광으로 유명한 곳이었다. 물론 산업화를 이끌던 시절만 해도 돈이 도는 잘 나가는 동네라서 지역의 인재들이 삼척으로 모여들기도 했다. 하지만 자원개발이 석탄에서 석유로 바뀌면서부터 도시는 움츠러들었다. 탄광은 상당수 폐광되고 공장은 멈춰서 예전의 영화를 찾기 힘든 곳이 된 지금은 을씨년스러운 마을이 되어 버렸다. 마을을 둘러보다가 문득 예전에 봤던 연극 한 편이 생각난다.

1980년대 탄광촌에서 살아가는 사람들의 삶과 풍경을 담은, 〈아빠 얼굴 예쁘네요〉란 작품인데 그 안에서 펼쳐지는 탄광촌 사람들의 애환과 마음 따뜻한 이야기들이 감동으로 다가왔던 기억이 난다. 집에서는 연탄으로 난방과 취사를 하고 학교에서는 석탄으로 난로를 때던 시절, 위험을 무릅쓰고 탄광에 들어가 작업한 광부들과 그 가족들이 있기에 가능했다는 걸 알려준 작품이기도 했다.

그리고 오늘 연극에서나 봤던 광부를 직접 만났다. 예상했던 대로 방문한 댁의 어머님의 남편 역시 젊으셨을 때는 탄광에서 일했었다고 한다. 대화 중에 가쁜 숨을 몰아쉬고 기침을 내어 뱉는 것이 아마도 젊은 시절 탄광에서 얻은 병 때문이라는 생각이 든다. 이런 남편을 위해 평생을 만들어 먹었다는 귀한 밥상이 차려졌다.

어머님이 준비한 점심은 이름도 생소한 물닭갈비. 닭갈비나 닭갈비찜은 들어도 보고 먹어도 봤지만 '물'자가 들어간 닭갈비라니 생소하다. 물닭갈비는 젊었을 때는 탄광에서, 또 나이 들어서는 연탄 공장에서 일하던 남편을 위해 일주일에 한 번씩은 밥상에 꼭 올렸다는 음식이다.

사실 우리가 잘 알고 있는 춘천 닭갈비는 춘천 인근의 군부대 장병들이나 서민들이 가장 싸고 푸짐하게 먹을 수 있는 닭 요리다. '닭

의 갈비'라는 뜻을 가진 계륵은 삼국지에 나올 만큼 먹을 것도 없고 버리기엔 아까운 부위로, 이러지도 저러지도 못한다는 의미다. 그래서 갈비보다는 퍽퍽해도 양이 많은 닭가슴살을 양념해 볶아낸 것이 춘천 닭갈비다. 그렇다면 물닭갈비는 무엇일까?

사실, 물닭갈비의 시작은 연민에서 비롯되었다고 한다. 탄광 지하 깊은 굴속에서 온종일 탄가루 마셔가며 일하다 나온 남편을 위해 만든 음식이다. 탄가루로 막히고 텁텁해진 목을 얼큰한 국물로 씻어 내려가도록 해야 하는데, 이를 국물로 해소하기 위해 닭을 활용해 집에 있는 아내들이 개발한 음식이다. 해장 아닌 해소를 위한 영양가 높은 국물 음식이 바로 물닭갈비였던 것이다.

닭은 하루 전에 미리 양념해서 고기에 골고루 배게 하고, 닭 육수도 닭뼈를 잘 고아서 기름을 잘 걷어내 막걸리같이 뽀얗게 만들어 놓는다. 커다란 냄비에 미리 양념된 닭을 놓고 그 위에는 계절 채소를 수북이 올려놓는다. 오늘 상에는 부추, 깻잎, 달래가 푸짐하게 올려져 있고, 고구마를 얇고 넓적하게 썰어 넣었다. 한가운데는 어머님의 비법인 고추장 다진 양념이 한 주먹 올려있고 이 위에 닭뼈 육수를 부어놓고 끓이면 끝이다.

육수가 보글보글 끓으면 샤부샤부 먹듯이 채소부터 건져 먹기 시작한다. 여기에 올라가는 채소는 그때 나는 제철 채소가 올라가는데, 초봄에 나오는 냉이가 올라가면 더 좋다고 한다. 오늘 대접받은 물닭갈비의 채소들은 모두 집 뒤의 산에서 채취한 완전 무공해 자연산이다.

보글거리는 국물을 먼저 한 숟갈 떠보니 갑자기 입안이 화하면서 혀가 마비되는 느낌이다. 중국집에서는 혀가 마비된다는 뜻으로 마라를 쓰는데 이 음식이야말로 마라 물닭갈비 같다. 음식은 토종 한국 음식인데 맛은 마치 중국 훠궈를 먹는 느낌이다. 채소도 이미 간이 잘 배어있고 채소의 풍미를 그대로 느낄 수 있다. 잘 익은 닭고기는 질기지 않고 탱탱한데 하루 정도 양념 간을 해서인지 살코기에 간이 아주 잘 배어있다.

먹으면서 혀가 마비되고 속이 확 풀어지기 때문에 남편들은 고된 탄광일을 끝내고 아내가 준비해준 이 물닭갈비와 함께 술 한잔 마시면서 고단한 몸을 달래고 마음도 풀었을 것이다. 물닭갈비는 원래 근처 동네에서 만들어 먹던 음식이었는데 그 맛이 알려져 이쪽 지방을 중심으로 조금씩 식당이 생기고 있다고 한다. 아마 미식가들은 이미 알고 있을 만한 메뉴다.

물닭갈비와 함께 한 새로운 음식은 돼지감자깍두기다. 돼지감자는 당뇨에 좋다고 하여 당이 있는 사람들이 먹는다는 이야기는 들어봤지만, 깍두기처럼 담가 먹는 것은 처음 본다. 씹는 맛은 일반 감자와는 다른 약간 딱딱한 무같은 맛인데 아삭하면서도 초고추장으로

양념해 새콤달콤 한 것도 특이하다.

척박한 삼척 산에서 얼음처럼 굳어버린 땅을 파서 힘겹게 캐어왔을 것이다. 싱싱한 맛에 입이 즐거워 계속 집어먹는데 그 모습을 보며 "대접하는 것이 기분 좋다"며 어머니가 흐뭇하게 웃으신다. 남편의 건강을 위해 만든 어머님표 특허 음식이 눈과 입을 즐겁게 한다.

또 하나 새로운 음식은 산초 두부부침개다. 산 중턱의 집 뒤로 나가면 산초나무가 많다고 하는데 그 산초 열매로 기름을 짜서 부침개용으로 사용한다고 한다. 직접 재배한 콩을 삶아 정성껏 내려 만든 두부에 초록빛이 도는 산초기름을 둘러 부친 것이다. 산초 고유의 향에 취해 한 입 물었는데, 역시 산초로 혀가 얼얼하게 마비되는 느낌이다. 추어탕에 뿌려 먹거나 중국식당에서 먹어봤던 산초를 기름으로 내서 먹는 산초 두부부침개 또한 별미이다. 처음이라 많이 먹지는 못했는데, 젓가락을 놓고 나니 다시 한 번 먹어보고 싶은 중독성 있는 음식이다.

메뉴와 재료도 건강하고 조리법도 특이해 이 훌륭한 음식을 가까운 사람들에게도 맛보이고 소개하고 싶다는 생각이 들 정도다. 솜씨가 아까워 누구에게 전수해줘야 하지 않겠냐고 했더니 마침 막내 따님이 작년부터 속초에서 음식점을 시작했다고 한다. 잘 되었으면 좋겠다.

가벼운 발걸음으로 촬영을 마치고 돌아오는 길, 열심히 살아오신 아버님과 어머님께 감사하고 이런 분들께 조금이나마 도움을 드릴 수 있다는 사실이 행복하다.

산골을 환히 밝힌 크리스마스 트리

| 봉화 시골반찬과 도토리묵 |

봉화읍에 나가 크리스마스 장식 재료들과 통닭을 사온 제작진. 플라스틱 모형 나무에 눈송이를 붙이고 별과 구슬도 달고 반짝반짝 불이 들어오는 전구를 달아놓으니 제법 멋진 트리가 완성되었다. 춥고 황량한 산골이 갑자기 환하고 따뜻해진 느낌이다. 조만간 어머님도 허리를 펴게되는 간절한 소망을 이루시게 될 것이고, 손자는 소원이던 통닭을 먹고 생애 처음 크리스마스 트리를 보고, 나는 또 한 분의 어머님께 봄날을 찾아드리게 되었으니 이번 크리스마스는 어머님과 손자는 물론 나에게도 정말 특별하게 기억될 것 같다.

12월 들어서도 한겨울이 맞나 싶을 정도로 날씨가 영상권에 머물더니 최근 갑자기 영하로 곤두박질쳐버렸다. 포근한 기온에 안주해 있다가 추워지니 겨울엔 추워야 제맛이지 하다가도 추위를 잘 타는 체질이라 급격한 기온 변화가 부담스럽기만 하다.

특히 이렇게 갑작스런 추위는 나이드신 어르신들에게도 달갑지 않다. 움직임이 둔해지고 근육이 긴장해 척추·관절의 유연성과 근력이 떨어지니 척추질환이 심해져 통증도 더하고 움직임도 더 불편하기 때문이다. 더욱이 눈이나 비가 와서 길이 미끄럽기라도 하면 몸의 균형 감각이 떨어져 넘어질 수도 있어 각별히 유의해야 하는데 이 때문에 병원을 찾는 환자들이 늘어난다. 추운 겨울은 척추질환을 가진 어머님들도, 또 추위에 약한 나도 똑같이 힘들고 싫은 계절이 분명하다.

오늘 만나는 어머님 역시 허리가 아파 10~20미터도 잘 걷지 못하고 허리까지 굽어 하루만이라도 허리를 펴고 아프지않게 살아보는게 소원이라는 분이다. 그 고통이 얼마나 심하실까 헤아리며 겹겹이 옷을 챙겨 입고 출발을 서두른다.

아침 6시 반 출발인데 시간을 착각해 조금 일찍 나왔더니 까만 하늘에 그믐달이 보인다. 촘촘히 박힌 별도 보이는데 참으로 오랜만에 보는 달과 별이다. 도시에 살며 하늘보다는 땅을 보고 걷게 되고, 하늘을 보더라도 매연과 미세먼지로 별을 보기가 힘든 세상인데 이렇듯 새벽에 달과 별을 보게되니 반가워 한참 동안 바라본다. 마치 내게 기운 내라며 응원해주는 것만 같아 힘도 나고 기분도 좋다. 아무래도 이른 새벽이라 다니는 차도 적고 사람도 없어 하늘이 맑은 모양이다. 숨을 쉬는데 하얀 김이 나온다. 추운 날이다.

3시간 반 걸려 도착한 봉화는 산속에 폭 박힌 점과 같은 곳이다. 오는 길이 만만치 않았는데 우리나라 길 중에서 가장 험한 곳을 꼽으라면 중부내륙고속도로가 아닐까 싶다. 춘천부터 원주, 제천을 지나 안동, 봉화로 가는 길은 산의 골짜기와 골짜기를 연결하는 다리로 이루어져 고속도로 중에서도 가장 험한 코스를 자랑한다. 도로를 만드

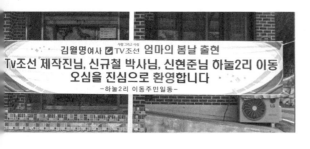

는 기술이 부족했을 때는 강에만 다리를 연결했지만 산악이 많은 우리나라 지형상 특히 강원과 충북, 경북 지역은 이렇듯 산과 산을 다리로 연결하기에 이르렀다.

태백산맥을 따라가다 소백산맥을 뚫고 지나서 도착한 봉화는 예전에는 사람보다는 산적들이나 살았을 법한 첩첩산중의 오지다. 마을에 들어서니 떡하니 현수막이 눈길을 끈다. 흔히 시골 마을 누구네 집 자제가 명문대에 진학하거나 검사, 판사, 정치인이 되면 내건다는 그 현수막에서 내 이름을 보니 조금 쑥스럽기도 하고 어떤 사명감 같은 것도 느껴진다.

원래 어머님은 지난 8월에 신청했는데 왔는데 제작진의 이러저러한 문제가 있어 미뤄지다 이번에 방문을 하게 되었다. 어머님의 안타까운 사연에 맘 같아서는 빨리 오고 싶었는데 그래도 올해가 가기 전에 와서 다행이다.

어머님은 평생을 봉화에서 생활하셨고, 월남전 참전용사인 남편은 그 시절의 트라우마로 혼잣말을 하시거나 큰소리로 사람을 부르는 등 이웃 주민과 잘 어울리지 못하신다. 본인 스스로도 잘 알고 있지만 고칠 수가 없다고 한다. 어머님은 이렇게 정신적 불편을 가진 남편과, 어려서부터 부모와 떨어져 살아야 하는 손주와 함께 사시는데 성치 않으신 몸으로 생활을 꾸려오셨을 걸 생각하니 그 삶의 팍팍함과 고단함이 미루어 짐작돼 마음 저릿하다. 손자는 중학교 2학년인데, 이 마을에 자기 또래는 한 명도 없어 초등학교 때는 통학차가 집 앞까지 와서 태우고 지금은 마을 입구까지 오는 바람에 통학에는 문제가 없다고 한다.

봉화읍에 가서 통닭을 먹는 게 꿈이라는 손자를 위해 통닭을 사주기로 하고, 여태껏 한 번도 크리스마스 트리를 본 적이 없다고 해서 제작진과 함께 크리스마스 트리를 만들어주기로 했다. 곧 크리스마스가 돌아오니 선물을 하기로 한 것이다.

봉화읍에 나가 크리스마스 트리 장식 재료들과 통닭을 사온 제작진. 플라스틱 모형 나무에 눈송이를 붙이고 별과 구슬도 달고 반짝반짝 불이 들어오는 전구를 달아놓으니 제법 멋진 트리가 완성되었

다. 춥고 황량한 산골이 갑자기 환하고 따뜻해진 느낌이다. 그걸 보고 덩치도 크고 키도 180센티미터지만 아직은 어린 열다섯 살 소년인 손자가 환하게 웃는다. 그 모습을 보며 나도 신현준 씨도 제작진의 얼굴에도 흐뭇한 미소가 피어난다. 그 또래의 도시 학생들이 경험하고 누리는 평범한 일상과는 동떨어진 삶을 살면서도 주눅 들지 않고 씩씩하고, 밝으면서 순수한 모습을 보니 기특하기만 하다.

어머님은 김치와 도토리묵, 시골 반찬들로 이루어진 점심을 준비해주셨다. 산촌의 맛이 그대로 전해지는 토속적인 깊은 맛인데도 차린 게 없다며 미안해하시는 어머님께 오히려 내가 더 과분한 밥상을 받은 것만 같아 죄송하고 감사한 마음이다. 손자는 점심으로 튀긴 통닭을 정말 맛있게 먹는다. 크리스마스 트리가 반짝이는 집에서 모두가 행복한 순간이다.

　조만간 어머님도 그토록 원하시는 대로 허리를 펴게 되어 더 이상 아프지 않게 될 것이고, 손자는 소원이던 통닭을 먹고 생애 처음 크리스마스 트리를 보고, 나는 또 한 분의 어머님께 봄날을 찾아드리게 되었으니 이번 크리스마스는 어머님과 손자는 물론 나에게도 정말 특별하게 기억될 것 같다.

　돌아오는 길. 겨울 들어서 여태껏 보지 못했던 눈발이 흩날리기 시작한다. 날씨는 여전히 춥지만 봉화에서의 훈훈한 온기가 남아서인지 제법 견딜만하다.

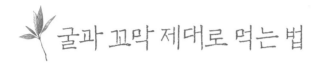

굴과 꼬막 제대로 먹는 법

| 고흥 굴찜과 꼬막찜 |

사람의 감각 중에서 제일 오래 기억에 남는 것이 미각이라고 한다. 누구를 만나고 무엇을 보고 어떤 일을 했는지는 쉽게 잊혀도 먹은 음식 맛의 기억은 연결된 추억까지 달고서 우리 마음속을 돌아다니게 된다. 잊고 있다가 나이 들어가며 옛 친구들이 생각나는 것처럼 음식도 그런 것 같다. 오늘 어머님이 해주신 굴찜과 꼬막찜을 먹던 추억도 훗날 맛과 함께 기억되겠지? 오늘 함께 했던 사람들과 더불어….

오늘은 12월 26일 동짓날인데도 불구하고 포근한 날씨 탓에 함박눈 대신 처량한 겨울비만 내리고 있다. 〈엄마의 봄날〉을 촬영한 지도 어느덧 5년이 되어가니 겨울 촬영도 다섯 번이나 되지만 이 시기에 비 맞고 촬영하기는 처음이다.

올해 마지막 촬영지는 전남 고흥이고, 작년 마지막 촬영지는 전남 해남이었다. 바다 쪽 지역을 선정한 이유는 겨울철이면 농촌은 추수도 끝나고 밭 작물도 다 베어버려 황량하기 때문이란다. 화면에 등장하는 사람 못지않게 영상미를 생각하면 그 배경도 방송에서는 중요한 요소인 것이다. 하지만 제작진의 예상과 달리 작년 해남 촬영지도 바다는 보이지 않는 내륙에서 김장을 담갔고, 올해 고흥도 와서 보니 역시 바다는 한참 떨어진 곳이다. 겨울 바다 대신 길 옆의 적상추와 대파가 제철인 듯 싱그러운 자태로 우리를 반겨준다.

오늘 만난 어머님의 상태는 한눈에 봐도 심각한 상황이다. 30~40년 전 척추 골절을 당한 이후 허리가 아팠는데 시간이 지나면서 허리가 굽고 양쪽 다리가 저려 잠시도 가만히 있지 못한다고 하신다. 허리 아픈 것도 힘들지만 더 힘든 건, 종아리가 저린 증상으로 인해 발바닥까지 무감각해져서 걸음을 걸을 때도 걷는 건지 아닌지 느끼지 못하신단다. 게다가 점점 더 허리가 굽어 양손으로 무릎을 짚어 지지대처럼 받쳐야만 겨우 걸어 다닐 수 있으시다.

통증으로 밤에도 두세 시간마다 잠에서 깨기 때문에 한 번도 통잠을 자본 적이 없다고 하시니 그동안 겪었을 고초가 어떠하셨을지 짐작이 가고도 남는다. 예전에 허리를 다쳤을 때는 의료 기술이 없어 치료받을 수 없었고 지금은 늦어서 치료가 안 된다고 한다. 이 말을 듣고 있으려니 긴가민가 하면서 살짝 걱정도 된다.

그럼에도 불구하고 어머님은 일이 눈에 보이면 잠시도 쉬지 않고 해야만 직성이 풀리는 분이다. 한창 촬영 중에도 이것도 해야 하고 저것도 해야 해서 촬영진을 애먹이기 일쑤다. 허리도 굽었지만 오랜 고생으로 인해 양 손가락 마디가 대나무 마디 처럼 툭툭 불거져 있다.

아버님은 여느 시골에 계신 보통의 아버지들과 마찬가지로 집안일보다는 바깥일을 더 중하게 여기신단다. 마을 이장, 무슨 무슨 회장,

무슨 무슨 회 대표 등 두루두루 감투를 쓰고 다니면서 집안일은 나 몰라라 여기며 외출하기 전, 집에 돌아와 잠깐 아내의 일을 도와주는 걸로 당신 할 일 충분히 했다고 여기는 분이다.

어머님이 허리 아픈 얘기를 할 때마다 옆에 있던 아버님은 "내가 더 아픈데" 하면서 본인 얘기만 더 하시고, 내가 어머님 손을 보며 "힘들게 일 많이 하셨네요"라고 하면 아버님이 말을 가로채며 "내 손도 아프다"고 하신다. 내가 보기에는 아버님의 말끔한 손은 전혀 일을 하지 않은 손이다. 그런데도 아버님은 둘째, 셋째 손가락을 내밀면서 여기 관절이 커져서 아프다며 마치 막내가 엄마한테 "나 여기도 아프고 저기도 아프다"고 떼를 쓰는 것 같은 모습이다.

어머님의 사전 검진이 끝나자 급기야는 갑자기 엎드려 눕더니 나도 좀 봐달라고 하면서 윗옷을 올리고 허리를 보이신다. 하는 수 없이 내가 아버님도 병원에 오셔서 같이 검진받자고 얘기하니 두팔을 올리며 아이처럼 만세를 부르신다. 그런 와중에도 내 눈길은 자꾸 애처로운 어머님에게로 향한다.

어머님이 준비한 음식은 굴찜과 꼬막찜이다. 굴은 내가 즐기는 겨울철 별미다. 50년 넘게 시장이나 마트에서 파는 굴만 먹어온 내가 굴의 진짜 맛을 알게 된 건 〈엄마의 봄날〉 촬영에서 만난 바닷가 어머님들 덕분이다. 서울에서 파는 봉지에 채워 넣은 굴은 굴이 아니라는 사실을 알게 되었고, 굴을 제대로 먹는 법도 배웠다. 바다에서 채취한 굴을 짭조름한 바닷물을 양념 삼아 먹거나, 바로 숯불에 굽거나 아니면 솥이나 대야에 쪄 먹어야 한다.

산지에서 직접 채취한 굴을 그 자리에서 날 것으로 혹은 구이나 찜으로 먹어야 진짜 굴맛을 맛볼 수 있다. 제대로 굴맛에 눈뜬, 그동안 맛있다고 먹어온 봉지굴 애호가로서 나는 감히 사람들에게 말하고 싶다.

"너희가 굴맛을 알아?"

꼬막 하면 벌교가 유명하다지만 이쪽 고흥의 꼬막도 그와 같거나 그보다 나은데 잘못 알려진 면이 있다고 한다. 하긴 벌교나 고흥이

위 아래로 붙어있으니 같은 바다에 이어진 갯벌에서 맛의 큰 차이는 없는 듯싶다. 예전에는 삶은 꼬막에 양념해서 밑반찬으로 먹었지만, 역시 꼬막을 맛있게 먹는 방법은 따로 있다.

물이 펄펄 끓는 솥에 꼬막이 든 자루를 2~3회 넣었다 뺐다 하면서 익히는데 먹을 때는 껍질을 깐 후, 속에 든 핏빛 같은 육수를 먹고 그 다음에 살을 먹어야 맛있다. 꼬막의 크기가 각기 다른데 큰 꼬막은 거의 애기 주먹만 하다. 익은 꼬막살을 초장에 찍어 먹는데 씹히는 식감이 쫄깃쫄깃 탱글탱글하다. 이것 역시 맛있기는 하지만 내 입맛에는 좀전에 먹은 굴이 최고다.

돌아오는 길에도 주룩주룩 비가 내린다. 여행의 설렘과 기대로 한껏 들뜨고 또 용감해진 나그네들이 가장 약해지는 때가 타지에서 해가 설핏 기울기 시작할 때와 비가 내릴 때라고 한다. 그래서일까? 광

주 송정역 앞에 내려 곧바로 역내로 들어가지 않고 다른 곳으로 발길이 향한다. 이곳에 오면 늘 보게 되는 담양식 국수집이다. 왠지 축 처진 기분을 뜨끈한 국물과 면발로 달래고픈 생각에서다. 마침 오늘은 기차 시간도 여유가 있다. 아주 협소한 공간의 선반만 있는 작은 국수집에 모녀로 보이는 두 여인이 재료준비를 하는지 손놀림이 분주하다. 멸치국수를 시켰는데 예전 고등학교 때 매점에서 먹던 유부우동의 딱 그 맛이다. 아니 그 언젠가 새마을호를 타고 갈 때 대전역에서 먹던 그 가락우동 맛 같기도 하다. 요즘 먹는 일본식 유부우동과는 다른 추억의 맛이다. 오늘 촬영으로 긴장되었던 몸과 마음이 편안하게 제자리를 찾는다. 음식이 주는 힐링의 힘이다.

사람의 감각 중에서 제일 오래 기억에 남는 것이 미각이라고 한다. 누구를 만나고, 무엇을 보고, 어떤 일을 했는지는 쉽게 잊혀도 먹은 음식맛의 기억은 연결된 추억까지 달고서 우리 마음속을 돌아다닌다. 잊고 있다가 나이 들어가며 옛 친구들이 생각나는 것처럼 음식도 그런 것 같다. 오늘 어머님이 해주신 굴찜과 꼬막찜을 먹던 추억도 훗날 맛과 함께 기억되겠지? 오늘 함께 했던 사람들과 더불어….

잊지 못할 맛의 기억 하나 만든 오늘, 내리는 비 때문일까? 아니면 국수 때문일까? 유난히 옛 추억이 많이 생각나는 날이다.

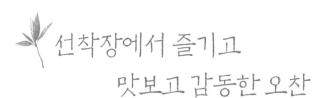

선착장에서 즐기고
맛보고 감동한 오찬

| 남해 생선구이와 대구매운탕 |

우리나라 최남단까지 와서 어머님과 아버님이 힘든 살림에 준비해주신 배 위에서, 선착장에서 즐기고 맛보고 감동한 행복한 오찬. 아버님이 갓 잡아 떠주신 쥐놀래미회와 해삼, 어머님이 준비한 도다리와 감성돔구이, 그리고 대구매운탕까지 그 어떤 찬사와 감사의 형용사를 갖다 붙여도 부족할 만큼 귀하고 맛있는 차림이었다. 두 분이 베풀어주신 따뜻한 정성과 배려 그리고 잊을 수 없는 그 맛, 오래도록 뇌리에 각인된 채 수시로 생각날 것 같다.

서울에서 다섯 시간 반을 차로 달려야 한반도 맨 끝자락에 있는 남해에 도착한다. 노도는 남해도에서도 배를 타고 한 번 더 들어가야 하는 아주 작은 섬이다. 크기로 봐서는 사람이 살지 않는 무인도 같은데 아주 오래전부터 사람이 살고 있었다고 한다.

이 섬의 이름이 노도라 불린 것도 수백 년 전, 선 씨 성을 가진 이가 호란을 피해 노를 저어 들어와 살았다고 해서 노도란 이름이 붙었다고도 하고, 예전부터 노를 많이 만들어온 곳이라 해서 노도란 이름이 붙었다고도 한다.

노도는『사씨남정기』를 쓴 서포 김만중의 유배지로도 잘 알려져 있는데 노도에 도착하자마자 선착장 앞에는 김만중 유적지를 알리는 안내판이 붙어있다. 서포 김만중은 조선 숙종 때의 유명한 문신으로 벼슬이 대사헌, 대제학까지 이르렀으나 장희빈을 직고했다가 숙종의 노여움을 받고 남해에 귀향 와서 병사하였다고 한다. 그 유배지가 남해도에서도 한 번 더 바다를 건너야 하는 이곳 노도이다. 이 작은 섬에서도 자유롭지 못하고 집밖에는 나가지 못하고 집 안에서만 생활해야 하는 위리안치형을 받고 세상을 풍자하여 지은 글이 바로『사씨남정기』이다.

이곳은 동백으로도 유명하여 섬 뒷길로는 아름다운 동백로가 펼쳐져있다. 남해는 이름 모를 섬들이 올망졸망 모여 있어 바다이기 보다는 커다란 호수 같은 느낌이다. 이곳 바다는 철마다 나오는 생선이 다양하고 맛이 있는데 한겨울에는 물메기가 유명하고 뒤를 이어

대구가 나온다. 이미 1월이면 물메기는 철이 지났고 금어기가 끝난 대구가 나오는 시기라고 한다.

아버님은 1970년대에 우리나라 외화벌이의 주역이었던 원양어선을 탔던 분이다. 원양어선의 갑판장으로 태평양, 알래스카, 포르투갈까지 가서 고기를 낚던 산업역군이었다고 한다. 1970년대 큰 선박 사고를 당하고 이곳 노도로 낙향하셨는데, 지금은 작은 개인 어선으로 근해 어업을 하고 있다.

오늘은 서울서 먼길 오는 우리를 위하여 아침 일찍부터 배를 타고 나가 통발조업을 하셨다고 한다. 남해 벽련항에서 노도까지 아버님 배를 타고 왔는데 노도에 도착하니 갑판 아래 어창을 열어 오늘 잡은 고기를 꺼내 보여주신다. 대구, 쥐노래미, 문어, 감성돔, 낙지 등 크고 작은 물고기들이 가득하다.

노도에 도착하자마자 이곳 인심이 나오는데 갓 잡아온 생선을 배 위에서 손칼로 떠주는 회가 바로 그것. 산지가 아니면 맛볼 수 없는 맛이다. 주먹만 한 해삼을 가르고 썰어서 바로 먹는 맛! 손바닥만한 쥐노래미를, 사고로 다쳐 뭉툭해진 손가락으로 뭉텅뭉텅 투박하게 썰어주는 그 회 맛은 일반 횟집의 회와는 비교할 수 없다.

　쥐노래미는 살의 맛이 별로 없고 씹는 느낌도 그다지 인상적이지 않아 고급 횟집에서는 취급하지 않는 생선이지만 산지에서 직접 먹는 맛은 도다리 광어 저리가라다. 겨울 제철을 맞아서인지 살이 달짝지근하고 씹을 때는 탱탱한 탄력이 있어 내가 알던 쥐노래미가 맞나 싶을 정도다. 하지만 이것은 맛보기일 뿐! 선착장에 오르니 어머님이 생선구이와 대구매운탕을 준비해놓고 기다리신다.

　숯으로 잘 달군 석쇠에 작은 도다리와 감성돔을 구워주셨는데 도다리는 3월이 제철이라 아직 씨알이 작다고 한다. 생물은 어떤 생선을 구워도 맛있는데 갓 잡은 생선을 구워 먹어보면 다른 것과는 비교할 수가 없다. 해안가에 가면 철 지난 반건조한 생선이나 냉동 후 해동한 생선을 구워 먹기도 하지만 바로 잡은 생선을 구워 먹기는 처음이다. 또 다른 맛이다. 순위로 따지면 첫째가 갓 잡은 생물 생선구이, 둘째가 반건조 생선구이다. 사실 해동 생선구이는 무슨 맛인지 모를 때가 많고 비린

경우도 있어 순위를 말하기 민망할 정도다.

감성돔은 살이 달고 입에 들어가면 바로 녹을 듯 연하다. 소금 간을 하지 않아도 바닷물에 이미 충분히 자연 간이 되어있기 때문에 그냥 먹어도 간간하게 맛이 있다. 역시 '생선의 왕'이라는 탄식이 절로 난다. 돔 종류 생선의 참맛은 역시 살보다 껍질에 있는 것 같다. 어떤 경우는 생선 속의 물이 나와 껍질이 벗겨지거나 눅눅해져 살만 먹는 경우도 있는데 감성돔구이는 껍질이 바삭하게 익어 구수한 맛이 아주 먹을만 하다.

돔은 살보다는 껍질 때문에 먹는다고도 하는데 실제 돔 종류는 일식당에서 유비끼라 하여 겉에 뜨거운 물을 부어 껍질을 익히는 방법으로 회를 떠 내놓는 경우가 많다. 일본에서도 도미라면 최고로 치고 우리보다 더 좋아한다니 껍질이 맛있다는 건 진즉에 알고 있었나 보다. 사실 껍질 없는 도미는 맛이 허전하다.

도미는 머리 쪽 부분이 특히 맛있는데 단점은 머리뼈가 단단하다는 거다. 자칫하면 혀에 가시가 박히거나 식도에 가시가 걸리는 일이 생겨 조심해야 한다. 이 작은 놈도 뼈는 꽤 단단해서 먹을 때마다 입안에 걸려 여간 성가신 게 아니지만 이 정도는 감수해야 한다. 이곳 사람들은 그 센 뼈도 바로 씹어 먹는다. 아직 나는 그 정도는 무리인 듯하다.

봄 도다리·여름 민어·가을 전어·겨울 넙치라지만 한겨울 도다리도 살이 구수하고 맛있기는 매한가지다. 먹기가 감성돔보다는 수월해서 껍질과 살이 가시없이 깨끗하게 발라져 아주 좋다. 봄에 다시 한번 와서 도다리를 먹어봐야 할 텐데 그럴 기회가 있을지 모르겠다.

이쪽 남해는 대구가 유명한데 설 명절 때가 가장 맛이 좋을 때라고 한다. 대구는 비리지 않고 물이 많아 별다른 양념을 하지 않아도 시원한 맛을 내는데 오늘 그런 대구매운탕이 준비되었다. 대구탕은 너무 끓이면 살이 녹아서 대구탕인지 대구죽인지 구분이 안 가고 자칫하면 대구 뼈만 먹게 되는 경우가 많아 은근 조리가 까다로운 음식이다. 어머님은 마도로스의 아내답게 살이 하나도 손상되지 않게 끓여주신다. 생선을 먹을 때는 생선뼈에 붙어있는 갈비살(?)이 가장 맛있는데 자칫 손질을 잘못하면 남아나질 않아 맛보기 힘들다. 오늘 대구는 연한 살과 쫄깃한 갈비살을 그대로 맛볼 수 있어 일품이었다.

제철 대구에서 우러나온 육즙과 양념이 어우러진 담백 시원한 매운탕이다.

우리나라 최남단까지 와서 어머님과 아버님이 힘든 살림에 준비해 주신, 배 위에서 선착장에서 즐기고 맛보고 감동한 행복한 오찬. 그 어떤 찬사와 감사의 형용사를 갖다 붙여도 부족할 만큼 귀하고 맛있는 차림이었다. 두 분이 베풀어주신 따뜻한 정성과 배려 그리고 잊을 수 없는 그 맛, 오래도록 뇌리에 각인된 채 수시로 생각날 것 같다.

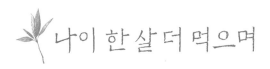

나이 한 살 더 먹으며

| 익산 떡국 |

산해진미의 호화로운 밥상보다는 어머님의 정성스런 손맛이 깃든 한
끼 밥상이 더 소중하고 맛있다. 말 수 없으신 어머님이 차려주신 떡
국 밥상. 그리고 잘 어우러진 반찬. 비록 말로 표현 못하시지만 이 한
상에는 어머님의 속마음이 오롯이 담겨있을 것이다. 떡국이 지닌 의
미를 생각하며 오늘 밥상에 함께 둘러앉아 밥을 먹는 어머님과 아버
님, 그리고 〈엄마의 봄날〉 제작진과 신현준 씨, 그리고 나의 새해 건
강과 평안과 행복을 마음속으로 기원해 본다.

익산은 한자로 보면 산이 더해진다는 뜻으로 언뜻 보면 산으로 이
루어진 곳으로 생각하기 쉽다. 하지만 막상 가보면 산은 보이지 않
고 야트막한 언덕만 있다. 이 근처의 가장 높은 산이라야 해발 400
여 미터의 미륵산이 있을 뿐이다. 실제로 가본 익산은 이름의 이미
지와는 달리 유유히 흐르는 만경강 주위로 만경평야가 펼쳐진 구릉
지역이다.

과거, 내 학창 시절에는 '이리'라고 불렸던 기억이 있어 지금도 내
게는 익산보다는 이리가 더 귀에 익숙하다. 불행한 사건이지만, 이
지역은 이리역 폭발사고로 유명해진 곳이기도 하다. 이미 작고하신

유명 코미디언 이주일 씨와 당대 최고 스타였던 하춘화 씨와 관련된 일화도 있다. 폭발사고가 있던 날, 그 부근에서 공연하던 가수 하춘화 씨를 이주일 씨가 업고 뛰어 구출했다고 한다. 그로 인해 이주일 씨가 하춘화 씨의 보은으로 대중에게 알려졌다는, 지금은 오래된 이야기만 기억할 뿐이다.

이번 촬영분은 설 명절에 맞춰 방영되기 때문에 어머님이 점심으로 떡국을 준비하셨다. 떡국에는 긴 가래떡을 동전처럼 썰어 넣는데 긴 가래떡은 장수와 건강을 뜻하고, 동그란 떡은 엽전 모양을 연상시켜 돈을 많이 벌라는 의미라고 한다.

떡국에는 지역의 특색에 따라 조금씩 들어가는 재료가 다르다. 개성지역에서는 조랭이떡을 넣어 만든다. 조랭이떡은 가운데가 오목하게 눌려있는데 이는 고려를 멸망시킨 이성계의 목을 조르는 것을 뜻하며, 과거 고려의 수도였던 개경지방 사람들이 고려가 멸망한 한을 담아 만들었다는 얘기도 있다. 또 다른 풀이로는 길함을 뜻하는 누에의 모양을 따서 만들었다고 하는 이야기도 있다.

또, 육수를 내는 방법도 다양하다. 일반적으로 떡국의 장국은 양지머리를 고아서 기름기를 걷어낸 육수나 쇠고기를 썰어 끓인 맑은 장국으로 만든다. 예전에는 꿩고기로 육수를 냈지만, 쇠고기가 보편화되면서 쇠고기 육수를 많이 쓰고 있다. 지역에 따라 멸치 육수나 북어 육수를 사용하기도 하고 해안지방에서는 굴이나 매생이를 넣기도 한다.

떡국 위에 올라가는 오색 고명은 우리 고유의 전통 색을 상징하는 여러 가지의 의미를 담고 있다고 한다. 이렇듯 떡국은 오랜 세월 동안 우리 삶에 깊숙이 자리하고 있으며, 행복과 건강, 역사까지 어우러진 우리네 음식이다.

어머님표 떡국은 멸치로 기본 육수를 내고, 쇠고기를 프라이팬에 한 번 익힌 뒤 함께 넣어 다시 끓인 멸치육수떡국이다. 멸치 육수는 잔치국수를 말아 먹을 때 넣는 줄 알았는데 떡국에 들어간 적은 처음이다. 예전에는 만드는 과정을 처음부터 보질 않았으니, 언젠가 한번쯤은 멸치 육수로 된 떡국을 먹어봤을지도 모를 일이지만, 내가 아는 한에서는 처음이다.

멸치가 주로 잡히는 남해안 지역에서만 이렇게 끓여 먹는 것으로 알고 있었는데 전라북도 내륙에서 멸치 육수로 낸 떡국을 먹으니 다소 의외라는 생각이 든다.

멸치 육수의 첫맛은 기름기 없는 쇠고기를 한번 익혀서 넣고 함께 끓여 다소 텁텁해질 수 있는 육수의 맛을 한결 개운하게 해주는 느낌이다. 바다 생선의 약간은 비릿한 맛과 더불어 감칠맛이 입안에 퍼져 더 깊은 맛이 느껴진다.

멸치 육수는 호불호가 많이 갈린다. 나 같은 경우는 멸치의 비린 맛을 좋아하지 않는 편이지만 쇠고기 육수와 혼합된 멸치 육수는 먹을수록 자꾸 당긴다.

육수뿐 아니라 떡국 떡도 일품이다. 너무 익혀서 흐물흐물하거나

무르지 않고, 쫀득하니 차져서 씹는 맛이 좋다. 한때 쌀이 부족하여 가래떡에 밀가루를 섞어 만들기도 했고, 요즘도 쌀가래떡이라고 해서 사먹어 보면 어떤 건 밀가루 국수 씹는 듯 차진 맛이 없는데, 어머니가 해주신 떡국은 직접 농사지은 쌀 100프로로 전날 방앗간에서 가래떡을 뽑아와 썬 것이라 씹을 때마다 고소하고 탱탱한 식감이

있다.

여기에 떡국의 맛을 더한층 살려준 것이 있으니 갓 수확한 대파다. 어머니의 집 앞 비닐하우스에 심은 대파를 뽑아와 바로 송송 썰어 넣고 한소끔 더 끓여 내니 그 향이 어우러져 아주 맛있는 떡국 한 그릇이 완성됐다.

밥상 위 주인공 떡국에 반찬으로 곁들인 콩나물무침과 시금치무침은 '전라도 음식은 결코 기대를 배신하지 않는다'는 나의 믿음을 다시 한 번 확인시켜주었다. 밑간을 어떻게 했는지 원재료와 간의 조화가 이루어져 이것만 가지고도 금방 밥 한 그릇을 뚝딱 해치울 수 있을 정도다. 음식의 맛은 재료도 중요하지만 역시 간을 맞추는 손맛의 노련함을 빼놓을 수 없다.

어느덧 떡국 한 그릇을 후딱 비우고, 옆에 있는 밑반찬까지도 다

해치웠다. 산해진미의 호화로운 밥상보다는 어머님의 정성스런 손맛이 깃든 한 끼 밥상이 더 소중하고 맛있다. 말 수 없으신 어머님이 차려주신 떡국 밥상. 그리고 잘 어우러진 반찬. 비록 말로 표현 못하시지만 이 한상에는 어머님의 속정이 오롯이 담겨있을 것이다.

떡국이 지닌 의미를 생각하며 오늘 밥상에 함께 둘러앉아 밥을 먹는 어머님과 아버님, 그리고 〈엄마의 봄날〉 제작진과 신현준 씨, 그리고 나의 새해 건강과 평안과 행복을 마음속으로 기원해 본다.

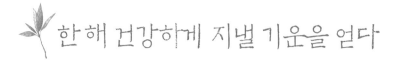

한 해 건강하게 지낼 기운을 얻다

음식 하나를 먹을 때마다 정성에 놀라고 맛에 감탄하는데 어머님은 자꾸만 시골의 남루한 찬이라고 미안해하신다. 어떻게 진심을 전해야 할지 몰라 주저하다가 문밖을 나서는데 어머님이 쫓아 나오며 손에 대추 조청 한 봉지를 쥐어주신다. 정월대보름 밥상으로 한 해 이겨낼 기운까지 얻고 가는데 조청 봉지까지 받으니 황송하기 이를 데 없다. 몸도 성치 않으신데 폐를 끼치고 가는 것만 같아 죄송스럽다. 서울 다 와서야 어머님께 미처 전하지 못한 진심이 생각났다. "어머님이 힘들게 준비하신 그 밥상은 최고였습니다!"

오늘의 촬영 장소는 경북 의성이다. 안동과 군위 사이에 자리잡은 의성은 산간지역과는 또 다른 분위기를 연출한다. 의성톨게이트 를 지나 목적지까지 거리는 30분 정도인데, 가는 길이 예상보다 편하다. 험준한 산도 보이지 않고 넓게 펼쳐진 논밭이 시야를 채운다. 드물게 보이는 산은 높은 산맥의 위압은 없고 오히려 호남지방에서나 보았을 법한 부드러운 구릉 정도로 낮아 친근함으로 다가온다.

의성은 예전에는 농업인구가 많은 큰 군이었으나 지금은 인구가 5만 정도로 국내에서 가장 노령인구가 많은 지역이 되었다고 한다. 슬픈 사실은 앞으로 30년 뒤면 사라질 지역 중 하나로 꼽힐 정도로 인구 유출이 많고 출생 인구가 적은 곳이다. 하지만 작년 이맘때 전 국민을 흥분하게 했던 곳 역시 의성이었다. 역사적인 평창 동계올림픽이 펼쳐지던 그때 '의성 마을 소녀'라는 별명으로 국민의 사랑과 환호를 받았던 컬링 국가대표 '팀킴'의 고향이기 때문이다. 아마도 그날 이후 전 국민이 경북 의성이라는 소도시의 이름을 기억하게 되었을 것이다.

목적지를 향해 20여 분을 달려가고 있을 때 진귀한 풍경이 눈에 들어왔다. 농촌 마을에서 보기 쉽지 않은 거대한 크기의 무덤이 물결치듯 이어져 병풍처럼 펼쳐진다. 대규모 크기로 자리 잡은 고분은 결코 사라질 수 없는 강력한 권력의 흔적이었을 것이 뻔하다. 경북 지역이 예전 고대국가 시조가 많다는 이야기를 들은 적이 있어 확인해 보니 의성은 삼한시대 초기 국가인 조문국이 있던 역사 깊은 곳이다. 특히 오늘 방문할 예정인 금성면은 조문국의 중심지역이었기 때문에 조문국 사적지 안내비를 비롯해 조문국 박물관까지 있어 마치 경주 지역에 온 느낌이다.

미팅 장소에 도착했을 때 나와 우리 일행을 가장 먼저 반겨준 것은 눈이었다. 싸라기 같이 날리던 눈발은 점점 굵어져 이내 함박눈이 되었다. 뭔가 좋은 일이 있을 것 같은 기대감에 촬영 일정과 내용을 점검하고 오늘의 주인공인 어머님의 집으로 향했다.

촬영이 시작된 때는 점심 무렵이었는데 어머님 집에 도착해 보니

마을 지인들이 미리 와 우리를 반겨준다. 오빠 부대를 끌고 다니는 아이돌 스타는 아니지만 그래도 할머니 무리가 이구동성으로 신현준 씨를 부르고 악수를 청한다. 곁다리로 껴서 반갑게 인사를 나누다 보니 정겨움이 배가 된다. 어디서나 사랑받는 스타의 곁에 있으면 이렇게 조금의 관심이라도 받는 법이다.

어머님이 준비한 〈엄마의 밥상〉의 주제는 '정월대보름'이다. 대보름 즈음이라 미리 보름 음식을 준비하셨다는데 옛말 그대로 상다리가 휘어질 지경이다. 어머님이 준비한 대보름 밥상은 산채나물과 청국장, 그리고 돼지수육이다. 정월대보름에 먹는 음식을 살펴보면 움츠렸던 겨울을 이겨낸 인체에 필요한 섬유질과 영양을 고루 보충하기 위한 조상의 지혜가 담겨있다. 전통적으로는 이때 먹는 나물 종류는 무, 오이, 호박, 가지, 버섯, 고사리, 취나물, 가지나물, 표고, 도라지 등 그 종류가 무려 아홉 가지에서 열 가지나 된다. 이렇게 다양한 나물을 정월대보름에 챙겨 먹는 이유는 여름에 더위를 타지 않는다는 풍습 때문이었다고 한다. 한겨울에는 먹을 수 없는 나물을 챙겨 먹어 비타민과 무기질을 보충하는 선조들의 지혜로운 건강챙기기 비법이 놀랍다.

생각해 보니 어렸을 때 부럼을 까며 "내 더위 사라, 내 더위 사라"라고 하며 더위를 팔던 할머니의 중얼거림이 아련하게 떠오른다. 작년 봄에 산에서 채취해 말려두었다는 고사리와 전통의 방식으로 말렸다가 다시 불려 무친 호박나물도 식감이 적당하다. 쉽게 보기 힘든 달래순무침과 토란줄기무침까지 먹음직스럽게 차려졌다. 거기다 냉이와 시래기가 들어간 청국장은 어머님이 직접 띄워 말려두었다가 갈아서 넣었다고 한다. 엄나무, 된장, 양파와 무를 함께 넣어 푹 삶아낸 돼지수육은 비린 맛은 전혀 없이 부드럽고 담백해 또 한 번 감탄할 수밖에 없다.

음식 하나 하나 소개받을 때마다 정성과 맛에 놀라지 않을 수가 없는데 어머님의 고향 음식이라며 선보인 매콤한 안동 식혜와 케이크처럼 곱게 썰어놓은 약식까지 상 위에 올라와 있으니 마치 정월대보름 수라상을 받은 듯 황송하기만 하다. 이미 정성으로 채워진 음식 앞에 맛을 평가하고 비교하는 일이 무슨 의미가 있을까! 산채를 좋아하는 사람들은 음식 자체의 맛을 느끼기 위해 찬도 한가지씩 먹고 음미한다고 하는데 맛있는 나물을 보니 마음이 조급해진다.

성미 급한 나와 신현준 씨는 어머님께 큰 그릇 좀 달라고 부탁을 해 나물을 모두 넣고 밥과 함께 비비고 말았다. 그 위에 어머님이 직접 담근 고추장과 보글보글 끓고 있는 청국장을 함께 넣으니 그야말로 황제 비빔밥이다. 그렇다, 누군가 했던 말이 떠오른다. 맛있는 고추장과 된장이 있으면 천하제일 밥상이 된다고 했던가. 비빔밥에 들어간, 어머님이 직접 담갔다는 고추장은 담근 지 5년 차라고 하니 그 맛이 오죽할까? 온갖 나물들과 고추장 된장 청국장이 어우러진 비빔밥은 모양도 모양이지만 식감과 향이 더해져 오감을 행복하게 하는 맛이다.

고추장을 좋아하지만 매운 것을 참지 못하는 내가 입을 벌리고 매운맛을 달래고 있는데 어머님이 약식 하나를 집어 입에 넣어준다. 대추와 밤을 넣어 만든 달짝지근한 약식이 내 입맛에 딱 달라붙는다. 전국 방방곡곡을 다니며 음식을 먹다 보면 같은 음식에도 다른 맛, 그 사람이 가진 그 지역 특유의 맛이 있는데 바로 이 약식이 내게는 그 모든 것을 압도하는 단맛이었다.

또한, 어머님이 남편을 위해 손수 만든 강정과 고구마 조청 맛은 또 어떠한가? 쌀을 튀겨 검은깨와 땅콩을 넣고 고구마 조청을 섞어 눌러 만든 강정은 세상 어떤 맛집에서도 선보일 수 없는 특별한 맛이다. 흔히 먹던 식혜보다는 수정과 맛에 가까운 연분홍빛 안동 식혜는 홋입맛에 여운을 남기는 생강 때문에 매콤했다가도 이내 땅콩을 씹으면 고소해진다.

음식 하나를 먹을 때마다 정성에 놀라고 맛에 감탄하는데 어머님은 자꾸만 시골의 남루한 찬이라고 미안해하신다. 어떻게 진심을 전해야 할지 몰라 주저하다가 문밖을 나서는데 어머님이 쫓아 나오며 손에 대추조청 한 봉지를 쥐여주신다.

몸 약한 며느리를 건강하게 만들었다는 어머님표 대추조청은 약 대신 먹는 거라며 집에 가서 가족들 먹이라고 하신다. 정월대보름 밥상으로 한 해 무탈하게 이겨낼 기운까지 얻고 가는데 조청 봉지까지 들고 나오려니 황송하기 이를 데 없다. 이것이 우리네 정 많으신 어머님들의 사랑법인 줄은 알지만 오늘 몸도 성치 않으신데 폐를 끼치고 가는 것만 같아 죄송스럽다. 서울에 다 와서야 어머님께 미처 전하지 못한 진심이 생각났다.

"어머님이 힘들게 준비하신 그 밥상은 최고였습니다!"